KB018367

글누림비서구문학전집

아랍 단편소설선

글누림비서구문학전집 2
아랍 단편소설선

초판 발행 2011년 8월 30일

지 은 이 압둘 아지즈 가르몰 · 아민 살리흐 · 모하메드 딥 · 나지와 빈샤트완 · 와지디 알 아달 · 바쌈 샴셀딘 · 살와 바크르 · 핫수나 모스바히 · 라치다 엘-차르니 · 모하마드 살라 알 아잡 · 하싼 나스르 · 사파아 에네가르 · 야쎄르 압델 바키 · 만죠라 에즈 엘딘 · 라드와 아슈르 · 하셈 가라이베흐 · 알라와 알 아스와니 · 바스마 엘-느소우르 · 샤뮤엘 시몽 · 로사 야씬 하싼
옮 긴 이 조애리 · 박종성 · 강문순 · 김진옥 · 박은혜 · 유정화 · 윤교찬 · 이봉지 · 최인환
펴 낸 이 최종숙
펴 낸 곳 글누림출판사

책임편집 이태곤
편　　집 임애정 전희성
디 자 인 이홍주 안혜진
마 케 팅 박태훈 안현진
관　　리 이덕성

주　소 서울시 서초구 반포4동 577-25 문창빌딩 2층(137-807)
전　화 02-3409-2055(대표), 2058(영업), 2060(편집)
팩　스 02-3409-2059
전자메일 nurim3888@hanmail.net
홈페이지 www.geulnurim.co.kr
등록번호 제303-2005-000038호(2005.10.5)

정　가 13,000원
ISBN 978-89-6327-139-2 04890
978-89-6327-098-2(세트)

표지 디자인 · 디자인밥 출력 · 안문화사 인쇄 · 바른글인쇄 제책 · 동신제책사 용지 · 화인페이퍼

02
글누림비서구문학전집

아랍 단편소설선

압둘 아지즈 가르몰 | 아민 살리흐 | 모하메드 딥 | 나지와 빈샤트완 | 와지디 알 아달 | 바쌈 샴셀딘 | 살와 바크르 | 핫수나 모스바히 | 라치다 엘-차르니 | 모하마드 살라 알 아잡 | 하싼 나스르 | 사피아 에네가르 | 야쎄르 압델 바키 | 만죠라 에즈 엘딘 | 라드와 아슈르 | 하셈 가라이베흐 | 알라와 알 아스와니 | 바스마 엘-느소우르 | 사뮤엘 시몽 | 로사 야씬 하싼 지음
조애리 | 박종성 | 강문순 | 김진옥 | 박은혜 | 유정화 | 윤교찬 | 이봉지 | 최인환 옮김

Anthology of the Arabic Short Stories

간행사

구미중심적 세계문학에서 지구적 세계문학으로

괴테가 옛 이란인 페르시아에서 아주 유명하였던 시인 하피스의 시를 독일어 번역을 통해 읽고 영감을 받아서 그 유명한 『서동시집』을 창작한 것은 아주 널리 알려진 일이다. 괴테는 비단 하피스뿐만 아니라 페르시아의 역사 속에 등장하였던 숱한 시인들에 대해서도 공부하고 일일이 설명하는 노고를 그 책에서 아끼지 않을 정도로 동방의 페르시아 문학에 심취하였다. 세계문학이란 어휘를 처음 사용한 괴테는 히브리 문학, 아랍 문학, 페르시아 문학, 인도 문학을 섭렵한 후 마지막으로 중국 문학을 읽고 난 후 비로소 세계문학이란 말을 언급했을 정도로 아시아 문학에 깊이 심취하였다. 괴테는 '동양 르네상스'의 전통 위에 서 있었다. 16세기에 이르러 유럽인들이 고대 그리스 로마의 정신적 유산을 비잔틴과 아랍을 통하여 새로 발견하면서 르네상스라고 불렀던 것을 염두에 두고 동방에서 지적 영감을 얻은 것을 '동양 르네상스'라고 명명했던 것이다. 동방의 오랜 역사 속에 축적된 문학의 가치를 알게 되면서 유럽인들이 좁은 우물에서 벗어나 비로소 인류의 지적 저수지에 합류한 것이다.

하지만 중국에서 생산된 도자기와 비단 등을 수입하던 영국이 정작 수출할 경쟁력 있는 상품이 없다는 것을 깨닫고 인도와 버마 지역에서 재배하던 아편을 수출하며 이를 받아들이라고 중국에 강압적으로 요구하면서 아편전쟁을 벌이던 1840년대에 이르면 사태는 근본적으로 달라졌다. 영국이 산업화에 어느 정도 성공하면서 런던에서 만국 박람회를 열었던 무렵인 1850년대에 이르러서 비로소 유럽이 전 세계를 지배하게 되는 움직임이 시작되었다. 13세기 베네치아 출신의 상인 마르코 폴로와 14세기 모로코 출신의 아랍 학자 이븐 바투타가 각각 자신의 여행기에서 가난한 유럽과 대비하여 지상의 천국이라고 지칭하기도 했던 중국이 유럽 앞에서 무너지는 것을 보면서 예전의 방식은 더 이상 통하지 않게 되었고 새로운 세계상이 만들어져 가기 시작하였다. 유럽인들은 유럽인들이 만들고 싶은 대로 이 세상을 만들려고 하였고, 비유럽인들은 이러한 흐름에 저항한다는 것이 거의 불가능하다는 것을 알아차린 이후에는 유럽의 잣대로 세상을 보는 방식을 배우기 위해 유럽추종에 혼신의 힘을 쏟았다. '동양 르네상스'의 기억은 완전히 사라지고 그 자리에 들어선 것은 '문명의 유럽과 야만의 비유럽'이란 도식이었다. 유럽의 가치와 문학이 표준이 되면서 유럽과의 만남 이전의 풍부한 문학적 유산은 시급히 버려야할 방해물이 되기도 하였다. 처음에는 유럽인들이 이러한 문학적 유산을 경멸하고 무시하였지만 나중에서 비유럽인 스스로 앞을 다투어 자기를 부정하고 유럽을 닮아가려고 하였다. 의식과 무의식 전반에 걸쳐 침전되기 시작한 이 지독한 유럽중심주의는 한 세기 반을 지배하였다. 타고르처럼 유럽의 문학을 전유하면서도 여기에 함몰되지 않고 자신의 전통과의 독특한 종합을 성취했던 이들이 없었던 것은 아니지만 주된 흐름을 바꾸기에는 역부족이었다.

유럽이 고안한 근대세계가 내부적으로 많은 문제점들을 드러내자 유럽 안팎에서 이에 대한 비판이 이루어졌고 근대를 넘어서려고 하는 노력들이 다방면에 걸쳐 행해졌다. 특히 그동안 유럽의 중압 속에서 허우적거렸던 비유럽의 지식인들이 유럽 근대의 모순을 목격하면서 자신의 과거를 돌아보는 성찰의 시간을 가지면서 사태는 달라지기 시작하였다. 유럽중심주의를 넘어서려는 이러한 노력은 많은 비유럽의 나라들이 유럽의 제국에서 벗어나는 2차 대전 이후에 이르러 본격화되었다. 정치적 독립에 그치지 않고 정신적 독립을 이루려는 노력이 문학을 중심으로 광범위하게 이루어졌던 것이다. 구미중심주의에 입각하여 구성된 세계문학의 틀을 해체하고 진정한 의미의 지구적 세계문학으로 나아가기 위해서는 두 가지의 인식 전환이 필요하였다. 하나는 기존의 세계문학의 정전이 갖는 구미중심주의를 분석하고 비판하는 것이다. 현재 다양한 세계문학의 선집이나 전집 그리고 문학사들은 19세기 후반 이후 정착된 유럽중심주의의 산물로서 지독한 편견에 젖어 있다. 특히 이 정전들이 구축될 무렵은 유럽이 제국주의 침략을 할 시절이기 때문에 이것은 더욱 심하였다. 아무리 뛰어난 재능을 가진 유럽의 작가라 하더라도 제국주의에서 자유로운 작가는 거의 없기에 그동안 별다른 의심 없이 받아들여졌던 유럽의 세계문학의 정전들을 가차 없이 비판하고 해체하는 작업은 유럽중심주의를 넘어서기 위해서 반드시 거쳐야 할 과정이었다. 하지만 이는 필요조건이지 충분조건은 아니었다. 서구문학의 정전에 대한 비판에 머무르지 않고 비서구 문학의 상호 이해와 소통이 절실하다. 비서구 문학의 상호 소통을 위해서는 비서구 작가들이 서로의 작품을 읽어주고 이 속에서 새로운 담론들을 만들어 내는 것이 필요하다. 기존 정전의 틀을 확대하는 것은 임시방편일 뿐이고 근본적인 전환일 수 없기에 이러한 작업은 지구적 세계문학의 구축을 위해서는 반드시 거쳐야한다. 비서구문학전집은 이러한 인식의 전환을 위한 새로운 출발이다.

글누림비서구문학전집 간행위원회

차 례
Contents

저항의 냄새

The Smell of the Opposition

압들 아지즈 가르몰

Abdel Aziz Gharmoul

Anthology of the Arabic Short Stories

저항의 냄새

초인종이 두 번이나 울렸고 그 울림이 아파트 전체에 한참 동안이나 울려 퍼졌다. 여느 때처럼 그는 방문객이 누구인지 확인도 안 하고 문을 열어 주었다. 바깥 복도의 희미한 불빛 아래 한 남자가 서 있는 것을 보았다. 키가 크고 말쑥하게 변장한 그의 모습은 마치 묘지에서 코란을 암송하고 있는 사람처럼 엄숙해 보였다. 그 방문객은 그에게 총을 겨눈 채 머리를 약간 갸우뚱하고 "당신을 죽이러 왔소!"라고 했다. 그는 야릇한 미소를 띠면서 그 방문객을 안으로 들어오게 했다. 그는 목욕탕에 가 옷을 제대로 차려입고 와도 되는지 물었다. 평상복보다는 축제용 의복을 입고 죽음을 맞는 것이 더 낫기 때문이라고 했다.

그 방문객은 거실에서 조용히 기다렸으며, 긴 코트 주머니 안에 있는 권총을 손으로 만지작거렸다. 방문객은 지친 시선으로 그의 집에 놓여 있는 수수해 보이는 가구들을 바라보았다. 집주인은 먹구름 속에서도 이슬람교의 신령의 도움으로 살아왔다고 믿는 것 같았다.

그 집은 벽에 풍자만화가 여러 개 걸려 있을 뿐 평범한 집이었다. 이 풍자만화들이 이 나라의 지도자를 계속 괴롭혀 온 것이었다. 그것들은 매우 흥미로웠다. 하지만 그 나라 대통령은 풍자만화가의 손가락을 염산에 담아 태워 버리겠다고 말했다. 또 벽에는 풍자만화가 자신과 사회의 저명인사, 정치가, 스포츠 영웅들, 유명 연예인들과 함께 찍은 사진도 있었다. 심지어 그 풍자만화가와 전 대통령이 따뜻하게 악수하는 사진을 넣은 액자도 있었다.

거실 구석에는 신간으로 보이는 많은 책들이 있었다. 그 책 반대편에는 텔레비전과 여행용 가방과 접이식 침대가 있었다. 경찰은 3개월에 걸쳐 국제 경찰 뿐만 아니라 많은 국제 보안 기관에 도움을 받아 이 풍자만화가의 체포에 전력을 다했다. 그의 혐의 목록은 매일 점점 더 늘어갔다. 체포 기관의 책임자는 오존층이 파괴된 것까지 모조리 그 풍자만화가의 책임이라고 하고 싶어 하는 것 같았다. 왜 그렇지 않겠는가? 대통령을 그렇게 괴롭혔던 갈겨 쓴 글의 힘이 어떤지 당신은 상상이라도 할 수 있겠는가? 어느 날, 체포반장은 약을 여러 봉지 수입차에 넣고는 언론사에 찾아가 말했다.

"이것으로 그가 이 일에 관련되어 있음을 확실히 증명할 수 있습니다."

젊은 기자가 어떻게 알았는지 묻자 그는 대답했다.

"그가 모르면 세계 어느 곳에서도 단 1그램의 마약도 밀수되지 않습니다. 어쨌든 이번 건은 확실합니다."

체포반장인 그는 풍자만화가를 찾기 위해 온갖 군데를 다 수색했다. 그는 사람들이 많이 모이는 시장이나, 회교사원이나, 조그만 저녁 집회에서 그에 대해 사람들이 하는 말을 매우 주의 깊게 들었다. 빌딩 엘리베이터를 탄 상태에서도 그는 위층이나 아래층으로 뛰어갈 태세였다. 또한 소위 풍자만화가의 후원자들과 뜻을 '같이 하기' 위해 마을 어디라도 다닐 준비가 되어 있다. 그는 저항의 냄새가 나는 곳으로 수색대원을 안내해 줄 잘 훈련된 독일 마약견에게 그 풍자만화가의 옷을 주는 등, 그를 찾는데 주력해 왔다.

그는 "내가 어디에 있는지 어떻게 알았냐? 누가 나를 죽이라고 당신을 보냈냐?"와 같은 상대방의 질문에 대한 답도 준비하고 있었다. 기다리는 동안 갑작스런 공격이나 탄알이 날아올까 두려워, 그는 앉아 있는 위치를 계속 바꾸었다. 하지만 체포반장의 깊은 내면에선 어떤 두려움도 느끼지 않았으며 말을 하고 싶은 욕구마저도 없었다. 뭔가 이상한 기분이 들어 그는 행동을 주저했다. 그는 그 풍자만화가를 죽여야 할지, 그를 영창에 보내야 할지, 아니면 보상금을 받고 일찍 경찰직을 그만 두어 보통 인간들처럼 정상적인 삶을 살지 생각해보았다.

풍자만화가의 은신처를 알아낸 후, 그는 이런 식으로 확신이 흔들려서 괴로워했다. 그를 죽이는 것이 나라에 득이 되겠지만, 다른 한편 다음과 같이 말하는 목소리도 들렸다.

"당신은 이 나라에서 죽음을 충분히 보아왔고 이런 사람, 즉 풍자만화가와 같은 사람을 많이 죽여도 그런 사람들이 모두 사라지지는 않을 거야."

그는 약간의 보상금을 받고 자유로운 몸이 되어 자신도 원치 않는 이 피비린내 나는 반도로부터 멀리 떠나버릴 수도 있을 것이다. 갑자기 사악한 생각이 스쳐갔다. 풍자만화가에게 총을 주고 자살을 하려고 하면 그는 진정한 의미에서 영원히 죽는 게 될 것이다.

그 체포반장은 풍자만화가가 죽음을 기꺼이 받아들이리라는 것을 알아차렸다. 그는 검은 안경을 끼고서 살찐 고양이들 앞에서 연설하는 물렁한 젤리처럼 보이는 사람을 그린 풍자만화 앞에 서서 미소를 지었다. 풍자만화 아래의 해설문에는 "나를 선출해 주시오, 그러면 그 생쥐들이 당신을 추적하지 못하게 할 법령을 만들어 줄 것이오."라고 쓰여 있었다. 다른 풍자만화에도 똑같은 사람이 그려져 있었다. 이 풍자만화 속에서는 신문을 거꾸로 들고, 대통령에 대한 그날 아침 기사를 못마땅해 하는 모습이었다.

또 다른 풍자만화에선 옷을 입은 사람의 형체는 없고 군제복만 그려져 있었다. 그 옷은 의자에 걸쳐져 있었으며 소매가 가슴 쪽으로 접혀 있었다. 대통령이 연설할 때 주로 취하는 포즈였다. 이 그림을 보면서 그는 "이 그림 제목은 '할 말 없음'이네"라고 중얼거렸다.

그 벽 아래 또 다른 풍자만화가 있었는데, 앞의 풍자만화에서 본 제목과 같은 제목이 모자에 총을 겨누고 있었다. 그 권총 끝에 그의 혀가 붙어 있었으며, 이 그림에도 "할 말 없음"이라고 적혀 있었다.

유사하게 보이는 많은 풍자만화들이 날짜 표시도 없이 제멋대로 벽에 걸려 있었다. 어쨌든 이 풍자만화들은 그를 즐겁고 기쁘게 해 주었다. 이 풍자만화가에게 권총을 주어 자살하라고 했다가 그 총으로 오히려 자신을 쏠 수도 있겠다는 생각이 떠올랐다.

그는 이런 생각을 그만두고 희생자를 불러내면서 "내가 아직도 기다리고 있소!"라고 했다. 그러나 아무 대꾸도 들리지 않았다. 왜냐하면 죽음이 다가올수록 사람들은 죽음을 준비하는데 시간이 더 오래 걸리기 때문이다. 체포반장은 앞에 놓여 있는 책 더미에서 책을 집어 한 권씩 던졌다. 보기에 힘들 정도로 작은 글씨체로 쓰여져 있었지만 책의 사이즈는 모두 큰 것들이었다. 그는 책들을 다시 순서대로 놓으면서 일반서점에서 살 수 있는 책이고 우리나라는 이런 책들을 두려워하지 않는 민주주의 국가라고 중얼거렸다. 그는 계속 중얼거렸다.

"우리나라는 매 5년마다 대통령 선거를 하지. 5년마다 총선거 국민투표를 개최하지. 다른 나라처럼 국회도 있지. 사람들이 서점에서 잘 사지도 않는 이런 책들에 대해 왜 염려를 하지? 대통령, 군대 총사령관, 국회의원, 고위 관직자들을 혼란시킬 정도로 영향을 끼쳤다고 우리가 생각하는 그런 책, 그런 불온한 책이 여기 그의 책 가운데 어디 있다는 거야? 이상한 일이군!"

그는 사회 저명인사들, 여기에서는 모두 평범한 사람들인 영화배우, 자선 단체 사람들, 올림픽 운동선수들, 심지어 잘 알려진 국회의원과 함께 찍은 풍자만화가의 사진에 대해 다시 곰곰이 생각해보기 시작했다. 사진의 인물들은 공공 도로에서 우스꽝스런 교통사고로 죽은 전 대통령을 제외하고 거의 모두가 대통령의 친구들이고 전 대통령은 – 그의 죽음에 대해서 우리 모두는 알고 있지만 – 어떤 이유에서든 현재 대통령의 친구는 아니었다.

체포반장은 군용 침대와 비슷한 접이식 침대에 눕고 싶어졌지만 사람을 죽여야 하고 따라서 서 있어야만 한다. 그는 다시 한 번 주위를 둘러보고 말했다.

"너무 오래 끌지 말고 나오시오. 당신을 죽여야 하오. 나 그렇게 한가한 사람 아니오." 안에서 "기다리시오, 나가니까."라는 대답이 들려왔다. 체포반장은 그와 똑같은 크기의 목소리로 말했다.

"당신은 죽는 게 두렵지 않소?"

그 집 어딘가에서 다음과 같은 말이 들려왔다.

"당신과 우리 정부가 우리에게 제공해 주었던 삶보다 죽음이 더 잔인하진 않을 것입니다."

체포반장은 텔레비전을 켰는데 여느 때처럼 재미있는 게 별로 없어서 다시 텔레비전을 껐다. 그는 뒤에서 목소리를 가다듬는 소리를 듣고서 머리를 돌렸다. 그것을 보고 놀라 눈이 휘둥그레졌다. 풍자만화가는 알몸으로 서 있었다. 풍자만화가는 안경을 쓴 채 그의 눈 앞에다 만화를 그리는 데 사용하는 펜을 흔들고 있었다.

"내세에서 당신의 어리석음을 계속 비웃을 거요."

그는 주머니에서 권총을 꺼내면서

"당신은 시체가 소파 아니면…… 어디에 놓여 지길 원합니까?"라고 물으며 접이식 침대를 보았다.

풍자만화가는 무심한 몸짓으로 손을 들어 벽에 걸려 있던 그림 하나를 그에게 건네주면서

"당신이 떠나기 전 이 그림으로 나를 덮어주고 싶어질 거요. 날씨가 추워질 테니까요."라고 말했다.

■ 김진옥 역

바리케이드

The Barricade

아민 살리흐

Amin Salih

Anthology of the Arabic Short Stories

바리케이드

넓다란 광장은 사막처럼 길게 펼쳐져 있다. 태양은 자신의 주위를 돌고 있다. 아른거리는 깃발은 시간의 공간을 관통하듯 소용돌이처럼 회전하면서 펄럭거리고 있다. 과거는 현재가 되었고 미래는 낯설게 보인다. 알 하즈자즈*는 말 위에서 검을 휘둘러 참배자들의 목을 찔렀다. "이보게들! 총독이 칼을 뽑았어. 생각하기 전에 말을 흘리는 자는 자신의 몸이 알기도 전에 피를 흘리고 말걸세." 침묵에 싸인 모스크 건물 벽에 붙여놓은 하느님이라는 글자가 아래로 떨어진다.

* 75/694~95/713년 동안 바스라(Basra) 지방의 총독이었던 알-하즈자즈 이븐 유수프 알-사카피(Al-Hajjaj ibn Yusuf al-Thaqafi)는 다마스커스의 우마이야드(Umayyad) 왕조를 위해 모든 저항운동을 잔인하고 포악한 방식으로 진압한 것으로 유명하다. 알-하즈자즈(Al-Hajjaj)는 아랍문학, 특히 시 작품에서, 압제와 철권통치의 상징, 오늘날 아랍세계에서 압제를 행하는 권력자를 암시하는 상징의 원형적인 인물이 되었다.

그는 광장 바닥에 큰 대자로 뻗어 있었다. 폐부 깊은 곳에서부터 탄식이 가까스로 나왔다. 입 주위에 달라붙은 모래는 숨을 쉴 때마다 천천히 움직였다. 이마에 난 찍힌 상처 구멍에서 핏방울이 흘러나오고 있었다. 물결모양으로 흐르던 피는 이내 흙에 흡수되어 대지의 메마른 씨앗들의 혈관 속으로 곧장 빨려 들어갔다. 그는 무엇이라도…… 보려고 머리를 조금 들었다. 눈을 아무리 크게 떠 보아도 아무것도 볼 수 없었다. 그는 자신이 지금 문도, 창도 없는…… 지하의 복잡한 미로에 갇혀있는 악몽을 꾸고 있다고 생각했다. 공포에 질린 비명소리. 대지가 비명을 지르고 있었고 거대한 남자들이 아이들 장난감을 짓밟고 있었다.

그는 팔꿈치로 몸의 무게를 버티면서 일어나 보려고 했지만 힘이 없었다. 타는 듯이 내리쬐는 햇빛을 온몸으로 맞으며 그냥 이 상태로 있어야 할 것인가? 화가 치밀어 올랐다. 울려고 했지만 놀랍게도 눈물은 나오지 않았다. 그날 그는 많은 일들을 보고, 움직이고, 울고, 심지어 잊어버리는 것을, 할 수 없었다. 그의 정신과 몸은 마치 별개인 듯, 기억의 샘의 활동은 왕성했다. 과거의 사건은 기억의 샘의 표면에서 둥둥 떠다니다가 어린 아이의 소리 없는 꿈처럼 흘러가 버렸다.

마을은 평온함과 적막함 속에 묻혀 있었다. 파도는 다가오는 새벽의 장단에 맞춰 춤을 추고 있었다. 검붉은 일출의 햇살이 야자수 잎을 건드리자 잎은 좌우로 흔들렸다. 새들은 지저귀었고, 마을의

기도시간에 맞춰 울리는 닭들의 꼬끼오 소리는 새로운 날의 시작을 반겨주었다.

자연이 연주하는 이 우주의 교향곡을 들으며 서른 살을 넘긴 여인이 잠에서 깬다. 얼굴에는 피곤함이 배어 있다. 그녀는 작고 누추한 방으로 들어가 닳아빠진 침대 맞은편에 선다. 닳아서 헤진 매트리스의 틈 사이로 면으로 된 노란색 면 속이 보인다. 그녀는 베개 옆에 있는 책을 집는다. 그녀는 아직 말을 한 마디도 안 했지만 그가 눈을 떴다. *(그는 머리를 바닥에 댔다. 목에 살을 에는 듯한 격통이 있었다. 굵은 몽둥이로 맞은 것 때문에 생긴 통증이었다. 그는 피로 범벅이 된 바닥에 간신히 키스를 했다. 그는 낮고 거친 쉰 목소리로 "엄마!"라고 속삭였다.)* 그의 눈에 그녀의 가무잡잡한 얼굴이 비쳤다. 그녀의 사랑스러운 입술에는 미소가 자리 잡고 있었다. 그녀는 가느다란 손을 뻗어 그의 이마로 내려온 머리카락을 쓰다듬었다. 그가 다니는 시내 고등학교로 가는 버스를 타려면 삼십 분은 있어야 했다.

그는 책상에 앉아 선생님이 내뿜는 담배 연기를 쳐다보고 있었다. 가운데가 텅 빈 원형 모양의 단어처럼 생긴 담배연기가 교실 위를 떠다녔다.

바스라의 알-하즈자즈 이븐 유수프의 연설문을 읽으면 그가 성격, 의지력, 결단력이 매우 강한 인물이라는 것을 분명히 알 수 있다.

"만일 내가 여러분 중 한 사람에게 어느 특정 문으로 모스크를 나가라고 명령했는데 그 문이 아닌 다른 문으로 나간다면 나는 그 사람의 목을 베어 버리겠다."

이것이 바로 총독과 그의 신하 사이에 존재해야 하는 – 여기서 우리는 *존재해야 하는* 을 강조해야 한다 – 사실 그대로의 진정한 관계인 것이다.

그는 자리에서 일어나 그 원형의 단어들을 붙잡고 싶었다.

정오에, 집으로 돌아오는 버스 안에서 그는 버스 기사의 머리에 붙어 있는, 잘 보이지도 않는 실가닥 같은 흰 머리카락을 유심히 보고 있었다. 그의 아버지는 오랫동안 마을 근처에 있는, 사방이 높은 돌담으로 둘러싸인 과수원에서 소작농으로 일했다. 그의 아버지는 곡괭이로 땅을 팠고 손으로 작물을 심었다. 과일이 익으면 버릇없는 과수원 주인 아들들은 높은 야자수로 올라가 야자를 땅으로 떨어뜨리고는 그것을 가지고 놀았다. 아버지는 임금을 쥐꼬리만큼밖에 못 받았지만 하는 일은 엄청났다. 공부시키는 데 나가는 돈이 꽤 많았다. 이 때문에 그의 아버지는 소작농 일을 그만두고 정유회사에 취직했다. 선생님께서는 벌레와 뱀에 물리고 진흙탕에서 뒹굴며 일을 해야 하는 소작농과 수천만 에이커의 땅을 소유하면서 그 안에서 야자수 농사를 짓고, 수많은 가금류, 광물, 소떼와 일꾼을 소유하고 있는 지주와의 진정한 관계에 대해서 말씀을 하고 계시는 중이셨다. 분명치는 않지만, 버스기사님, 당신의 머리에 난 흰 머리카락이 그 증거입니다. 갑자기 피곤이 엄습했다. 버스 창으로 들어오는 햇빛으로 눈을 돌렸다. 그것이 슬픈 일이라는 것을 그는 알았다. 아니, 이것은 그가 상상한 그대로였다. 야자수 역시 슬펐고 소들도 고통 받는 슬픈 존재로 보였다. 문을 여니 그의 아버지가 쪼그리고 앉아 음식을 힘들여서 씹고 계셨다. 그의 엄마는 솟구치는 눈물을 삼키면서 아버지 옆에 서 있었다. (*제 마음이 너무 아파요, 아빠!*) 그의 아버지가 집에서 점심을 드시는 것은 흔한 일이 아니었다. 그는 저녁때까지 회사에서 일을 했고 점심도 회사에서 먹었다.

"아빠, 어쩐 일이세요?"

그의 아버지는 바싹 말라버린 입으로 물을 가져갔다.

"회사는 더 이상 우리들을 필요로 하지 않는단다."

"왜요?"

"모르겠구나."

또 다른 장면이 기억났다. 어린 시절, 그는 옆집 과수원 담에 올라가서 놀다가 과수원 주인이 샘물 근처에 심어 놓은 씨앗을 쪼아 먹고 있던 흰 비둘기에게 총을 겨누고 있는 것을 보고 기겁을 한 적이 있다. 귀를 찢는 총소리와 함께 비둘기는 죽었다. 아, 아빠! (*피범벅이 된 흙덩어리가 그의 얼굴 옆쪽에 딱지처럼 달라붙어 있었다. 그는 햇빛 속을 조금 기더니 더 이상 움직일 수 없었다. 한숨을 내쉬고 얼굴을 땅에 기댔다……*)

"아들아, 너는 우리 집의 희망이란다."

아들을 옆에 앉히면서 아버지가 이렇게 말했다. 그들은 미래에 관해서 이야기를 나눴다. 아버지는 아들이 학교를 마치고 근사한 직장을 얻을 때까지 근처 농장에서 일꾼으로 일 할 것이다. 그들은 그렇게 하기로 약속했다. 슬픔만이 이런 약속의 증인이 되었다.

회사는 노동자 서른 명을 해고했다.

침묵은 죄악이었다.

"침묵할 때마다 해고자는 늘어납니다."

"서른 하나, 서른 둘."

"제 아버지께서 다른 직장을 찾으려면 한참 기다려야 합니다."

"엄마의 젖이 말라 아기가 죽어가고 소들이 먹을 거라고는 똥밖에 없게 되는 날을 보게 될까 두렵습니다."

"우스타드흐, 우리가 어떻게 해야 하지?"

선생님께서는 집게 손가락으로 안경을 고쳐 쓰면서 말씀하셨다.

"그들에겐 그들만의 세계가, 당신들에겐 당신들만의 세계가 있잖아요."

"만일 앉아 있는 사람이 일어날 수 없다면 똑바로 서 있는 사람에게 앉아 있는 사람을 죽일 수 있는 권리가 있니?"

선생님은 도저히 이해가 안 된다는 듯 머리를 절레절레 흔드셨다.

"만일 앉아 있는 사람이 일어날 수는 있지만 그럴 기회가 전혀 안 생기면요?"

침묵의 벽에 금이 갔다. 선생님은 바닥에 쓰러졌다. 그의 기운은 소진됐다. 군중들은 바깥으로 나왔다. 광장은 먼지와 분노로 가득했다. 여러 몸들이 합해졌다. 목소리도 합해졌다. 발은 땅에 구멍을 냈다. 오랫동안 억눌려왔던 불꽃이 튀었다. 오랜 침묵을 깨고 나온 저항의 목소리가 극에 달했다. 군중들은 한데 모여 외치고, 비명을 지르고, 저항하고, 분노의 바다로 함께 들어갔다. 하늘에는 검은 구름이 나타나 선회하더니 급기야는 하늘 전체를 뒤덮었다. 갑자기 붉은 화살 하나가 구름 가운데를 통과했다. 화살은 최초의 비상을 시도하고 있는 새끼 새의 가슴속으로 맹렬하게 파고들었다.

남자들의 목 혈관에 경련이 일어났다. 화와 분노가 깨진 그들의 이마로 몰려들었다. 여자들은 남자들과 함께 달리기 시작했다. 울음소리와 비명소리가 여자들의 가슴을 찢고 나와 입고 있던 외투마저 찢었다. "내 아들아!"라는 두 마디가 고통스러워하는 여자들의 입에서 나왔다.

사람들은 마치 급류에 떠밀려 온 나무토막처럼 광장으로 몰려들어와 고개를 길게 빼곤 그곳에서 무슨 일이 벌어지는 가를 지켜보고 있었다. 그러나 높게 설치된 바리케이드가 그들의 시야를 가렸다. 아래쪽을 응시한 그들의 눈에서는 눈을 찌르는 눈물이 흘러나왔다. (*그는 목이 몹시 말랐다. 모든 샘은 말랐고 목은 타들어갔다. 손톱으로 땅을 파서 작은 구멍을 냈다. 구멍을 더 크게 파면 자신의 무덤으로 쓸 수도 있을 것 같다는 생각에 몸이 떨렸다.*)

광장에서는 말, 헬멧, 두꺼운 몽둥이가 무식하고도 어리석게 자신들의 힘을 뽐내고 있었다. 공포에서 나온 비명소리는 말들의 울음소리와 섞였다. 알 하즈자즈는 큰 목소리로 외쳤다.

"어느 누구도 다른 문으로 빠져 나가지 못하게 하라!"

그는 목, 이마, 무릎을 강하게 맞고 땅에 쓰러졌다. 눈, 코, 입은 흙으로 범벅이 됐다.

어느 누구도 일어서지 못했다. 그는 바리케이드까지 기어가기 시작했다. 그의 손가락은 벽을 기어오르고 있었다. 일어설 수는 없었다. 눈을 감은 채 계속 무릎을 땅에 대고 기었다. 잠시 후 잔인한 손이 땅에서 그의 상반신을, 강인한 두 손이 힘 없는 그의 두 다리를 든 후 어디론가 데리고 갔다. 그는 갖은 노력을 해서 간신히 눈을 떴다. 금속 헬멧이 눈앞에 보였고 이것이 말하는 바는 의심의 여지가 없었다. 카키색 군복을 입은 두 사람이 그를 데리고 어디론가 가고 있었다. 머리가 어깨 쪽으로 축 늘어졌다. 그가 있는 곳은 광장 밖이었다. 사람들이 그를 응시하며 괴로워했다. 사람들은 그들의 주위, 그들의 앞, 그들의 위에서 무슨 일이 일어나고 있는지 몰랐다. 아이와 함께 있던 한 여자가 외투 안으로 아이를 숨기고는 떨리는 목소리로 나지막이 말했다.

"오 하느님, 그들이 저 청년을 죽였어요!"

그의 몸은 격렬하게 떨리다가 금속 헬멧의 표면에 부딪혔다. 상처 부위에서 나온 피가 금속 표면에 닿는 것을 보고 그는 깊은 숨을 쉬었다. 그는 자동차 엔진소리를 들었다. 자동차는 하늘에 있는…… 예정된 어느 곳에 도달하기 위해, 산, 구름으로 승천하고 있는 침묵의 기도 소리를 뒤로한 채, 비포장도로를 따라 가버렸다.

■ 강문순 역

동료

The Companion

모하메드 딥

Mohammed Dib

Anthology of the Arabic Short Stories

동료

여러분 모두에게 신의 은총이 내리기를! 이곳에는 유쾌한 기분이 충만하다. 우리는 인생의 절정에 있고 심신이 건강하지 않은가? 그러니 뭘 더 바라겠는가? 지구는 넓고 크다. 그래서 누구나 그 한 모퉁이를 차지하고 살 수 있다. 누구나 자기 마음대로, 자기가 원하는 대로 살 수 있다. 위대한 우리 조국 알제리에 축복 있으라! 그리고 우리와 같은 종(種), 즉 인간들은 대개 우리를 잘 대우해준다. 우리는 이 사실을 목숨이 붙어있는 한 영원히 전 우주 앞에서 엄숙히 선포할 것이다.

우리 형제들은 눈앞에 있는 피조물이 굶어죽도록 결코 내버려두지 않았다. 그렇다! 전 세계가 우리를 알고 있다. 우리는 샘의 물을 마시고 지붕 위에 둥지를 트는 새들과 같다. 어떤 사람들, 즉 대부분의 사람들은 우리를 '제하'(*아랍 세계의 흔한 남자 이름인 '나스르'의 알제리 식 이름이다. 『나스레딘(혹은 제하) 이야기』는 이슬람 세계에서 전해 내려오는 제하(혹은 나스르)에 관한 여러 이야기들을 모아 놓은 것이다. 이 소설은 이 『나스레딘(혹은 제하) 이야기』의 형식을 차용하여 서술되었다 – 역자 주)라고 부르고 그 외의 사람들, 즉 친구와 지인들은 우리를 '자드주'라고 부른다.

아, 우리들에 대해서 얼마나 수많은 얘기가 전해지는지! 모두들 우리 얘기를 익히 알고 있다. 필남필녀 뿐만 아니라 지식인들도 모두 우리 이야기를 좋아하였으며 유랑극단 사람들은 한껏 상상력을 발휘하여 우리가 겪은 시련에 대해 끊임없이 이야기를 지어냈다. 물론 그 시련은 내가 자초한 것이었다. 필요할 때 입을 다물지 못한 까닭이다.

사실 나는 진실을 알고 싶어 하지 않는 사람들에게 억지로 진실을 말했다. 상인이나 배때기에 기름 낀 자들, 고결한 척 하는 자들, 가짜 신앙인, 하늘이 자기보다 밑에 있다고 생각하는 위대한 자들, 엉터리 학자들, 노예의 영혼을 가진 저열한 자들 말이다. 나는 결코 가난한 사람들을 공격하지 않았다. 그렇지 않아도 이미 충분히 짓밟힌 사람들이니까. 심판의 날, 죄 많은 이 몸이 심판받는 날, 이 점이 감안되기를 바란다! 물론 나는 공연히 소동을 부리고 허풍을 떨기도 했다. 그러나 그것은 모두 내가 지독한 바보이기 때문이다.

각설하고, 내가 진짜로 얘기하고 싶은 것은 불쌍한 제하가 최근에 겪은 불운에 관한 이야기이다.

아직도 그 사람의 모습이 눈앞에 선하다. 그의 옷차림은 우리나라에 맞지 않았다. 옷을 너무 많이 껴입고 있었으니까. 게다가 색깔도 매우 칙칙했다. 어느 날 오후 평소처럼 동네를 한 바퀴 돌고 있는데 그가 내게로 다가와서 말을 붙였다

"아니, 제하 아니세요?"

"맞습니다. 내가 바로 제하입니다."

이렇게 말하며 나는 이 낯선 자를 어떤 식으로 대해야할까 곰곰 생각했다.

"저는 선생님을 알고 있습니다."

그가 말했다.

"젊은이, 이 세상천지에 제하를 모르는 사람이 어디 있겠소!"

"하지만 저는 진짜로 선생님을 알아요."

이 말을 하면서 그는 한쪽 눈을 찡긋하였다.

"그래요, 어떻게……"

"예전에 선생님께서 우리 마을에 오신 적이 있어요…… 그때 저는 아직 어린애였죠."

"여보게, 내가 안 가본 데가 어디 있나…… 내 발이 말을 할 수 있다면 정말이지!……"

그렇지만 나는 슬슬 걱정이 되기 시작하였다.

"도대체 무슨 말이 나올까?" 하고 속으로 염려하며 그의 얼굴을 똑바로 바라보았다. 삼십 세쯤 되었을까? 작은 키에 왜소한 몸집이

었지만 그럼에도 불구하고 매우 강인한 정신력을 가지고 있는 것 같았으며 눈동자는 마치 불타는 석탄처럼 강렬하게 빛나고 있었다. 내게 말을 하는 동안 그의 잘생긴 얼굴에 즐거운 미소가 스쳤으며 단단하고 좁은 이마에는 주름살이 물결쳤다.

그는 내가 그렇게 빤히 쳐다보는 것이 아무렇지도 않은 듯이 계속 말을 이어갔다.

"선생님은 우리 동네 사람들을 모아놓고 이야기를 들려주셨어요. 모두들 재미있어 했죠. 살렘 아저씨는 감사의 표시로 멋진 수탉 한 마리를 가져왔죠. 산 채로 말이죠."

이야기를 하는 동안 그는 계속해서 눈을 깜빡였다. 나는 여전히 그에게 데면데면하게 굴었다. 왠지 그 친구에게 호감이 갔고 또 친근하게 느껴졌지만 그럼에도 불구하고 나는 고집스럽게 마음의 문을 굳게 닫고 있었다. 파렴치한 익살꾼이 틀림없다고 생각했기 때문이다. 그러나 나는 결국 방어를 풀고 말았다. 그 이유는 분명치 않다. 어쩌면 그의 눈에서 반짝이는 순진한 미소 때문이었는지도 모른다. 그렇지 않으면 이 우연한 만남이 도대체 어떤 결과를 초래할 것인지 알고 싶은 호기심 때문이었을 수도 있다. 어쩌면 더 그럴 듯한 이유가 있었을지도 모르지만 이제는 기억이 나지 않는다. 어쨌든 나는 그의 이야기에 호의적으로 귀를 기울이기 시작했다.

그러나 나는 이런 속내를 들키지 않기 위해 짐짓 냉담을 가장하며 대답했다.

"그랬을지도 모르지. 하지만 어쨌든 지금은 전혀 생각이 안 나는군."

"그 사람들은 모두 돌아갔죠."

젊은이는 내 말은 아랑곳하지 않고 자기 얘기를 계속했다.

"결국 저 혼자 선생님 곁에 서 있었어요. 저는 경외의 감정으로 선생님을 바라보았어요. 속으로 이렇게 말했죠. '이 분이 바로 제하야' 하고 말이죠. 만일 그때 선생님께서 갑자기 저를 쳐다보시지 않았다면 언제까지나 그렇게 서 있었을지도 모릅니다. 그런데 선생님께서 제게 가까이 오라고 손짓을 하시더니 제 귀에 대고 이렇게 말씀하셨어요. '얘야, 이 닭을 가지고 가거라. 어머니께 쿠스쿠스를 만들어 달라고 하여라.' 선생님께서는 제 손에 닭을 쥐어주시고 그대로 돌아서서 성큼성큼 걸어가 버리셨어요."

나는 더욱 흥미를 가지고 이 친구를 바라보았다. 이윽고 우리는 서로 대화를 나누기 시작했다.

그는 곧 자기 신상에 관해 모두 털어놓았다. 그는 바로 그날 귀국하였다. 프랑스에서 살다 돌아온 것이다. 사 년 만에 겨우 휴가를 얻어 고국 방문 길에 나선 참이었다. 이제 곧 가족을 만날 것이었다. 아내와 세 아들을 말이다. 이 말을 하면서 그의 눈에는 자랑스러운 빛이 가득했다. 하지만 집에 돌아오는 것은 쉽지 않았다. 하도 오랜만이라 혹시 자식들을 못 알아볼까 걱정이 되었다. "사 년이에요, 생각 좀 해보세요! 가슴이 두근거려요. 이제 곧 아이들을 본다고 생각하니 정말 겁이 나요."

나의 모든 의혹이 단번에 풀렸다. 그런 심정이 너무나 잘 이해되었다. 하지만 그는 여전히 아내 얘기는 꺼내지 못했다. 머릿속이 아내 생각으로 가득 차 있더라도 결코 아내 얘기는 입 밖에 내서는 안 되는 것이 우리의 관습이니까. 하지만 얼마나 바보 같은 생각인가! 아름답고 사랑스런 아내를 가진 것이 죄란 말인가? 이런 멍청이들 같으니라고!

편히 대화를 나누려면 갓 우려낸 차 한 잔을 앞에 놓고 의자에 걸터앉는 것이 제일이다. 그렇지 않은가? 그래서 나는 그 친구에게 카페에 가자고 했다. 그러자 그는 매우 언짢아하며 절대로 나를 따라가지 않겠다고 했다. 그는 카페에 초대할 사람은 내가 아니라 자기라고 하면서 자기 초대에 응해주면 크나큰 영광이라고 했다. 또한 자기가 먼저 그 생각을 못한 것이 정말 유감이라고도 했다.

"그렇게 하세. 정히 자네 소원이 그렇다면."

내가 대답했다.

그러자 그는 곧 진정이 되었다. 물론 그는 나의 초대가 그냥 예의상 해본 소리라는 것을 알지 못했다. 사실 나는 그때 주머니에 땡전 한 푼 없었다. 그럼에도 불구하고 나는 그를 초대하지 않을 수 없었다. 그만큼 그에 대해 친근감을 느껴서 내 자신이 무슨 짓을 하고 있는지 깨닫지도 못한 채 그만 일을 저질러 버렸던 것이다. 물론 내 장담하건대 어떤 경우에도 찻값은 그가 냈을 것이다. 매우 경우

바른 사람이었으니까 말이다.

게다가 또 다른 요인도 있었다. 행복에 겨워 마음이 날듯이 가벼울 때면 누군가에게라도 감사의 마음을 표시하고 싶어진다. 이 젊은이의 경우가 바로 그랬다.

우리는 어느 오래된 여인숙의 마당에 앉아 향기로운 차를 마셨다. 11월 말의 어느 날이었다. 날씨는 아직 따뜻했다. 장인들의 공방이 들어있는 건물 곳곳에서 온갖 소리들이 들려왔다. 신발 장인들의 공방에서는 노래 소리, 코란 읽는 소리, 종교적인 영창(詠唱) 소리가, 방직 공방에서는 직조기의 북이 왔다 갔다 하는 소리가 들려왔으며 마당을 오가는 가죽 상인들의 콧노래 소리도 들렸다. 새장 속의 새들이 짹짹거리자 거기에 화답하듯 마당가 석류나무 위에서 다른 새들의 노랫소리가 들려왔다. 나는 갑자기 마음이 턱 놓였다. 때로 우리는 부산스럽게 돌아가는 주위 환경 속에서 더욱 큰 마음의 평화를 맛보기도 한다.

그 때까지 잠자코 있던 내 동료가 불쑥 내게 물었다.

"이곳 사정은 정말 괜찮은 건가요?"

나는 화들짝 놀랐다. 전혀 예상치 못한 질문이었기 때문이었다. 게다가 그것은 조금 전까지 편안한 주위 환경 속에서 내가 느끼던 행복과는 너무도 대조적인 질문이기도 했다. 젊은이는 (그의 이름은 '주비르'라고 했다.) 곱슬머리를 흔들며 내 쪽으로 몸을 기울였다. 나는 그를 똑바로 쳐다보았다. 그의 활기찬 표정으로 보아 진심으로 하는 말인 것 같았다. 그러나 나로서는 그가 왜 뜬금없이 그런 질문을 하는지 도무지 알 수가 없었다.

어찌되었건 이곳 사정이 괜찮지 않다는 것쯤은 나도 알고 있었다. 사실 사정은 점점 나빠지고 있었다.

그는 내 대답을 기다리지 않고 선언하듯 말했다.

"이곳 사정은 말입니다, 법은 있지만, 법은 정말 많이 있지만 정의는 없고, 진실도 없어요……"

그는 찌르는 듯한 시선을 던졌다. 그것은 칼처럼 날카롭게 번뜩였다. 그의 말은 소박했지만 확신을 담고 있었다. 그러니 그를 믿지 않을 수 없었다. 나는 잠자코 그의 말을 들었다. 그러나 점점 불안해져서 마침내 참을 수 없을 지경이 되고 말았다.

잠시 뜸을 들인 후, 그는 침울한 얼굴로 말했다.

"외국으로 도망가는 것은 나빠요. 나도 압니다. 나는 조국을 버렸어요. 하지만 난들 좋아서 그런 줄 아세요? 다른 방도가 없었기 때문이에요. 나는 몸도 튼튼하고 손재주도 좋아요. 하지만 여기서는 일자리를 구할 수가 없었어요."

그는 웃기 시작했다. 하느님 감사합니다! 나는 그가 기분이 나아진 것 같아서 너무나도 기뻤다. 조금 전까지 매우 심각하던 그의 눈이 이제 선량한 빛으로 가득 찼다.

그러나 그는 곧 다시 말을 시작했다.

"적당한 일을 찾을 수가 없었어요. 물론 이런저런 잡다한 일을 했지만 뭔가 보람을 느낄 수 있는 일이 하나도 없었어요. 전혀 없었죠. 그래서 외국으로 갔어요. 그때부터 우리 아이들을 배부르게 먹이게 되었어요. 아버지는 못 봤지만 그래도 굶지는 않게 되었죠. 게다가 저축도 좀 했어요."

이 말을 하면서 그는 너털웃음을 터뜨렸다.

"사실 몇 푼 안 돼요!"

그는 툴툴거렸다.

"하지만…… 어쨌든 없는 것보단 낫죠."

처음에 나는 왜 그의 웃음소리가 그렇게 이상하게 들리는지 알 수 없었다. 그는 젊었다. 그 나이에는 조금만 즐거워도 마음속에 있는 선량함이 얼굴에 고스란히 드러난다. 그러니까 일을 해서 가족에게 양식을 사주고 또 조금이나마 저축도 할 수 있는 사람은 대단한 존재이다.

이런 생각이 들어 나는 동료에게 미소를 지었다. 그 사람 역시 나와 시선이 마주칠 때면 미소를 지었다.

마침내 나는 그에게 이렇게 말했다.

"참 대단해. 물론 자네는 아직 젊어. 하지만 자네는 심지가 굳으니까 꼭 성공할 거야."

"그건 확실치 않아요."

그가 대답했다.

"무엇보다 이웃을 사랑하게. 하지만 그 사람들 얼굴을 똑바로 쳐다보게. 그러면 그들도 나쁜 마음을 먹지 못할 테니까."

"저는 대체로 사람들과 사이가 좋아요. 우리 장인어른하고 공무원들만 빼고요."

나는 놀라서 내 동료의 얼굴을 다시 한 번 쳐다보았다. 그리고는 속으로 생각했다.

"아, 젊다는 게 그런 거지. 젊은이들은 자존심이 세고 자기가 뭘 원하는지 알고 있어. 제하 너만 해도 그래. 모든 일을 엉망진창으로 만들어놓고 어찌할 바를 몰라 쩔쩔맸잖아."

그의 존재로 인해 나의 늙은 가슴이 훈훈해지는 것 같았다. 그런 사람이 내 곁에 앉아 있다니! 그것은 전혀 예상치 못한, 그리고 너무도 과분한 행복이었다. 내가 젊었을 때 우리는 이런 식으로 말하지 않았다. 그때 젊은이들은 좁은 세상에서 지루하게 살았다. 정말 아무짝에도 쓸모없는 삶이었다.

그의 모습이 아직도 눈에 선하다. 그의 모습은 절대로 내 기억에서 지워지지 않을 것이다. 그의 초록색 망토가 눈에 보이는 것 같다. 그것은 곧바로 무릎까지 내려오지 않고 넓은 허리띠로 조여져 있었다. 소년 같은 그의 얼굴은 이목구비가 뚜렷했고 숱이 많은 검은 곱슬머리 위에는 모자도 셰샤(*머리에 딱 맞는 원통형의 장식술이 달린 모자-역자주)도 Tm지 않았다. 그의 빛나는 눈은 온 사방에 편안한 빛을 발하고 있었다.

슬프다! 기쁨과 슬픔이 같은 지붕아래 함께 살고 있다니! 주비르는 몇 분 정도 아무 말도 하지 않고 잠자코 있었다. 아마도 과거를 곰곰이 되짚는 모양이었다. 이윽고 그는 머리를 긁적이고 한숨을 내쉬더니 먼 산을 바라보며 이야기를 계속했다.

"이 나라에는 너무도 비참한 일이 많아요. 그래서 도대체 어디부터 얘기를 시작해야할지 모르겠어요. 저처럼 외국에서 갓 돌아온 사람은 그걸 더 심하게 느껴요. 거기서는 모두들 일을 하고, 돈을 벌고, 인생을 즐기니까요."

나는 또 다시 불안해졌다. 그의 비판에는 확신이 있었다. 아마도 이미 그것에 대해 깊이 생각해 본 것 같았다. 그래서 매우 설득력이 있었다. 그러나 그 말을 하는 동안 그의 얼굴에는 견딜 수 없는 긴장감이 감돌았고 그래서 나는 돌연 불안감에 사로잡히게 되었다. 이런저런 얘기 끝에 그는 자기 아버지에 대해 얘기하기 시작했다. 그의 아버지는 커피콩 가는 일을 했다. 주비르 자신은 이제 운이 트였지만 자기 아버지는 끔찍한 인생을 살았다고 했다.

"요즘은 커피 가는 기계가 있어서 몇 초 만에 커피를 갈아내요. 하지만 제가 어렸을 때는 그렇지 않았어요. 사람 힘으로 커피콩을 갈아야 했어요. 밀가루보다 더 고운 분말을 만들기 위해서는 정말 힘들여 갈아야 했어요. 우리 아버지가 그 일을 했어요."

말하는 동안 그는 주먹을 불끈 쥐었다. 마치 보이지 않는 적의 멱살이라도 잡는 것 같았다. 나는 아무 말도 하지 않고 묵묵히 앉아 있었다. 그가 자기 기억을 되살리려고 애쓰는 데 공연한 방해가 될까 저어되었기 때문이었다.

"우리 아버지는 더러운 막다른 골목에 있는 얕은 도랑 같은 깊고 캄캄한 구멍 속에서 일했어요. 육중한 문이 항상 닫혀 있었어요. 왠지는 모르지만 어쨌든 나는 그 문이 꼭 감옥 문처럼 느껴졌어요. 그 속에서는 아무 것도 보이지 않았어요. 마치 생매장을 당한 것 같았죠. 쇠로 만든 절굿공이는 내 키보다 컸고 무게도 아마 이십 킬로 이상 나갔을 거예요. 아버지는 하루 종일 쉬지 않고 그것을 들어 올려 커피를 찧었어요. 뼈가 부서지라 일하면서 잠시도 쉬지 않았죠. 숨이 차서 헉헉대며 찧고 또 찧었어요. 자기가 무엇을 하고 있는지 모르게 될 때까지 말이죠. 얼굴에서 땀이 뚝뚝 흘러내리고 바짝 마른 이마와 뺨과 목도 시커먼 땀으로 범벅이 되었어요. 아버지는 그때 꽤 나이가 많았어요. 시력도 점점 나빠져 눈도 잘 보이지 않았어요. 그 눈에도 땀이 가득했어요. 어쩌면 눈물이었는지도 몰라요. 어쨌든 시커맸어요. 아버지는 항상 침울했지만 그래도 계속 숨을 몰아쉬며 커피를 찧었어요. 절굿공이가 절구에 부딪치면 그 충격 때문에 당신 몸도 함께 떨렸어요."

너무도 끔찍한 얘기에 나는 견딜 수 없어 몸서리 쳤다. 그럼에도 불구하고 나는 귀를 쫑긋 세우고 그의 얘기를 들었다. 장인들의 공방이 있는 장소가 아니었다면, 그렇게 사람들이 많이 오가는 장소가 아니었다면 나는 그가 불쌍해서 통곡을 하고 말았을 것이다. 그 젊은이는 내 오장육부를 갈가리 찢어 놓았다. 나는 속으로 생각했다.

"이게 우리네 인생이야. 그게 우리 형제들이 살아야할 인생이야!" 그러자 가슴이 먹먹해지면서 억지로 참고 있던 울음이 교수대의 동아줄처럼 목구멍에 걸렸다.

젊은이가 얘기를 계속했다.

"때때로 아버지는 너무 지쳐서 그만 코를 땅에 박고 쓰러지셨어요. 내심으로는 그렇게라도 좀 쉬는 것이 좋았을 거예요. 하지만 그런 때를 대비해서 하루 종일 내가 거기서 아버지를 감시하고 있었어요. 주인이 그런 모습을 보면 큰일 나기 때문에 나는 아버지를 닦달해서 바로 일어나시게 했어요. 물론 속으로 울었죠. '불쌍한 아버지, 너무 지치셨어요. 좀 쉬지 않으면 돌아가시고 말 거예요.' 하지만 나는 그런 측은한 생각을 떨쳐 버려야했어요. 쑤시는 팔다리를 땅에 대고 좀 쉬시게 할 수가 없었어요. 만일 그랬다가는 나중에 아버지한테 혼날 테니까요. 그래서 나는 더러운 천 조각으로 아버지 얼굴을 닦아드리고 나서 있는 힘을 다해 아버지를 일으켜 세우고 절굿공이를 손에 들려 드렸어요. 아버지는 내게 '고맙다, 얘야'라고 말씀하시고는 다시 일하기 시작하셨어요.

"아버지는 곧 다시 기운을 차렸어요. 쿵쿵 울리는 규칙적인 절굿공이 소리에 근처의 낡은 집들이 기둥뿌리부터 다시 흔들리기 시작했어요. 때로 아버지는 내게 말을 걸기도 하셨어요. 사실 아버지는 원래 침울한 성격이 아니었어요. 말이야 아주 씁쓸하게 하셨지만 딱히 슬퍼서 그런 것은 아니었어요……"

여기서 젊은이는 잠시 말을 멈추었다. 그의 얼굴이 딱딱하게 굳었다.

나는 그를 재촉했다.

"자, 전부 털어놔 봐요."

그러자 그는 천천히, 아주 천천히 생각을 끌어 모았다. 툭 튀어나온 눈썹자리 밑에서 검게 빛나는 두 눈동자는 똑바로 정면을 응시하고 있었다. 그 모습이 어찌나 측은했던지! 그런데 그의 나직한 목소리를 듣는 동안 나는 이상한 예감에 사로잡혔다. 젊은이의 이야기에 관해 찬찬히 생각해봐야 할 것만 같은 느낌이 들었다. 내 평생 그런 일은 처음이었다. 하지만 어찌되었건 지금은 그런 생각을 할 게재가 아니었다. 그래서 나는 나중에 다시 생각해보기로 했다. 젊은이는 착 가라앉은 목소리로 이야기를 이어나갔다.

"주인은 하루에도 몇 번씩 커피 가루를 가지러 왔어요. 그때마다 주인은 마치 즐거운 농담이라도 되는 것처럼 이렇게 말했어요. '아흐메드, 당신은 너무 늙었어. 아무래도 젊은 사람을 구해야할 것 같아!'

처음 그 소리를 들었을 때 아버지는 극구 부인을 했어요. 젊을 때보다 지금이 힘이 더 좋다고 말이죠. 하지만 아버지는 점차 자기 운명을 받아들이는 것 같았어요. 그래서 주인이 왔다가고 나면 언제나 혼잣말을 했어요. '장님이 되면 구걸을 하겠어. 그럼 더 행복할 거야.' 그 말을 들을 때마다 나는 아버지가 빨리 시력을 잃기를 빌었어요. 아버지를 인도하여 이 고장 저 고장 떠돌아다니는 내 모습이 눈에 보이는 것 같았어요. 그리고 그것을 생각하면 가슴이 마구 뛰었어요. 어느 날 내가 아버지께 그 얘기를 했더니 아버지는 빙그레 웃으시며 대답하셨어요. '그래, 좋아. 우리 함께 손을 잡고 알라신의 가호 아래 길을 떠나자꾸나.' 하지만 그건 이루어지지 않았어요. 아버지는 결국 절굿공이를 손에 쥔 채 돌아가셨으니까요."

젊은이는 입을 다물었다. 눈에 보이지 않는 뭔가 때문에 겁을 집어먹은 것처럼 몸서리를 쳤다. 얼굴이 화석처럼 굳어졌다. 그는 고개를 숙이고 꼼짝도 하지 않았다. 뭔가 조용히 귀를 기울이고 있는 것 같았다. 그리고 얼마 후, 갑자기 고개를 들더니 한달음에 얘기를 끝냈다.

"저녁때가 제일 힘들었어요. 일과가 끝날 때가 되면 아버지는 몸이 너무 아파서 고통의 신음소리를 토해냈어요. 정말 괴로워서 견딜 수가 없을 지경이었어요. 날은 벌써 어둑어둑했죠. 나는 한달음에 집으로 달려가 어머니를 모시고 와 둘이서 양쪽에서 아버지를 끼고 질질 끌다시피 해서 집으로 돌아갔죠."

나도 비참한 어린 시절을 보냈다. 우리는 너무도 따분했다. 마치 독가스처럼 권태가 우리를 사로잡아 영혼을 갉아먹었다. 너무도 따분해서 질식할 것만 같았고 가슴 위에 납덩이가 얹혀있는 것 같았다. 그리 먼 옛날도 아닌 그 과거를 생각하면 그것이 실재했다는 것이 믿기 힘들 정도이다. 우리는 그처럼 무지와 공포의 외피 속에 싸여있었던 것이다. 우리는 고개를 숙이고 조신하게 살았다. 감히 세상에 자기를 드러낼 생각조차 하지 못했다. 그런데 지금은? 이제 우리는 자존심을 배웠고, 모욕을 거부한다. 우리는 가슴에 둘러쳐놓은 검은 상장을 걷었다. 신은 우리 모두에게 장수를 허락하셨고 우리는 앞으로 좋은 날이 올 것을 기대한다. 제하가 장담하건대 꼭 그렇게 될 것이다. 그리고 그날이 오면 몇몇 사람들은 양심의 가책을 느낄 것이다.

내 동료 얘기로 돌아가자면 이제 그는 행복하다. 세 아들의 아버지에다 버젓한 일자리도 있으니까……

우리 두 사람은 그렇게 얘기를 나누고 있었다. 그동안 그는 긴 악몽 같은 과거를 다시 한 번 사는 것 같았다. 그는 눈을 감고 후회하는 것처럼 물었다.

"그런 삼대 구십년 묵은 얘기를 뭣하러 끄집어냈을까요? 도대체 왜 그런 쓸데없는 생각을 했을까요?"

그는 얼빠진 표정으로 앉아 있었다. 이윽고 그가 눈을 떴다. 그의 얼굴이 자비로운 미소로 빛났다.

바로 그때였다. 검은 옷을 입은 경찰들이 여인숙 안으로 우르르 쏟아져 들어오더니 까마귀 떼처럼 우리들에게 달려들었다. 친구들이여, 내가 도대체 무슨 말을 할 수 있겠는가? 이 모든 것이 운명의 장난이란 말인가? 나는 도대체 어찌된 영문인지 알 수 없었다. 아, 형제들이여, 이 무슨 날벼락이란 말인가! 그들은 주먹과 경찰봉으로 우리를 사정없이 후려쳤다. 귀밑까지 금속 헬멧을 눌러 쓴 그놈들이 느닷없이 우리를 공격한 것이다. 우리는 이유도 모른 채 매찜질을 당했다. 주먹으로 배를 얻어맞고 다리, 등 할 것 없이 온몸을 경찰봉으로 흠씬 두들겨 맞았다. 그 와중에 몇몇 사람들은 입가가 찢어지고 머리가 터진 채 달아나려고 했다. 점잖은 시민들 머리에서 터번이 벗겨지고 얌전한 장인들이 가게에서 끌려나와 장화 발에 짓밟혔다. 그리고 얼마 후, 나와 내 동료를 비롯한 모든 사람들은 체포되어 범죄자처럼 오랏줄에 묶였다. 그런데 무슨 이유로? 전능하신 하느님, 도대체 무슨 죄목이란 말입니까? 나는 한참 후, 즉 내가 감옥에서 출소하고 나서야 비로소 그 이유를 알게 되었다.

주비르는 곧바로 정신을 차렸다. 그 개 같은 경찰놈들에게 그렇게 얻어맞은 다음에 정신을 잃지 않고 말을 제대로 하는 것은 매우 어려운 일인데 말이다. 나로 말할 것 같으면 반쯤 얼이 빠져 있었다. 그러나 용감한 젊은이는 별다른 기색 없이 담담하게 나를 불렀다. "어디 계세요? 아, 거기 계시는군요! 걱정하지 마세요. 다 끝났으니까요……"

다 끝났다고? 나는 아무 말도 하지 않았다. 아직도 안심이 되지 않았기 때문이었다. 가슴이 두근거리는 것이 뭔가 나쁜 일이 닥칠 것만 같았다. 분명치는 않았지만 뭔가 이상한 낌새가 있었던 것이다. 그래도 나는 기뻤다. 어찌되었건 동료를 다시 찾았으니까. 그런 상황에서 친구의 얼굴을 다시 보는 것이 얼마나 기쁜지 직접 당해 보지 않은 사람은 결코 알 수 없을 것이다. 나는 차차 자신감을 되찾았다. 하지만 하느님, 얼마나 지독한 몰골이었는지! 너무 놀라서 그랬는지 아니면 겁이 나서 그랬는지는 몰라도 내 등은 온통 축축하게 젖어있었다. 어쩌면 공포 때문이었는지도 모른다.

하지만 더 곤란한 것은 마을의 모든 사람들이 지켜보는 가운데 그런 꼴로 걸어가야 한다는 것이었다. 아, 이런 창피가 어디 있을까! 나는 등을 구부리고 잠자코 걷기 시작했다. 나와 똑같은 처지의 사람들이 앞뒤로 길게 대열을 이루어 걸어가고 있었다. 주비르는 의기소침한 내 모습을 보고 조용히 물었다.

"무서우세요?"

"아닐세."

"별 것 아닐 거예요."

그 순간 나는 뜬금없이 카페 주인 생각이 났다.

"그 친구는 이런 일이 일어날 줄은 꿈에도 몰랐겠지. 우리 찻값은 누가 지불하며, 또 깨진 컵과 부서진 의자와 탁자는 누가 변상하지?"

이제 쓰레기 더미가 된 장사 밑천을 바라보며 한탄하고 있을 그 친구의 모습이 머리에 떠오르자 나는 웃음을 터뜨렸다. 하느님 저를 용서하소서! 그런데 무엇이 그리 우스웠을까? 이유는 잘 설명할 수 없다. 하지만 어쨌든 나는 온몸을 흔들어대며 이른바 '눈물이 날 때까지' 웃어 젖혔다.

그런데 그 순간 나는 우리 대열 맨 앞쪽에 카페 주인이 서 있는 것을 발견했다. 난투극의 와중에서 터번을 잃어버렸는지 맨머리 바람이었다. 그는 마치 결혼식 행렬에라도 참가하는 것처럼 기품 있는 모습으로 걸어가고 있었다. 도도하게 턱을 치켜든 모습은 마치 경찰들에게 올바른 길을 제시함으로써 한 수 가르쳐주는 것 같은 느낌을 주었다. 나는 속으로 중얼거렸다.

"제하야! 너도 저 사람처럼 기품이 있어야지."

나는 가슴을 펴고 눈썹을 찡그리고, 팔을 내저으며 카페 주인처럼 점잖게 걷기 시작했다. 갑자기 키가 커진 것 같았다. 원래 내 키보다도 더 커진 느낌이 들었다. 나는 속으로 생각했다.

"우리는 모두 감옥에 가겠지. 하지만 그게 뭐 대순가?…… 남자란 한 번쯤 감옥구경도 해 봐야 하는 거야."

나는 기분이 좋아졌다. 그렇게 마음을 먹으니 절로 기운이 나서 걷는 것이 전혀 힘들지 않았다. 우리 행렬 양쪽에 도열한 사람들은 인간 띠를 이루고 존경과 연민이 섞인 눈길로 우리를 바라보고 있었다. 그때 갑자기 유럽인 한 명이 사람들을 제치고 뛰어나와 우리 쪽으로 달려왔다. 입에 거품을 물고, 머리 위로 주먹을 치켜들며 우리에게 고래고래 고함을 질렀다.

"서라…… 거기 서지 못해!"

그 짐승은 미친 듯이 소리를 지르며 우리를 마구 두들겨 팼다. 특히 내 옆의 젊은 친구에게 구타가 집중되었다. 우리는 그가 왜 그러는지 알 수 없었다. 젊은 친구는 구타를 피하기 위해 옆으로 비켜서며 맞지 않기 위해 안간힘을 썼다. 그러나 수갑을 차고 있었기 때문에 제대로 방어를 할 수 없었다. 나는 소리를 질렀다.

"저 사람 좀 잡아요! 제발 저 사람 좀 체포하라니까!"

하지만 경찰들은 꼼짝도 하지 않았다. 군중들이 동요하기 시작했다. 저 미치광이를 제지해줄 것인가? 그러자 경찰들은 권총을 뽑아 들고 우리와 군중들에게 총을 겨누었다. 갑자기 주위가 물을 끼얹은 듯 조용해졌다. 군중들은 그대로 얼어붙어 버렸다. 나는 겁이 더럭 났다. 영문을 알 수 없는 공포에 몸이 얼어붙는 것 같았다. 경찰의 호위를 받게 되자 유럽인은 더욱 신이 나서 내 동료를 닥치는대로 구타하였다. 나는 모든 것을 관찰하였다. 나 자신의 모습까지도 똑똑히 볼 수 있었다. 마치 내 자신이 둘로 나뉜 것 같았다. 그러나 나는 내가 정말 냉정을 잃지 않았는지 확신할 수 없다. 돌연 주비르가 신음 소리를 냈다. 나뭇가지가 부러지는 것처럼 둔탁하고 끔찍한 낮은 소리였다. 그는 수갑 찬 손을 허공에 내저으며 비틀비틀 뒤로 물러나더니 땅바닥에 털썩 쓰러졌다. 그 바람에 같이 묶여 있던 나도 함께 쓰러지고 말았다. 그의 몸이 덜덜 떨렸다. 그러나 그의 입에서는 아무런 소리도 새어나오지 않았다. 그는 등을 동그랗게 오그리며 간신히 목을 들어 나를 바라보았다. 넋이 나간 듯한 그의 눈은 얼마나 참혹하였는지! 인간의 입으로는 그 참상을 결코 표현하지 못할 것이다. 이윽고 그의 몸에서 힘이 빠졌다. 간신히 들고 있던 그의 머리가 땅바닥에 떨어졌다. 나 역시 그 옆에 쭉 뻗고 말았다.

유럽인은 여전히 구타를 계속했다. 그는 입에 침을 튀기며 소리쳤다.

"이 나쁜 놈, 어디 내가 널 살려줄 줄 알아!"

형제여! 나는 인간의 마음속에 그토록 큰 증오가 담겨 있으리라고는 생각해본 적이 없다. 그날 내가 본 장면을 여러분이 보았다면 아마 여러분의 눈을 믿기 어려웠을 것이다. 하느님, 제발 그런 미치광이가 되지 않게 해주소서! 그런 나쁜 마음일랑 갖지 않게 해주소서!

그 뒤의 여정을 우리가 어떻게 끝까지 마쳤는지 내가 안다고 한다면 그건 거짓말이다. 그 순간부터 모든 것이 흐릿해졌고 기억조차 희미하기 때문이다. 하지만 몇몇 장면만은 내 기억 속에 칼로 새긴 것처럼 뚜렷이 남아있다. 물론 다른 대부분의 것들은 안개처럼 희미할 뿐이다. 예를 들어 나는 우리가 어떻게 다시 일어나 애면글면 길을 갔는지 어렴풋하게 밖에 기억하지 못한다.

그것은 감옥으로 가는 길이었다. 맹수에게 물린 것처럼 어깨가 아팠다. 그래서 실성한 사람처럼 멍청히 다리를 질질 끌며 걸어갔다. 갑자기 옆에서 둔탁한 소리가 들려서 나는 기겁을 했다. 내 동료의 뼈가 우드득하며 부서지는 소리였다. 그의 옷 또한 흙투성이에다 심하게 구겨져 옷이라기보다는 차라리 낡은 부대자루 같았다. 나 또한 잠깐 사이에 딴 사람이 된 것 같았다. 조금 전까지만 해도 나는 이 세상에 대해 끝없이 형제애를 느끼고 있었다. 하지만 그 불꽃은 이제 완전히 꺼져버렸고 나는 이제 바닥을 알 길 없는 깊고 어두운 심연 속에서 방황하고 있었다. 주비르의 머리는 내 가슴께서 덜렁거리고, 그의 등은 반으로 꺾이고, 그의 팔은 힘없이 덜렁거렸다. 이제 그의 다리는 걷고 있지 않았다. 그냥 우리가 그를 들어 옮기고 있었을 뿐이다.

그 뒤로 무슨 일이 일어났는지 전혀 기억이 나지 않는다.

내가 다시 정신을 차렸을 때 나는 온몸이 욱신욱신 쑤셨다. 그때 나는 땅바닥에 누워 있었는데 내 주위에는 더럽고 냄새나는 물이 흥건했다. 아마도 물을 몇 동이나 끼얹었는지도 모른다. 머리는 온통 부어 묵직했다. 혈관이 불뚝불뚝 뛰고 머릿속이 윙윙거렸다. 그냥 아무 말도 하지 않고, 아무것도 보지 않기만 바랐다. 모든 것이 너무 끔찍했다. 길고 좁은 방속에는 우리 외에도 많은 사람들이 있었다. 모두들 금방 자른 나무둥치처럼 꼼짝하지 않고 서로 포개어 누워있었다. 몇몇은 아직도 기운이 남았는지 신음소리를 내고 있었다. 나는 가만히 누워 기다렸다. 멀지 않은 곳에서 물 흐르는 소리가 들려왔다. 나는 천천히 주변을 살펴보았다. 그러나 아무 것도 이해할 수 없었다. 머릿 속에는 도무지 종잡을 수 없는 생각만이 오갔다. 몇 분 후, 나는 몇몇 얼굴들을 알아볼 수 있었다. 텁수룩한

회색 머리들이 시멘트 바닥에 붙여놓은 것처럼 나뒹굴고 있었다. 어딘가 먼 구석에서, 혹은 벽 뒤에서, (그런데 그곳이 어디란 말인가!) 누군가가 우리를 지켜보고 있었다. 하지만 그곳에는 아무도 보이지 않았다. 다만 누군가가 어두침침한 그늘에 숨어 나를 향해 눈알을 굴리고 있는 것 같았다. 나는 일어나서 그 얼굴을 제대로 살펴보고 싶었다. 하지만 이상할 정도로 기운이 하나도 없었다. 마치 그 자리에 들러붙은 것처럼 옴짝달싹할 수 없었고 심지어는 손가락 까딱할 힘조차 없었다. 그러고 있으려니까 어떤 수를 쓰더라도 도망쳐야겠다는 생각이 들었다. 내가 얼마나 큰 궁지에 빠져있는지 기억이 나기 시작했던 것이다. 갑자기 의식이 또렷해졌다. 나는 생각했다. “제하, 제하, 어찌 이런 일이? 어쩌다 이런 지경을 당한 거야? 불쌍한 제하놈 같으니라고!……”

나는 안간힘을 써서 몸을 일으켜 자리에 앉았다. 그 순간, 누군가 울부짖는 소리가 들려와서 나는 기겁을 하였다. 재빨리 주위를 둘러보니 그 소리는 내가 있는 방에서 나는 소리가 아니었다. 참 이상한 일이었다. 하지만 나는 너무 놀라서 다시 뒤로 쓰러졌다. 전신의 기운이 쭉 빠지고 정신이 아득해졌다. 그런 상태로 얼마나 지났을까? 비몽사몽 가운데서 나는 벽 뒤에 또 다른 죄수들이 있다는 것을 인식하였다. 어디선가 쾅하고 문이 닫히고 그 바람에 어둡고 육중한 건물 전체가 진동을 했다. 어딘가 복도에서 발걸음 소리가 나고, 죽어가는 자의 목구멍에서 나는 가래 끓는 소리가 감옥의 고요를 뚫고 들려왔다. 나는 구석에서 몸을 오그렸다. 아까와 같은 소리들이 건물 전체를 울리며 다시 들려왔다. 얼마 후, 죽음이 임박한 자의 가래 끓는 소리 위로 구슬프게 헐떡이는 신음소리가 한동안 들려오더니 이윽고 천천히 잦아들었다. 나는 엎드린 채로 숨을 헐떡이며 그 소리를 듣고 있었다. 그러다 문득 고개를 든 나는 눈앞의 참상에 까무러칠 뻔 했다.

눈앞 땅바닥에 주비르가 누워있었던 것이다. 그의 가슴 위에는 엄지손가락을 안으로 하여 꼭 움켜 쥔 그의 두 주먹이 나란히 놓여 있었다. 총기를 잃어버린 그의 눈은 굳은 비계 덩어리 같았다. 그 눈은 참 이상했다. 빛이 꺼진 것 같았지만 그럼에도 불구하고 여전히 고집스럽게 천장을 노려보고 있는 것 같았다. 높이 구부러진 그의 눈썹은 마치 보이지 않는 그 누구에게 자기 아버지의 비극적인 삶을 얘기하고 있는 것 같았다. 그 아래로 벌려진 입이 보였다. 시커먼 입술로부터 핏줄기가 흘러나오고 있었다. 그것은 조그만 시내를 이루어 그의 뺨과 목을 타고 흘렀다. 그의 머리 주위에는 시커먼 피 웅덩이가 생겨나 있었다. 주비르는 꼼짝도 하지 않았다. 입에서는 쉬지 않고 피가 흘러나오고 있었다. 내 동료의 전 존재가 녹아내리는 것 같았다. 갑자기 방안에 냉기가 돌았다. 나는 이상하게 섬뜩한 느낌이 들었다. 나도 모르게 아래 위 턱을 앙다물었다. 차츰 온몸의 감각이 없어지기 시작했다.

한참 후 (내 생각엔 꽤 많은 시간이 지난 것 같았다), 정신을 차려

보니 나는 딴 곳에 누워있었고 땅바닥에도 핏자국 같은 건 전혀 없었다.

그는 어떻게 되었을까? 나는 근처의 사람들에게 물어보았다. 그러나 아무도 그것을 알지 못했다. 개중에는 내가 무슨 소리를 하는지 모르는 사람들도 있었다. 어쩌면 그들은 내가 충격 때문에 정신이 이상해졌다고 생각했는지도 모른다. 얼굴 표정으로 미루어보아 그들은 나를 측은하게 생각하는 것 같았다. 하지만 이제 시작일 뿐이었다.

이제부터 심문이 시작된다는 것이었다. 우리가 묶여온 것은 바로 그 때문이었다. 돌연 큰소리가 들려왔다. 사람들의 이름이 호명되고 있었다. 먼저 불려나갈 사람들의 이름이었다.

드디어 내 차례가 왔다. 취조실에 들어가자 큰 책상 뒤에 앉아있던 남자가 머리를 절레절레 흔들며 뭐라고 투덜대더니 이어 큰소리로 외쳤다.

"제하! 제하! 무슨 이름이 이래? 이 바보가 여기서 뭘 하고 있는 거야? 이놈도 미친놈이야? 자, 어서 꺼져!"

이는 이렇게 씩씩대더니 다음 순간, 눈을 들어 나를 쳐다보았다. 그 얼굴이라니! 그 눈길이라니!…… 그 자 역시 우리와 같은 인간이라고 여러분은 말할지 모른다. 하지만 세상 사람이 전부 그자 같다면 정말 끔찍한 일일 것이다. 전 인류를 위해서도 정말 염려되지 않을 수 없다.

이런 우울한 생각에 골몰한 나머지 나는 법과 질서를 대변한다는 그자의 존재마저도 깜빡 잊어버렸다. 그래서 누군가 우악스럽게 내 멱살을 잡았을 때 나는 깜짝 놀랐다. 나는 눈 깜빡할 사이에 문 밖으로 내팽겨쳐졌다. 게다가 엉덩이에 발길질까지 당했다. 그 경찰은 아마도 동료 인간을 그렇게 무지막지하게 다루는데 이력이 난 사람이었음에 틀림없다.

그리하여 나는 마치 마법처럼 다시 거리에 나오게 되었다. 주위에는 사람들이 부산하게 움직이고 있었다. 이 거리 저 거리 다니며 물건을 파는 행상인의 외침이 길게 들려오고, 아이들이 참새처럼 콩콩거리며 뛰어다니고, 차들은 보행인은 안중에도 없는 듯 최고 속도로 쏜살같이 달려갔다. 나는 곧 군중의 소용돌이 속에 휩쓸려 들어갔다. 와글와글 떠드는 목소리들, 끝없는 소음, 찌르릉거리는 자전거 소리, 카페의 축음기에서 쏟아져 나오는 섹시한 대중가요, "비켜요, 비켜!" 하고 외치는 당나귀 몰이꾼의 째지는 고함소리, 노상 구두 수선공의 망치 소리…… 이런 자유로운 일상의 소리들을 들으며 나는 인간의 세상에 섞여들어 갔다. 가슴을 활짝 열어 폐 속에 신선한 공기를 가득 채웠다. 그것도 공짜로 말이다. 또 신이 내려준 햇살을 등짝 가득히 받았다. 겨울이 멀지 않았지만 햇살은 아직도 따뜻했다. 그러나 내 고백하건대 전혀 행복하거나 만족스럽지 않았다.

내가 자유롭지 않단 말인가? 저기 길 위에서 폴짝폴짝 뛰는 비둘기처럼 자유롭지 않단 말인가? 그들은 여기저기서 모이를 쪼다가 돌연 겁을 집어 먹고 하늘로 날아오른다. 그리고는 우아하게 하늘을 선회한다. 그 모습을 보면서 땅 위의 인간들을 감탄을 금치 못한다. 그들은 "샘의 물을 마시고 지붕 위에 둥지를 튼다." 나도 그들처럼 평소의 삶으로 돌아가 자유롭게 살면 되지 않겠는가? 그러나 나는 잘 알 수 없었다. 더 이상 아무 것도 확신할 수가 없었다.

무엇보다도 나는 예전의 삶을 그대로 이어갈 마음이 조금도 없었다. 그런 생각은 아예 해보지도 않았다. 그렇다, 나는 아직도 내가 자유로운 사람이라고 생각할 수가 없었다. 나는 그때의 내 상태를 아직도 제대로 설명할 수 없다. 그러나 어쨌든 나는 내가 자유롭지 않다고 느꼈다. 여전히 어두운 감옥 속에서 불행한 동료들과 함께 포개지듯 갇혀있는 것만 같았기 때문이다. 말하자면 나는 등에 감옥을 짊어지고 나온 셈이다. 또 달리 말하자면 내 몸은 세상에 나와 자유롭게 돌아다니고 있지만 나의 영혼은 여전히 감옥에 갇혀있었던 것이다. 나는 도시를 끝에서 끝까지 배회하였다. 머릿속에는 밑도 끝도 없는 어두운 생각들이 들끓었다. 어느새 골치가 지끈지끈 아파왔다. 행인들 중에는 아직까지 그들의 오랜 친구 제하를 기억하는 사람들이 많이 있었다. 그들은 내가 지나가는 것을 보고 반갑게 손을 흔들었지만 나는 답례를 할 수 없었다. 그러자 머쓱해진 그들은 우울하게 고개를 절레절레 흔들었다. 그 중 한 명이 큰소리로 불평을 했다.

"감옥에 갔다 오더니 나사가 빠졌나!"

아! 내 처지를 그 보다 더 잘 설명할 수는 없었을 것이다.

나는 오랫동안 그런 상태로 배회하였다. 대체 몇 시간이나? 그건 잘 알 수 없다. 구름 한 점 없이 맑은 가운데 11월의 숨 막히는 태양이 도시를 무겁게 짓누르고 있었다. 죽은 동료의 모습이 눈앞에 선하고 그 시커먼 피가 내 마음속에서 다시 흘러내리기 시작했다. 내 머리와 가슴 속에 뭔가가 뭉클 솟아올랐다…… 감옥에서 밖으로 내팽겨쳐지기 몇 분 전에 나는 알게 되었다. 이 나라 어딘가에서 자기 땅을 지키기 위해 항거한 사람이 있었다는 것을. 우리가 당한 그 모든 것이 바로 그 이유 때문이었다는 것을. 그러자 이상하리만큼 마음이 차분해졌다. 머릿속 또한 차갑게 가라앉았다. 모든 것이 명료해지고 전에 없던 힘이 불끈 솟는 것을 느꼈다. 사나운 열정이 엄숙한 성가처럼 나의 영혼을 휩쌌다. 산 위에 있는 우리 형제들은 무기를 내려놓았을까? 애초에 그들은 우리 뇌수를 파먹는 버러지들을 퇴치하기 위해 무기를 들지 않았던가! 앞으로 어떤 일이 벌어질지 자명하다. 날이면 날마다 새로운 전사들이 그들과 합류하기 위해 산으로 올라갈 것이다!

■ 이봉지 역

물웅덩이와 피아노

The Pools and the Piano

나지와 빈샤트완

Najwa Binshatwan

Anthology of the Arabic Short Stories

물웅덩이와 피아노

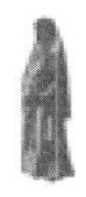

1

1980년대의 어느 날, 우리는 수업을 빼먹고 학교 청소를 했다. 외국어 서적을 태운 검은 재가 온 사방에 날리는 바람에 학교 건물 전체가 엉망이 되었기 때문이었다. 그날의 기억은 검은 재로 가득 차 있다. 그것을 제외하면 여느 날과 전혀 다를 바 없는 날이었다.

전국 방방곡곡에서 외국어 서적 화형식이 거행되었다. 우리 지역 학교 중 4개 학교가 당국의 명령에 따라 이에 동참하였다. 우리 학교도 그 중의 하나였다. 서고에 있던 외국어 서적들이 전부 운동장에 내팽개쳐졌다. 그리고 화형에 처해졌다. 그 책들을 즐겨 읽던 학생들은 눈물을 삼켰다. 그러나 대부분의 학생들은 기꺼이 화형식에 참여했다.

외국어가 배우기 어렵다며 외국어 책을 증오하던 학생들은 불을 보고 기뻐 날뛰었다. 물론 그렇지 않은 사람도 있었다. 우리 집만 해도 중학교에 다니던 형은 너무도 낙담했다. 영어를 무척 좋아하고 성적도 뛰어났던 형은 그 이후로 등교를 거부했다. 마음의 병을 얻은 형은 그 이후로 집에서도 나가지 않았다. 우리 집에서는 오직 엄마만이 (공교롭게도 엄마는 문맹이었다) 형을 위로해주었다. 우리는 모두 영어를 적국 언어라고 생각했고 또 성적도 낙제를 면치 못했기 때문이다. 요컨대 우리는 모두 교육부 장관의 의견에 전적으로 동의했으며 따라서 책 때문에 낙담하고, 또 마치 사랑하는 가족이라도 잃은 것처럼 슬퍼하는 형을 조롱하였다. 계집애처럼 찔찔 짠다고 놀렸고 또 길에 나가 친구들에게 형의 말을 흉내 내었다.

"이 무식한 바보들아, 두고 보라고, 이게 얼마나 끔찍한 일인지 알게 될 날이 올 거야."

하지만 그때 우리는 진짜 끔직한 일은 그런 형을 가족으로 둔 것이라고 생각했다.

2

봄방학을 마치고 개학하던 날, 길에는 군데군데 빗물이 고인 물웅덩이가 생겼다. 우리는 돌을 주워오고 또 쓰레기장에서 폐타이어를 가져와 시커먼 물웅덩이에 징검다리를 놓았다. 고무장화를 신은 아이들은 대걸레를 들고 학교 청소를 시작했다. 고무장화에서는 고약한 냄새가 났고 그 냄새가 발에까지 배었지만 장화를 가진 아이들은 모두 신이 나서 장화를 신고 첨벙거렸다.

학교 청소는 아이들 몫이었다. 우리는 외국어 서적을 태운 재를 치워야만 했다. 불붙은 책 더미에서 검은 먼지가 일었고 또 타다 남은 책 쪼가리가 여기저기 훨훨 날렸기 때문이었다. 선생님들의 감독하에 청소는 끝없이 계속되었다. 청소는 매우 사회주의적인 경험이었다. 아이들과 선생님들이 함께 책을 태웠고 또한 모두들 얼굴을 구분할 수 없을 정도로 시커매졌기 때문이었다. 또한 우리는 선생님들과 함께 청소하는 과정에서 선생님들의 인간적인 면모를 발견할 수도 있었다.

우리는 쉬지 않고 쓸고 닦았다. 학교 구석구석 재가 떨어지지 않은 곳이 없었기 때문에 원래대로 깨끗이 치우는 데는 시간이 오래 걸렸다. 교복을 입은 아이들은 봄방학 동안 먼지가 켜켜이 쌓인 계단과 칠판과 문짝과 분필, 그리고 교장선생님 안경을 닦았고 게시판도 말끔하게 청소했다. 게시판에는 교감 선생님의 조부상을 알리는 부고 외에는 아무 것도 붙어있지 않았는데 그것마저도 이미 두 학기나 묵은 오래된 것이었다. 완벽한 청소를 통해 학교에 한 점의 얼룩도 남지 않도록 하기 위해서 우리는 세제를 풀어 국기 게양대를 닦았고 내친 김에 국기를 세탁하는 것까지 교장 선생님께 허락을 받았다.

3

그런데 국기 세탁 때문에 싸움이 벌어졌다. 다른 반의 차드 출신 학생이 자기가 국기 세탁을 맡겠다고 했기 때문이다. 나는 그에게 이건 우리나라의 국기니까 외국인인 그가 아니라 내가 세탁하는 것이 옳다고 쏴주었다. 그는 뭐라고 이상한 말을 웅얼거렸는데 나는 그 말을 이해할 수 없었지만 그의 눈에 공포의 빛이 어리는 것을 보고는 내가 한 말을 후회했다. 내 나라를 지킨다는 민족주의적 긍지에서 나온 것이었지만 생각해보니 꼭 그럴 필요가 없을 것 같았다. 우리나라는 평화와 조화의 나라인 만큼 국기 세탁 정도는 외국인이나 귀화 국민에게 양보해도 별 문제가 없겠다는 생각이 들었던 것이다. 바로 그때 교장선생님이 이상한 눈으로 나를 힐끗 쳐다보았다. 그녀는 내 갈색 피부와 차드 학생의 검은 피부를 비교하더니 내가 국기에 더 가까이 있다고 하면서 내게 국기를 건네주었다. 나는 바로 학교 담장에서 멀지 않은 곳에 있는 우리 집으로 달려가 어머니에게 국기를 빨아달라고 했다. 어머니는 무척 바빴다. 아버지에게 뺨을 맞지 않으려고 시계를 곁눈질해 가며 부지런히 저녁을 짓고 있었다. 내가 국기를 가지고 달려가자 어머니는 빨래가 들어 있는 세탁기에 집어넣으라고 했다. 이미 세탁기가 한참 돌아가고 있었기 때문에 국기를 넣기만 하면 바로 세탁이 될 참이었다.

4

마침내 모든 준비가 끝나 학교는 다시 학생을 맞을 수 있게 되었다. 우리는 국기 게양대 앞에 도열했다. 나와 차드 출신 학생, 그리고 다른 여러 지역 출신의 모든 학생들이 국기에 대한 경례를 했다. 국기는 비누 냄새를 솔솔 풍기며 바람에 펄럭이고 있었다. 우리가 교실로 들어가자 텅 빈 운동장에 국기만 홀로 남았다. 때때로 바람이 불면 국기는 천둥처럼 큰소리를 내며 펄럭였다. 그래서 우리는 수업을 시작하기 전에 유리창을 반쯤 닫아야만 했다. 우리 반은 암송을 했고, 옆 반은 수학을, 또 그 옆 반은 우리나라의 투쟁사를 공부했다. 그런데 마지막 반은 담임 선생님이 안 오셔서 학생들이 시끄럽게 떠드는 소리가 한동안 들리더니 결국 체육 수업을 시작했다. 그러나 임신 중인 체육선생님의 몸이 눈에 띄게 불어나자 체육 수업은 미술 수업으로 바뀌었다. 그 반 학생 중에는 어린이용 습자 책에 온통 색칠을 해놓은 아이도 있었다. 우리는 그들이 부러웠다. 체육 수업이 미술 수업으로 바뀌고, 선생님이 임신을 했고, 교실 창문에는 울긋불긋한 그림들이 꽃처럼 만개해 있었으니까. 그래서 우리는 습자 책에 색칠을 한 학생이 부러웠다.

쉬는 시간에 그 반 아이들을 만나면 우리의 부러움이 배가되었다. 그들은 체육 시간에 미술을 하는 것을 당연시했다. 그러니까 선생님의 임신은 또 하나의 행운이었던 것이다.

5

길의 도랑이 근처 집들에서 마구 내다버린 쓰레기 때문에 막히는 바람에 세탁기에서 나온 더러운 물이 시커먼 웅덩이를 만들었다. 그래서 길에서 놀 때면 바짓가랑이를 적시기 일쑤였다. 물론 길을 건널 때마다 조심에 조심을 했지만 뛰어놀다보면 바짓가랑이에는 어김없이 더러운 물이 튀곤 했다.

교장선생님은 (학생지도 선생님의 표현에 따르면) "우리 어머니들의 무관심 때문에 더러워진" 학생들의 바지를 몰수했다. 그래서 원래부터 바지를 입지 않았던 아이들만이 교실에 들어갈 수 있었다. 바지가 없으니 바짓가랑이에 더러운 물이 튈 일도 없었던 것이다. 이제 아이들은 질밥(*이슬람 전통 복장. 발목까지 오는 긴 코트처럼 생긴 원피스 같은 옷이다 - 역자주)을 입고 체육을 하게 되었다. 체육 시간에 아이들이 잡아당긴 나무에는 새들이 집을 짓고 있었다.

하자 마스유나를 병원에 싣고 가기 위해 털털거리는 고물 구급차가 왔다. 그녀는 하도 기침이 심해서 숨을 쉴 수가 없었고, 오줌까지 찔끔거렸기 때문이었다. 물론 보통 때는 누군가를 도와주기 위해서 구급차가 오는 법이 없다. 그러나 운전수가 환자나 환자의 친척, 혹은 친지와 개인적 친분이 있을 때는 예외이다. 구급차 운전수(칼리파)는 하나 마스유나가 아는 사람이었다. 그래서 그는 몸소 여기까지 와서 그녀의 집 앞에 차를 세우고 그녀를 기다리고 있었다. 입가에 담배를 꼬나물고 조급증을 내는 품이 그녀가 죽었건 살았건

간에 빨리 나와야 자기 일을 끝내고 돌아갈 수 있다고 생각하는 것 같았다. 사실 그의 일이라야 사이렌을 울리고 차를 출발시킨 다음, 목적지에 도착하면 다시 길가의 정한 자리에 차를 세우고 급료를 받는 것이었다.

그런데 사이렌이 말을 듣지 않았다. 환자의 다리 또한 차 안으로 들어가지 않았다. 그녀는 칼리파의 차 길이보다 더 키가 컸던 것이다. 칼리파는 펄쩍펄쩍 뛰면서 사이렌을 후려쳤다. 몇 번이나 같은 동작을 거듭한 끝에 마침내 사이렌 소리가 터져 나왔다. 마침 그 순간, 이웃사람들이 마스유나를 차 속에 구겨 넣었다.

이 동네에 구급차가 나타난 것은 이때가 처음이었다. 그러니까 만약 우리들 중에서 가장 키가 큰 그녀가 학교 바로 옆에 살지 않았다면, 또 그녀가 학교에서 밤낮으로 태우는 외국어 책에서 나오는 유독 가스에 질식하지 않았더라면 우리는 그 장면을 영영 볼 수 없었을 것이다. 우리는 차 곁에 붙어 서서 이웃사람들이 그 키다리를 구조하는 것을 지켜보았다. 칼리파는 파리 떼처럼 달라붙은 아이들 때문에 차를 출발시킬 수가 없었다. 그래서 그는 빡빡 깎은 머리를 차창 밖으로 내밀고 우리들에게 욕지거리를 퍼부었다. 그리고는 가속기를 지그시 밟아 더러운 물을 튀기며 물웅덩이 위를 지나갔다. 그 바람에 우리는 길에 고인 구정물을 고스란히 뒤집어썼다. 하자 마스유나의 발도 구정물 세례를 받았다. 왜냐하면 그녀의 키가 너무 크다 보니 그녀의 발이 차 안으로 들어가지 못하고 문 두짝 사이로 삐죽이 튀어나와 있었기 때문이었다. 구급차 문은 살렘 할드의 바지로 묶여있었다. 문이 열리는 것을 막기 위해서는 임시 변통으로 구급차 문을 묶을 끈이 필요했는데 마침 살렘 할드가 자기 바지를 내놓았던 것이다. 그것은 하자 마스유나를 질식의 위기에서 구하기 위한 할드의 고귀한 자기희생이었다.

칼리파가 가속기 페달을 밟자 웅덩이 가장자리에 서식하던 벌레들이 사방으로 튀어 올랐다. 아이들은 허둥지둥 도망을 쳤다. 그런 벌레들이 몸에 붙으면 산으로 닦아야만 겨우 떨어졌기 때문이었다.

지난번에 나와 다퉜던 차드 아이는 새끼를 도살당한 아프리카 고릴라처럼 고함을 질렀다. 개구리 다리 하나가 눈에 튀었기 때문이었다. 우리는 그 아이를 그냥 내버려두고 걸음아 날 살려라 하고 냅다 튀었다. 자칫하면 우리도 그런 꼴이 될 판이었으니까.

학교 근처에서부터 길 끝까지 집들 사이사이에 생겨난 커다란 물웅덩이에는 곧 여러 수생 동물이 들끓기 시작했다. 한결같이 웅덩이 속의 물처럼 거무죽죽하고 더러웠다. 아이들 중에서 특히 마음씨가 고약한 악동들은 재미난 장난을 생각해냈다. 그들은 개구리 입에다 담배를 물려주었는데 그러면 개구리는 연기를 끝없이 빨아들이다 결국 온몸이 풍선처럼 부풀어 오른 뒤 터져 사방에 개구리 창자가 튀었다. 아이들은 개구리 입에 담배를 물린 다음 얼른 나무나 집 뒤에 몸을 숨겼다. 폭죽처럼 터지는 개구리를 안전하게 숨어서 보려는 것이었다. 뻥뻥 터지는 개구리 소리를 폭죽 소리로 착각한 옆 동네 아이들은 우리 동네에서 축제를 하는 줄 알았다. 물론 아이들에겐 그것이 일종의 축제이기는 했다.

6

지퍼가 달린 바지의 장점 중의 하나는 강간범이 범죄를 저지르려고 할 때 시간이 걸린다는 점이다. 그런데 질밥 아래 바지를 입는 것이 금지되자 악마가 속살대기 시작했고 사람들은 이에 넘어가서 죄를 짓고 말았다. 그것도 벌건 대낮의 낮잠 시간에 학교 교정에서 말이다. 그런 소문은 삽시간에 퍼졌고 그 외에도 미수에 그친 어린이 성추행 사건이 여러 건 발생했다고 한다. 사람들은 이 범죄들을 면식범에 의한 범죄라고 했다. 이렇게 범인의 신원에 따라 범죄의 명칭도 달라졌다.

경찰은 우리 지역의 여러 학교에서 질밥을 입고 교내를 어슬렁거리는 수상한 사람들을 붙잡았다. 그들 중에는 경비원도 있었고, 또 상점 점원, 트럭 운전수, 학교 선생, 은퇴자도 있었다. 그들은 모두가 질밥을 입고 있었으며 학생들이 아랫도리를 벗고 다니는 것을 보고 좋아라 하며 자신들의 욕망을 채우려 했다. 그러나 그들은 모두 엄중한 법망에 걸려 당시로서는 가장 엄한 처벌을 언도받았다. 그리하여 그들은 악한 행위로부터 풍기 단속의 명목 아래 질밥 속에 바지 두 개를 덧입고 다녀야만 했다.

7

외국 책을 태우는 사건이 일어나기 전부터 어머니는 리비아 국적을 가지고 있었고 이웃 사람들 모두 그녀가 모로코 출신이라는 사실조차 잊고 있었다. 그러나 책 사건 이래 어머니를 보는 이웃 여자들의 시선이 달라졌다. 그녀들에게 있어 이제 어머니는 외부인이었다. 그들은 우리 아버지가 가까운 친척 중에서 아내를 구하는 이곳 관습을 어기고 어머니를 모로코에서 데려왔다는 것, 그리고 처음 올 때 어머니가 젤라바(*이슬람 여자들의 긴 옷. 질밥과 특히 다른 점은 두건이 달려있다는 것이다 - 역자주)를 입고 터키모자를 쓰고 왔다는 것을 기억해냈다. 게다가 젤라바는 리비아에서 인식이 좋지 않았다. 왜냐하면 그 옷이 리비아 전역의 많은 카페에서 일하는 모로코 여자들을 연상시키기 때문이었다. 당시 리비아 사람들은 말끝마다 명예를 들먹였고 싸구려 명예가 도처에 넘쳐났다. 하지만 명예란 얼마나 큰 대가를 요구하는 것인지!

내가 어머니의 출신을 거론하는 것은 어머니가 자주 들먹이던 아이샤라는 요정 얘기 때문인데 그 요정은 마그레브(*사하라 이북 북아프리카 지역-역자주) 전 지역에서 '케냐 (혹은 수단) 아이샤'라고 알려져 있었다.

늪의 요정인 랄라 아이샤는 물이나 습한 곳에서 나타나 눈 깜빡할 새에 무자비한 복수를 감행하곤 했다. 어떤 때는 마귀할멈 모습으로, 때로는 아름다운 처녀의 모습으로, 또 때로는 곤충이나 수생

요괴의 형상으로 나타났다. 어머니의 얘기에 의하면 랄라 아이샤는 모로코의 대학에 재직하던 어느 유럽인 철학 교수를 불태워 재를 날려 보냈다고 했다. 그 교수가 아이샤에 대해 뭔가 좋지 않은 얘기를 했기 때문이었다.

우리 학교에 랄라 아이샤 얘기가 등장한 것은 두 가지 이유 때문이었다. 첫째는 우리 주위에 시커먼 물웅덩이가 많이 생겨났고 또 그 근처에 일단의 모로코 사람들, 즉 우리 형제들이 살고 있다는 사실 때문이었다. 두 번째 이유는 우리 가방에서 습자 책이 감쪽같이 사라졌다가 어느 날 다른 책 더미, 즉 태우려고 쌓아놓은 적들의 책 더미 위에 나타났다는 사실이었다. 물론 하늘에 맹세코 우리 습자 책에는 외국어라곤 전혀 사용되지 않았다.

정말이지 그건 매우 놀라운 일이었다. 도대체 누가 우리 책을 훔쳐서 태우려고 했단 말인가?

우리는 결국 학문의 적인 그 범인을 밝혀내지 못했고 또 그 일로 물의를 일으키고 싶지도 않았기 때문에 나름대로 머리를 짜내어 그것이 수단 (혹은 케냐)의 랄라 아이샤의 소행이라고 결론지었다. 아마도 그녀는 그 책에 쓰인 어떤 것 때문에 단단히 화가 난 모양이었다.

하지만 이 때문에 나와 수단 학생 사이에 한판 싸움이 붙었다. 왜 하필이면 자기 나라를 들먹이느냐고 그가 따지고 들었기 때문이었다. 그에 의하면 이것은 결코 이웃나라의 일에 개입하지 않는 리비아의 정책에도 위배되는 일이었다.

그는 화가 나서 펄펄 뛰었다. 그래서 우리는 그를 달래느라 진땀을 뺐다. 우리가 비난한 것은 그의 조국이 아니고 우리 뜻은 결코 그런 것이 아니라고 누누이 설명했다. 수단에 나일강이 흐르는 것은 사실이지만 수단은 이웃 우방에 물귀신을 수출하지 않는다. 왜냐하면 수단에 있는 물귀신은 국내 수요도 감당 못할 정도기 그 수효가 적기 때문이다. 그러니까 분명히 우방의 늪과 연못은 자체적으로 물귀신을 만들어내는 것이 틀림없다. 그리고 그 자생 물귀신들이 그 지역 물을 지배하며 그들 마음에 안 드는 연구나 정보를 불태우는 것이다.

수단 학생은 마침내 납득이 가는지 의자에 앉았다. 땀에 전 여윈 몸에서 긴장이 풀리기 시작했다. 그러나 그 시간은 체육 시간, 즉 미술 시간이었기 때문에 랄라 아이샤에 관한 갑론을박은 계속되었고 그 시간 내내 아무도 그림이라고는 나무 하나, 구름 하나, 혹은 불 하나도 그리지 못했다.

우리 형은 수단 학생을 달래느라고 이렇게 말했다.

"근데 랄라 아이샤가 케냐 출신이라고 말하는 사람들도 있어. 케냐에서 모로코에 노예로 팔려왔다고 해. 그런데 모로코 사람들이 이곳으로 와서 물웅덩이를 만들고 나니까 물귀신이 필요했던거래."

말하자면 케냐의 귀신이 모로코를 거쳐 리비아에 왔다는 것이었다. 형의 설명이 끝나기도 전에 또 싸움이 시작되었다. 왜냐하면 삼년 동안이나 리비아 학생이라고 알고 있던 어느 학생이 알고 보니 케냐 출신이었기 때문이었다. 그는 우리 습자 책을 태운 사건은 처형감이며 또한 물웅덩이들 사이에, 혹은 학교와 교실에서 무슨 사건이 일어나면 국제 평화군의 중재가 필요하다면서 펄펄 뛰었다. 우리는 그에게 과자와 샌드위치를 주어 사건을 무마했다. 이는 배가 고팠던 그로서는 큰 행운이었다. 하지만 우리에게는 크나큰 재앙이었다. 그래서 우리는 고픈 배를 움켜쥐고 우리 음식이 그의 목구멍으로 넘어가는 것을 멀거니 바라보았다. 그러는 동안에 우리 습자 책은 재가 되어 흩날리고 연기가 되어 교실 안으로 스며들었다. 우리는 낙담해서 아무 말도 할 수 없었다. 학교가 파하자 우리는 무거운 마음으로 집으로 돌아갔다. 그리고는 랄라 아이샤가 들어오지 못하도록 얼른 문을 닫았다. 어머니는 무슨 일이냐고 물으면서 리비아 음식으로 우리 배를 채워주셨다. 국적 문제가 집까지 따라오다니! 형들과 나는 재빨리 눈빛을 교환하고 학교 일에 대해서는 일체 함구하기로 했다. 우리는 여느 때처럼 저녁 식사 후 바깥에 놀러나갔다. 그러나 우리는 곧 우리의 치욕이 주위의 늪보다도 더 크다는 것을 깨달았다. 이웃 어른들이 자기 자식들에게 우리 어머니가 리비아 사람이 아니라고 말했기 때문이었다. 그러니까 그녀도 다른 모든 이국적인 요소들처럼 즉시 없어져야한다는 것이었다.

8

먼저 그녀의 그림자가 나타났다. 그림자가 본래 그렇듯이 그것은 검은 색이었다. 우리가 그녀인지를 알아 본 것은 그림자가 무지막지하게 키가 커서였다. 그것은 벽을 타고 올라가 천정과 닿은 부분에서 꺾어진 다음, 천정까지도 거의 다 뒤덮었다. 나와 형은 지리 시간에 화장실에 간다는 핑계를 대고 교실을 빠져나와 소변을 보고 난 뒤 막 손을 씻고 있던 참이었다. 그런데 느닷없이 그녀의 시커먼 그림자가 화장실 벽과 천장을 뒤덮은 것이다. 나는 한 치 앞도 보이지 않았다. 그래서 나는 형을 소리쳐 불렀다. 형 역시 '어디 있니?' 하고 소리쳤다.

"나 여기 있어. 그런데 형이 안 보여. 무슨 일이야?"

"전기가 나갔어."

"아냐, 이건 일식이야. 어쩌면 저주가 내린 건지도 몰라. 지리 수업을 빼먹었다고 말이야."

"아냐, 그럴 리가 없어. 오늘 수업 내용은 아프리카의 여러 가지 기후지 일식이 아니니까. 허튼 소리 그만 하고 손 좀 내밀어 봐. 어디 있나 보게. 자, 내 손 좀 잡아봐."

차츰 어둠이 엷어지고 그림자가 희미해지더니 키가 껑충하고 깡마른 하자 마스유나의 모습이 우리 눈앞에 나타났다. 그런데 놀랍게도 그녀의 살갗은 늪의 개구리처럼 얼룩덜룩 했다. 마치 개구리 한 마리가, 아니 차라리 한 떼의 개구리가 폭발하여 그녀 얼굴을 뒤

덮고 있는 것 같았다. 그도 그럴 것이 그 큰 체구를 전부 감싸려면 한 마리로는 어림없을 테니까.

우리는 기절초풍하여 달아났다. 형이 먼저 총알처럼 교실 쪽으로 달려갔다. 나도 형의 뒤를 따라 달렸다. 하지만 형의 얼굴도 다를 게 없었다. 조금 전에 그림자가 사라졌을 때 변기 뒤에 움츠리고 있는 형의 모습이 보였는데 형의 살갗 역시 개구리 빛이었기 때문이었다. 형은 교실 문을 와락 열어젖히고 벌벌 떨면서 지리 선생님 품으로 뛰어들었다. 선생님과 학우들 역시 모두 얼굴이 개구리 같았다. 하자 마스유나가 우리 뒤를 쫓아왔다. 그녀는 조용히, 그리고 천천히 한 발짝 한 발짝 교실로 다가왔다. 그녀는 숨을 몰아쉬지도 않았고 건강도 좋아 보였으며 키도 평소와 같았다. 목에는 살렘 함드의 바지가 덜렁거렸다. 그녀가 교실로 들어오자 아이들은 큰소리로 울부짖으며 우르르 창문으로 달려갔다. 교실에는 문이 하나 밖에 없었는데 하자 마스유나의 그림자가 그 문을 막고 있었기 때문에 이제 남은 탈출구는 창문 밖에 없었다. 그녀는 지리 선생님 쪽으로 다가가서 그의 목을 졸랐다. (그것은 잘한 일이었다. 왜냐하면 학생들 중 어느 누구도 그를 좋아하지 않았기 때문이었다. 그와는 반대로 영어 선생님은 모든 학생들의 사랑을 받았지만 해고당하고 말았다). 담이 큰 아이들은 하자의 그림자가 드리운 교실 문에 서서 지리 선생님이 목 졸리는 장면을 지켜보며 하자를 응원하였다.

이윽고 선생님의 눈알이 폭발 직전의 개구리 눈처럼 튀어나왔다.

아이들은 겁이 나서 창문으로 달려갔지만 창문 밖에는 온통 늪이라 어디로도 도망칠 수 없었다. 물속에 살던 개구리와 뱀과 게들이 아이들을 에워싸자 아이들은 마구 비명을 지르기 시작했다. 그 비명은 태양계를 지나 먼 행성에까지 갔다가 곧바로 반사되어 잘못 쏜 화살처럼 우리 귀로 되돌아왔다.

하자 마스유나는 살렘 함드의 바지로 지리 선생님을 칠판에 묶은 다음, 올 때와 마찬가지로 갑자기 순식간에 사라져버렸다. 경찰이 왔지만 그녀는 행적은 묘연했다. 그래서 그들은 하릴없이 그녀의 발자국만 조사했다. 물갈퀴가 달린 발자국이 학교 도처에 찍혀있었던 것이다.

그때 갑자기 형 목소리가 들렸다.

"왜 마스유나는 찾고 난리야? 자기 집에 있잖아. 왜, 수단 아이샤 가지고는 성이 안 차?"

나는 잠이 깨었다. 그리고 형에게 당부했다.

"절대로 케냐 아이샤라고 하면 안 돼. 이제 그런 다툼에 말려들면 안 돼. 괜히 샌드위치만 뺏겼잖아."

나는 그의 얼굴을 찬찬히 살펴보았다. 그런데 이상하게도 그의 얼굴은 개구리 얼굴이 아니었다. 불과 몇 분 전만 해도 진짜 개구리 같았는데 말이다.

9

우리 형 한 명은 외국 책을 태우는데 앞장섰다. 혹시 한 권이라도 놓칠까봐 전전긍긍하였다. 그래서 빗자루 손잡이로 불을 쑤시며 친구들에게 불타는 책을 뒤집으라고 종용했다. 그래야 책이 잘 탄다는 것이었다. 이렇게 그는 영어나 프랑스어 단어 하나도 불길에서 살아남지 못하도록 만전을 기했고 우리나라 교육에서 이들 언어를 박멸하기 위해 충심으로 협조했다. 그는 외국 책을 적이라고 굳게 믿었다. 따라서 그에게 있어 책을 태우는 것은 적을 화형시키는 것과 마찬가지였다. 그날 이후, 그는 긴 몽둥이를 반납하지 않았으며 또 태우는 데 맛을 들여 학교의 서양 악기를 태우는 데도 앞장섰다. 형과 형의 친구들은 악기를 운동장에 끌어내놓고 석유를 뿌리고 불을 붙였다. 악기들은 아무 소리도 내지 않고 순식간에 재가 되어버렸다. 마치 악기들도 그것을 원하는 것 같았다. 불에 대한 사랑과 존경 때문이었을까? 아니면 '나는 연주하지 않는다, 고로 나는 존재하지 않는다'는 신조 때문이었을까? 그도 아니면 아무도 즐겨 듣지 않는 연주자들을 교육시키는데 사용되는 것이 싫었을까?

결국 검게 탄 뼈대만이 덩그러니 남자 사람들은 악기를 학교 담장 밖으로 내던졌다. 피아노는 몸집이 크고 무거운 까닭에 완전히 탈 때까지 시간이 아주 오래 걸렸다. 뿐만 아니라 운동장으로 내오기도 힘들었다. 형과 그의 졸개들은 그것을 나이지리아에서 온 일꾼들과 함께 질질 끌어서 내오려고 했다. 그런데 타바 출신 학교 관리인이 좋은 아이디어를 냈다. 그는 피아노를 음악실에 그대로 둔 채 케로젠 기름으로 잘 닦은 다음, 톱으로 여러 토막을 내어 밖으로 가지고 나오라고 했다.

나는 타릭 빈 지아드 학교의 피아노처럼 심하게 훼손된 피아노를 본 적이 없다. 사지가 잘리고 손가락이 빠지고 소리를 잃은 그 피아노는 예전에 아름답고 우아한 레바논 선생님이 연주하던 것이었다. 선생님은 누구나 다 아는 이유로 학교에서 사라졌다. 곧 이어 피아노도 같은 운명에 처해졌다.

타바 출신 관리인의 아이디어는 아주 훌륭했다. 몽둥이를 든 아이들은 빗자루를 불길 속으로 휘두르며 환호했다. 피아노 타는 냄새가 공기 중으로 피어올라 근처 집들에서 나오는 향 태우는 냄새와 섞였다. 결혼 적령기의 처녀들이 좋은 신랑감을 점지해 달라고 태우는 향냄새였다. 그녀들은 월요일과 목요일이면 언제나 그렇게 향을 태우며 기도를 했다. 그런데 피아노 타는 냄새 때문에 주문의 효력에 차질이 생겨 인연을 이어주는 천사가 불길을 통해 메시지를 전달하지 못했고 그 바람에 신부를 구하는 신랑감의 영혼이 피아노의 정령을 만나게 되자 그들은 겁에 질려 통곡과 비명 소리를 내었다. 그래서 피아노에서 난 마지막 소리는 온갖 우리말 욕설을 담고 있었다. 서양에서 만든 피아노에 우리말 욕설이라니 이 무슨 기괴한 일이란 말인가!

그날 저녁, 집에서는 몽둥이를 휘두르는 형과 여자 같은 형 사이에 싸움이 벌어졌다. 여자 같은 형은 이빨이 부러지고 얼굴에 상처가 났다. 몽둥이를 휘두르는 형은 팔을 쳐들고 '내게 맡겨'라고 말했다. 그러나 우리는 그 형을 국정원에 넘기자고 했다. 그 형은 반역자가 아닌가? 그러니 비밀스런 생각을 알아내는 전문가들인 그곳 사람들이 형의 비밀스런 의도를 찾아낼 수 있을 것이다. 하지만 우리 형제 중의 하나가 안 된다고 반대하고 나섰다. 그냥 어두운 화장실에 처넣으면 도깨비들이 잡아갈 테니까. 그래서 우리는 그 말을 따랐다. 곧 화장실에서 피눈물을 흘리는 형의 울음소리가 들려왔다. 그는 외국풍의 박자에 맞춰 목욕탕 거울에다 머리를 규칙적으로 쿵쿵 박았다. 그 소리를 듣고 우리는 큰소리로 웃음을 터뜨렸다.

이 싸움의 결과 몽둥이를 휘두르던 형은 집안의 실세가 되고 다른 형은 화장실 도깨비가 되었다. 그 싸움이 있던 날로부터 이제 세월이 많이 지났다. 그러나 지금까지도 나는 그것을 생각하면 웃음이 난다. 특히 우리 화장실에는 패자의 우는 얼굴이나 승자의 웃음을 비춰 볼 거울조차 없어졌다는 사실이 제일 우습다.

■ 이봉지 역

마타임 가의 범죄

A Crime in Mataeem Street

와지디 알 아달

Wajdi al Ahdal

Anthology of the Arabic Short Stories

마타임 가의 범죄

이 나라 수도 사나의 마타임 가는 이 다차원적인 도시의 핵심이었다. 사나를 방문한 누군가가 마타임 가를 들어본 적이 없다고 한다면, 그는 사나를 제대로 본 게 아니다. 이름에서 알 수 있듯이 그 거리에는 음식점들이 한 줄로 쭉 늘어서 있고 카페들이 옹기종기 모여 있다. 음식점들은 전문 음식점들로 인기가 대단했고 카페에는 매일 사람들이 북적댔다.

이 카페들 중 한 곳에 모르는 사람이 등장했다. 그날따라 먼지 폭풍이 불어 흐린 날이었다. 그는 분홍색 넥타이에 고급 갈색 정장을 입고 샘소나이트 서류가방을 들고 다니는 그런 부류의 사람이었다. 그는 전직 시인인 늙은 비평가 옆으로 다가가서 앉더니 아주 이상한 부탁을 했다. 자기와 함께 마타임 가에 있는 은행에 가서 이 카페에 드나드는 어떤 사람에 대한 이야기를 좀 해달라면서 그러면 상당한 보수를 주마고 했다. 비평가는 그 말을 믿지 않았다. 당뇨로 까칠해진 그의 입가에 비웃는 미소가 스쳤다. 그러나 자신을 '은행 밀사'라고 소개한 그 낯선 사람은 서류가방에서 2만 리알을 꺼내 비평가의 주머니에 쑤셔 넣으면서 이야기를 다 해주면 그때 2만 리알을 더 주겠다고 했다. 비평가는 눈을 반짝이며 목청을 가다듬었다. 그는 젊은 작가들을 위협할 때 쓰던 지팡이를 짚고 천천히 은행을 향해 걸어갔다.

그 은행 밀사란 사람이 비평가를 은행지점장 사무실로 안내했다. 방에 들어서자마자 비평가는 '사무실'이 그렇게 넓어서 깜짝 놀랐다. 그 장소에 압도되어 자신의 행색이 초라한 게 부끄러웠다. 그는 꼬챙이처럼 삐쩍 마른 은행 지점장을 향해 성급하게 달려가느라고 넘어지는 바람에 향이 피어오르고 있던 향로에 머리를 부딪칠 뻔했다. 은행지점장은 환영한다며 앉으라고 했다. 매력적인 젊은 아가씨가 블랙커피를 내왔다. 커피를 한 모금 마신 비평가는 쓴 커피 맛에 기분이 좋아졌다. 지점장은 활짝 웃으며 그에게 말을 걸었다.

"문학평론가 이신가요?"

"그렇소. 예멘 최고의 비평가지요."

"칭찬하는 글을 써주고 그 대가로 돈을 받으신다든 데 사실인가요?"

"거짓말이오. 시온주의자들과 CIA가 조작한 이야기요."

"압둘라티흐 무함마드 아마드를 아시나요?"

"압둘라티흐라…… 압둘라티흐라…… 아 예, 알지요."

"아주 잘됐군요. 그 사람에 대해 알고 있는 사실을 다 이야기 해 주십시오. 큰일이든 사소한 일이든 모두요."

"왜 그러십니까? 그 사람과는 어떤 관계십니까?"

"그건 아실 거 없습니다. 아무 것도 묻지 말고, 부탁하는 대로만 해 주십시오."

안락의자에 몸을 푹 파묻은 은행 지점장은 비평가에게 이야기를 시작하라는 신호를 보냈다. 비평가가 어디서부터 이야기를 시작할지 잠시 망설이자 불안한 침묵이 무겁게 흘렀다. 그는 뺨이 불룩해지도록 숨을 들어 마시더니 한숨을 쉬었다."

"그에 대해 아는 건 우선 정보부 공무원이라는 거죠…… 아니 …… 난 그 사람 친구는 아니지만…… 카페에는 온갖 어중이떠중이가 다 모이니까요. 그는 매일 차를 마시러 오지요. 아침 일찌감치 나타나지요. 그리고 밤 열시에 카페 문을 닫을 때까지 염소처럼 여기 저기 기웃거리며 헤매죠. 아침식사로는 롤 서너 개와 밀크티를 마시죠. 점심은 늦게 먹어요. 점심시간이 지난 후 근처에 있는 아는 사람의 식당에 슬쩍 들어가서 남은 음식을 얻어먹죠. 저녁식사는 뭘 먹는지 모르겠네요. 난 어두워지기 전에 집에 돌아가니까요. 전에는 실내 장식가였데요. 하수구를 통해 바다에서 몰래 세상으로 기어 나온 거대한 바다 괴물처럼 보여요."

“유학을 갔다 왔죠, 아마. 외국에 푹 빠진 뺀질대는 사이비 유럽 유학파에 속하죠. 그치들은 자유로운 외국의 생활방식에 휩쓸려서 예멘으로 돌아오면 사회에 잘 적응하지 못하고 예멘 관습이나 전통은 무시하죠. 뿌리가 뽑힌 다음 다시 뿌리를 내리지 못하고 공중에 떠있는 형상이죠. 자기만 옳다는 강박관념에 사로잡혀 남들을 경멸하고 교만하게 굴죠. 거드름을 피우며 오만상을 찌푸리고 자기만 옳다고 고집을 부리죠.”

“마치 자기가 천재나 스타인양 카페에 앉아 있죠. 자기가 높은 곳에서 아래의 멍청한 대중을 향해 이야기하는 유명인사라는 과대망상에 사로잡혀 있는 거지요. 그래요. 자신을 명사라고 확신하고 있어요. 자신의 팬들에게 실체를 감추기 위해서 그럴싸하게 가장하느라고 무진장 애를 쓰죠. 세계적인 스타인 자신의 세련된 문장을 추종자들이 모방한다고 생각하죠!”

“알라 신께서 하사하신 새벽부터 거기 나와 싸구려 와인을 마셔대죠. 카페에서 정부 신문을 깔고 앉아 있는 걸 본 적도 있어요. 세상에, 자기 바지가 더럽혀질까봐 코란의 시와 예멘의 상징이 인쇄된 신문을 깔고 앉았어요. 저녁 무렵이 되면 서서히 술에서 깨어나죠. 맞아요, 규칙적으로 체제 비판을 하죠. 정말로 아침에 입을 떼자마자 예멘에 5백만 명의 영웅과 5백만 명의 범죄자가 있다는 등 격렬하게 독설을 퍼놓고 저주하죠. 창피한 일이예요. 하루 종일 이런 상태예요. 불온한 말을 뚱하니 내뱉다가 화를 내며 공격적인 말을 퍼붓다가 하죠. 사람들이 자신을 경멸하고 모욕하려고 모두 카페에 나와 있다고 생각해요. 그의 말을 조금만 들어도, 출세한 사람들에 대해 얼마나 억하심정인지 알 수 있어요. 역겨운 욕설까지 써가며 큰소리로 밤이고 낮이고 부자와 유명인사 들을 마구 공격해요."

"한 번은 흑인 혼혈 작곡가가 잠깐 카페에 들른 적이 있었어요. 그 작곡가가 떠나자 모두 들으라는 듯이 그가 마구 떠들어댔죠. '세상에, 참 악담이 소위 음악 훈련을 받은 작자라니?!' 이건 인종차별적인 발언이 아닐까요? 이건 실패한 사람, 자기 잘못으로 파멸한 비참한 사람의 심술이 아닐까요? 참다 못해 내가 나서서 그건 아니라고 했죠."

"또 한 번은 사람들이 어떤 화가의 재능에 존경을 표시하자 마구 화를 내며 천한 신분 출신으로 형편 없다고 욕을 해댔어요. 마음 속에 분노가 끓어올라 세상을 완전히 파괴시켜버리고 싶어 하는 사람 같았어요. 오사마 빈 라덴을 찬양하는 것을 보니 그런 생각이 들었어요. 실내 장식가가 그런 말을 하다니 참 별 일이죠! 종교적이지도 않고 이슬람운동과 전혀 관계도 없는데 빈 라덴에게 경도되어 메시아라고 생각해요. 한 번은 열성적으로 '오사마 빈 라덴만이 이 세상의 혼란을 바로 잡을 거야!'라고 외치기도 했어요."

"그리고 카페에서 사람들이 다른 사람 말에 주목하면, 질투심에 불타서 어쩔 줄 모르죠. 이 사람 저 사람을 욕하며 '바보 멍청이에게 가서 지혜를 구하지 그래!'라고 마구 퍼부어대죠. 과대망상증 환자예요. 자신이 아주 중요한 사람이라고 믿어요. 아주 높은 사람처럼 행동하고 사람들을 대하죠. 사람들이 인사를 하거나 안부를 물으면 대꾸도 안 해요. 자신이 왕이니 미천한 사람들과 대화 따위를 할 필요가 없다는 거죠. 고개를 쳐들고 여기 저기 돌아다니다가, 같은 부류의 사람에게만 아는 척 하는데, 고개를 숙여 인사하는 경우는 아주 드물죠. 소리 내어 웃거나 미소를 짓지도 않아요. 항상 인상을 찌푸려서 이마에 주름이 깊이 패여 있죠. 사람들이 쳐다보면 사납게 쏘아보죠. 그리고 늘 인상을 쓰며 도도하게 말해서 특권과 허세의 분위기, 뭔가 있다는 듯한 신비한 분위기를 풍기죠."

"결코 소리를 높이는 법이 없고 늘 조용조용 말해요. 다른 사람 이야기를 들을 생각은 전혀 없으니까요. 아주 중요한 사람이라는 분위기를 풍기며 과대망상의 벽을 두른 후 그 벽을 더 견고하게 만드는 거죠. 늘 선글라스를 쓰지만, 선글라스 뒤에서는 눈을 빛내고 눈동자를 이리저리 굴리며 사람들의 사소한 움직임도 놓치지 않으려 하죠."

"한 번은 여러 자문위원들이 장관님을 둘러싸고 있는데 그가 사람들 사이를 뚫고 가운데로 들어갔어요. 장관님 앞에 떡 하니 섰어요. 얼마나 고개를 쳐들었는지 코가 거의 장관님 코에 닿을 지경이었어요. 자신이 엘리트이고 아주 뛰어난 사람이어서 장관님도 꼼짝 못한다는 식이었어요. 하지만 마침내 입을 떼더니 한 말이라고는,

글쎄, 겨우 경제적으로 좀 도와 달라는 거였어요. 장관님이 꽤 많은 돈을 주셨는데도, 세상에, 장관님께 사납게 대들기 시작했어요. 화가 나 고함을 지르며 비난을 퍼붓는 거예요. 걱정이 된 사람들이 끼어들어 억지로 진정시킨 다음 장관님께 공손하라고 충고했죠. 그는 있는 대로 인상을 쓰더니 온몸에 경련을 일으키고 침을 튀겨가며 기침을 하더니 나가버렸어요."

"마지막으로 언제 보았냐고요? 카페에서 세 시간 전에 보았는데요. 짙은 파랑색 줄무늬 정장을 입고 있던데요. 그런데 한 번도 다린 적이 없는 것처럼 끔찍하게 구겨져 있었어요. 아, 이제 기억이 나네요. 카페로 가는 중이었는데 날 보자 갑자기 걸음을 멈추고 돌아서더니 날 향해 돌진해 왔어요. 내 어깨를 주먹으로 세게 쳤어요. 나를 자극해 한바탕 붙고 싶어 했지만, 나는 투명 인간처럼 무시해 버렸어요."

은행지점장은 시계를 보더니 비평가에게 그만 하라고 손짓 했다.

"이걸로 충분한가요?"

"그렇습니다. 이제 가서 사무원에게 나머지 돈을 받으십시오."

"고맙습니다."

며칠 후 은행장은 압둘라티흐 무함마드 암마드에 대해 이야기 해줄 사람을 한 명 더 구해오라는 명령을 내렸고 밀사는 곧 은행장의 지시를 실행했다.

"실내 장식가인 압둘라티흐는 내게 관심을 보인 유일한 남자에요. 그는 사람들이 북적대는 길거리에서 다른 사람을 전혀 개의치 않고 내게 입을 맞추었어요. 나는 너무 부끄러워 볼이 빨개져 말도 못하고 그를 바라보았어요."

"그를 볼 때마다 심장이 두근거려요. 가슴 속에서 용광로가 활활 타는 것처럼 온 몸이 뜨거워져요. 나는 매일 마타임 가 모퉁이에서 행인들에게 구걸을 하죠. 그는 자기가 좋아하는 벤치에 깨끗한 골판지를 깔고 앉아요. 기분이 좋을 때는 제게 추파를 던지면서 마구 입을 맞추죠. 절 놀리고 욕하고 난생 처음 듣는 구역질나는 말을 하기도 해요. 전 열 일곱 살인데 아주 뚱뚱한 절름발이로 목발을 짚어요. 어렸을 때 소아마비를 앓아 다리를 절게 되었고 그래서 뚱뚱해진 거예요. 아무도 날 원하지 않아요. 그러나 종종 그의 아내가 된 내 모습을 상상해보기도 하고 그와 함께 사는 삶을 꿈꾸어보기도 해요."

"난 그에게 빠져 있어요. 그래서 그의 일상적인 습관, 좋아하는 음식, 그가 피는 담배 상표 등을 모조리 기억하고 있어요. 그가 뭘 좋아하고 뭘 싫어하는지 잘 알아요. 아마 내가 그의 어머니보다 그를 더 잘 알거예요. 아침으로는 갈은 고기를 넣은 야채를 좋아해요. 늘 마타임 가의 막다른 골목에 있는 잘 안 보이는 작은 식당에서 아침을 먹어요. 점심은 근처 식당에서 크림이 듬뿍 든 살타를 먹어요. 저녁은 뭘 먹는지 모르겠네요. 해가 지기 한 시간 전쯤 오빠가 차를 몰고 와 저를 집으로 데려가거든요. 불량배들의 습격을 당해 그날 번 돈을 몽땅 털리고 심하게 맞아 멍든 적이 있거든요.”

“압둘라티흐는 쉰 살이 안 되었는데, 중간키에 피부가 하얗고, 콧수염과 구렛나루를 말끔하게 기르고, 눈은 작은데다 쑥 들어갔고 머리는 흰 머리카락 하나 없이 새까매요. 염색을 전혀 안했는데도 그래요. 새까만 선글라스를 쓰고 있는데, 그의 선글라스에서 뿜어져 나오는 침묵과 오만에 가슴이 서늘해지죠. 늘 정장을 입어요. 그를 알게 된 후 한 번도 캐주얼하게 입은 걸 본 적이 없어요. 셔츠나, 스웨터 같은 건 안 입어요. 은색이나 초록색 정장에는 황금색이나 빨간색 넥타이를 매죠. 세련된 외모에 단 하나 맹점이 있는데 정장과 어울리지 않는 구두를 신는 거예요. 물론 늘 어울리는 부츠를 신긴 하지만요. 늘 멋진 색 모자를 맵시있게 쓰는데 그거야말로 아주 매력적이죠. 아주 훌륭한 모자 가게에서 산 모자였어요.”

“박식한 철학자기는 하지만 평범한 사람이에요. 한 번은 그가 청소년들에서 지혜를 전수해주는 걸 들은 적이 있어요. ‘미친듯이 빙빙 돌아가는 세상이 멈추기만 하면, 인류는 일용할 양식을 구하러 쫓아다닐 필요 없고 편히 쉬기만 하면 된단다’라고 했어요.”

“레바논과 이스라엘 사이에 전쟁이 터진 날은 아주 늦게 나타났어요. 수염도 안 깎고 고뇌에 찬 암울한 표정을 짓고 있었어요. 귀에 안테나를 쭉 뽑은 라디오를 바싹 갖다 대고 시시각각 따라가며 전쟁뉴스를 들었어요. 예멘에 살면서도 레바논인인 것처럼 굴었어요. 그때는 내 존재조차 까맣게 잊었어요. 하루 종일 뉴스만 들었어요. 우리에 갇힌 늑대처럼 서성거렸어요. 하지만 정말이지 그가 걷는 방식이 너무 좋았어요! 그는 걸음걸이가 색 달라요. 잰걸음으로 걸었는데, 음악에 맞추어 춤을 추는 것처럼 박자에 맞추어 걸었어요. 발로만 걷는 것이 아니라 온몸으로 걷는 것처럼 머리와 몸통이 한꺼번에 움직였어요. 당당한 사자처럼 보였죠."

"한 번은 그가 초록색 나뭇잎(무슨 나무의 잎인지 모름)을 주더니 자세히 들여다보고 생각나는 걸 말해보라고 했어요. 나는 있는 대로 머리를 굴렸죠. 곰곰이 생각해보아도 답이 떠오르지 않았어요. 그가 아다니 차를 마시러 간 동안 계속 고민했어요. 그는 차를 마시다 나를 바라보다 했어요. 마침내 나뭇잎이 사람 심장 같다는 생각이 떠올랐어요. 너무 기쁘고 마음이 놓여 내 얼굴이 환해졌어요. 이렇게 대답하면 날 사랑할 거라는 생각이 들었어요. 차를 다 마시고 일어서면서 그가 내게 묻는 표정을 지었어요. 내 미소를 보고 답을 생각해낸 걸 알았죠. 다가오더니 답을 말해보라고 손짓 했어요. 대답을 듣자 그는 눈썹을 치켜뜨고 코를 비비더니 틀렸다고 했고, 내가 물었죠. '그럼 정답은 뭐예요?' 그는 영혼 깊숙이 날 흔들어놓고 가버렸어요. 온 몸이 떨렸어요. 그가 한 말에 부끄러워서 거의 기절할 지경이었어요. 나중에 보니 그 말이 딱 맞았어요. 나뭇잎이 여성의 은밀한 부분과 닮았다는 거예요. 어쩌면 반대로 우리 여성들이 가리고 싶은 부분을 나뭇잎 모양으로 만든 건지도 모르죠."

일주일이 지나자 은행지점장은 압둘라티흐 무함마드 아마드에 대해 더 알고 싶어 죽을 지경이 되었다. 그는 '란잘라'란 별명의 반체제 신문 기자를 접촉했다. 지점장은 그 기자에게 무명의 실내 장식가와 인터뷰를 해달라고 요청했다. 며칠 안 되어 그 인터뷰는 신문에 전면 기사로 실렸다. 그 실내장식가의 사진도 실렸는데, 머리를 살짝 오른쪽으로 기울이고 사진사를 향해 친밀하게 손을 내민 편안해 보이는 모습이었다. 기사 내용은 다음과 같았다.

오늘 우리는 위대한 우리나라의 실내장식가인 압둘라티흐 무함마드 아마드와 특별 인터뷰를 하게 되었습니다. 감수성이 예민한 이 예술가는 시계를 맞추어도 될 정도로 규칙적이고 절제된 생활을 하고 있습니다. 그는 정확히 7시면 마타임 가에 도착해서 우체국 근처 벤치에 자리를 잡고 항상 규칙적으로 일을 합니다. 높은 의자에 앉아 있는 그를 보면, 저 멀리 산봉우리에 앉아 있는 독수리처럼 보입니다. 아니 연약한 인간이 가늠할 수 없는 신비한 왕국의 지배자처럼 보입니다. 낮 시간과 밤 시간의 일부를 그 위대한 옥좌에 꼭 붙어 있습니다. 그 벤치는 그에게 창조의 중심이고 어리석은 회전을 막는 정신적인 버팀목처럼 보입니다. 그는 항상 그곳에 있고 세속적인 대화나 일상적인 활동은 하지 않습니다.

우리가 인터뷰를 하자고 다가서자 그는 즉시 사진기자와 나에게 기자증을 요구했는데 다행히 그때 제게 기자증이 있었습니다. 그는 다리를 꼬고, 한 곳에 시선을 고정시키더니 생생하게 과거를 묘사했습니다. 저도 그 시절을 겪었는데도 그 이야기는 믿기가 어려웠습니다.

"나는 압둘라티흐 무함마드 아마드 빌레프이고 1958년 하드라모트 지역에서 태어났어요. 고아로 할아버지 집에서 자랐어요. 열 살 되던 해에 아저씨가 날 아부다비로 데려갔는데 몇 달 후 아저씨가 죽자 숙모가 거리에 내다 버렸어요. 다행히 레바논인인 마로니트 집안에 양자로 가게 되었는데 그분들은 친자식에게처럼 잘해 주셨어요. 마침내 진정한 삶을 경험하게 되었죠. 정말 상상도 못할 부자 집에서 자랐고 그동안 받지 못한 교육도 충분히 받았죠. 프랑스 학교에서 공부했는데 그림, 피아노, 춤, 프랑스어, 영어, 스페인어를 배웠죠. 여름은 베이루트에서 보내곤 했죠. 하지만 75년 내전이 터진 후로는 매년 다른 유럽국가에서 여름휴가를 보냈어요. 양부모가 부자여서 세계 일주를 할 수 있었죠. 대서양 횡단을 열 번도 더 했어요. 미국과 캐나다와 남미 각국을 여행했죠. 칠레는 잘 알죠. 산티아고에 있는 레바논인 누나 집에서 2년 반 동안 살았거든요. 산티아고에 대해서는 이 카페 못지않게 훤히 꿰고 있죠. 거기서 토목을 공부하려고 했는데, 별로 재미가 없었어요. 그래서 산타아고를 떠나 실내장식을 공부하기 위해 파리로 갔죠.

레바논인 양부모와 17년을 살았어요. 이 세상의 쾌락이라는 쾌락은 모두 맛보았고 사치라는 사치는 다 누렸죠. 화수분에서 끝없이 돈이 들어왔죠. 세상의 와인이라는 와인은 모두 맛보았고 인종, 국적, 피부색이 다른 온갖 여성과 즐겼죠. 칠레 여자 친구만 해도 열

명이 넘어요. 아직까지도 이 여자 친구들과 함께 찍은 사진을 간직하고 있죠. 죽어서 무덤까지 가지고 갈 거예요. 마음 속에 영원히 간직할 여자는 칠레 여자예요. 양부가 죽자, 가족 모두 유럽 이민을 결정했죠. 그래서 그들과 헤어져 중개업을 시작했죠. 그 시장에서 곧 유명인사가 되었고 돈도 많이 벌었어요.

결혼은 두 번 했어요. 첫 번째 아내는 프랑스인인데 미스 니스였어요. 그 여자와는 1년 밖에 못 살았어요. 두 번째 아내는 이집트인이었는데 3년 만에 이혼했어요. 다행히 모두 아이는 없었어요. 운명의 장난으로 감옥에 가게 되었어요. 석방 후 아부다비를 떠나 고향으로 돌아왔는데 그때가 90년대 초반이었어요. 사담이 쿠웨이트를 점령했기 때문에 그때까지는 두 나라 사이가 좋았죠. 아부다비에 있는 동안 한 번도 예멘 생각을 하거나 예멘으로 돌아가겠다는 생각을 한 적은 없었어요.

절망에 빠지지 않고 다시 일어서려고 했죠. 에미라트에서 중개업으로 번 돈을 살려서 당시 가장 큰 은행 입찰에 참여해 인수하려고 했죠. 은행에 약 80만 불이 있는데 적들의 방해로 빼낼 수가 없었어요(오늘날까지도 그래요). 1994년 내전 이후에 더 지쳐서 신경쇠약에 걸렸죠. 뇌신경전달 이상이 생겼어요. 과학적으로 알려진 바가 거의 없는 악성 희귀병이죠. 이 병에 걸리면, 신경 세포가 우주로 자극을 보내고 사고와 능력은 모두 사라지죠. 특수 장치를 한 존재가 내 사고능력을 포착해서 나를 감시해서, 내가 하고 싶은 대로 행동을 할 수 없게 했죠. 그리고는 뇌에 사악한 주파수를 보내 날 짐승 같은 범죄자로 만들어 파멸시키려고 했어요. 내가 그들의 추종자가 되길 거부하고 명령을 따르지 않기 때문이었지요. 그들은 수단과 방법을 가리지 않고 날 죽이려고 했어요. 17년 동안이나 이 병을 앓았어요. 내가 점잖은 일을 하려고 하면 이 존재들이 나타나 방해했어요. 내가 직장을 구하러 가면 어디든 등장해 내게 싸움을 걸었어요. 지금도 정신병자라는 소리를 들어요. 잠재적인 고객들은 모두 겁을 먹고 도망가죠. 온갖 일을 다 겪고도, 아직도 나 자신과 나의 정신적 기능을 잘 통제하고 있어요.

그놈들은 창조의 찌꺼기, 썩은 쓰레기들이에요. 그들 중 제대로 된 놈을 찾아보세요. 그러면 이 세상에 돈을 빼앗긴 사람이 나 하나가 아니라는 사실이 확실해질 거예요. 이건 개인적인 문제가 아니에요. 하지만 정당하게 번 돈을 잃은 불쌍한 사람들의 개인적인 문제이기도 하죠. 오늘날 모든 채무자들이 석유 수입의 일부를 가질 수 있어야 하지 않나요? 다른 사람 일까지 모두 걱정하니 나도 문제죠. 이런 일들을 생각하면 그놈들이 밤새도록 신경에 메시지를 보내죠. 일주일 중 제대로 자는 날이 하루도 안되요.

억압이나, 부당함이나, 범죄에 대해 들은 적은 있지만 잘 알지는 못했어요. 내게는 그런 단어들이 사전이나 영화에 존재하는 것이었어요. 하지만 고국으로 돌아온 후 이런 일들이 정말 현실에서 일어날 수 있다는 걸 알았어요. 정말로 여기서 뭔가 일을 벌이려고 할 때마다 그랬어요. 이보다 더 운 나쁜 추락이 있을까요? 이 범죄자 놈들 때문에 이 나라가 밑 빠진 양동이이자 모든 것을 사고파는 시장으로 변했어요."

이번에 은행밀사는 직접 압둘라티흐에게 갔다. 슬픔에 젖어 있는 그를 카페에서 만났다. 밀사는 아무에게 묻지 않고도 곧 그를 알아보았다. 그는 지점장이 인터뷰 기사를 읽었으며 계좌문제를 해결해 주고 싶어 한다고 말했다. 실내 장식가는 경멸의 눈초리로 아래위를 훑어보더니, 명함을 달라고 했다. 밀사는 샘소나이트 가방을 열고 자신의 말을 증명해 줄 분홍색 명함을 꺼냈다. 실내 장식가는 쉰 목소리로 위협적으로 말했다.

"그럼 내 돈은 언제 찾게 되오?"

"한 가지 조건에만 동의하면 곧 찾으실 수 있습니다."

"어떤 조건이요?"

"범죄를 저지르시면 됩니다. 딱 한 번이면 은행 계좌에 있는 80만불을 찾아 가실 수 있습니다."

"무슨 말씀이오? 미쳤소?"

그 밀사는 샘소나이트 가방에서 검은 봉투를 꺼내서 그 안의 내용물을 보여 주었다.

"자 압둘라티흐씨, 여기 80만불짜리 자기앞 수표가 있습니다. 한 가지 조건만 들어주시면, 이 돈은 당신 돈이 됩니다. 우리가 고른 17가지 범죄 유형이 있는데 이 중 한 가지를 선택하시면 됩니다."

실내 장식가는 선글라스를 벗고, 푸른 종이에 적힌 목록을 꼼꼼히 읽었다. 밀사가 보니 누가 기름이라도 끼얹은 것처럼 실내 장식가의 얼굴이 벌겋게 달아올랐다. 실내 장식가의 얼굴만 달아오른 것이 아니라 끓어오르는 분노로 온몸이 떨렸다. 그는 거인처럼 일어나 푸른 종이를 갈기갈기 찢어 머리 위로 날려 버렸으며, 이 세상의 은행이란 은행은 모조리 저주했다. 갑자기 사방이 소란스러워지더니 마타임 가는 순식간에 분노와 함성으로 가득 찼다. 밀사는 어쩔 줄 모르고 황급히 총총걸음으로 그 곳을 빠져나갔다.

은행장은 밀사가 당한 황당한 일에 유감을 표하기는 했지만, 다른 방법을 쓰기로 결정했다. 얼마 안 되어 카페에 미친 사람이 나타나 실내 장식가를 습격하자 그는 컵을 들어 미친 사람의 얼굴에 더운 물을 끼얹었다. 그들은 곧 싸움닭처럼 뒹굴며 격렬하게 싸웠다. 은행장의 부탁을 받은 경찰이 쏜살같이 도착했다. 미친 사람의 머리 위에 경찰이 붉은 액체를 쏟아 붓자 그는 의식을 잃은 것처럼 보였다. 그들은 실내 장식가에게 수갑을 채운 후 경찰서로 연행했고, 미친 상대방은 구급차에 태워 병원으로 보냈다. 곧 실내 장식가는 살인 미수로 10년을 선고 받았다.

실내 장식가는 경찰에서 17개월을 보냈다. 그는 햇빛뿐 아니라 이전의 행복한 시간도 잊었다. 그는 도둑과 강간범과 폭력범으로 꽉 찬 작은 감방에 갇혔다. 감옥에서 그는 완전히 딴 사람이 되었다. 듬성듬성 흰 머리가 났고, 등이 굽었고, 피골이 상접할 정도로 얼굴이 여위고 지저분하게 수염이 났다. 은행장은 밀사를 보낼 때가 되었음을 알았다.

밀사는 면회일에 샘소나이트 가방을 끼고 등장해 압둘라티흐에게 예전의 제안을 고스란히 되풀이 했다. 하지만 이번에는 실내 장식가가 벌컥 화를 내지도 않고 표정도 변하지 않았다. 그는 석상처럼 꿈쩍도 않고 있었다. 밀사는 그의 넥타이를 잡고 경고했다.

"이봐요, 우린 당신 서류를 태워버렸어. 둘 중 하나를 선택해. 전화 한번으로 당신을 여기서 꺼내줄 수도 있고 죽을 때까지 가두어 둘 수도 있어. 당신이 죄가 없다 해도 법의 눈에는 범죄자란 말이야."

침묵이 흘렀다. 그들은 마치 누군가를 애도하는 것 같았다. 그러고 나서 몽롱한 상태에서 깨어나며 실내 장식가가 말했다.

"언젠가 진실이 밝혀질 거요."

밀사가 마구 웃는 바람에 침이 튀겼다.

"진실? 정말 순진하군! 이봐. 진실은 딱 돈 받는 만큼 가치가 있는 거야. 돈을 지불하는 우리야말로 당신에게 원하는 진실을 고백시킬 권리가 있는 거야. 진실은 주머니 속에 있다는 걸 알아야 해. 당신의 주머니는 텅 비어있고 내 주머니는 꽉 차 있어. 그래서 진실은 당신이 아니라 내게 있는 거야!"

실내 장식가는 자그마한 몸집의 여윈 밀사를 한참 바라보더니 천천히 말했다.

"대체 당신 보스는 내가 무슨 범죄를 저질렀다는 거요?"

"바로 아무 죄도 안 지은 게 당신 죄야."

"그렇다면 왜 굳이 날 범죄자로 만들려고 하는 거요?"

'당신의 권리, 즉 80만 불을 돌려주고 싶어서 그러는 거야. 하지만 그 돈을 돌려받으려면 자격을 갖추어야 돼."

"자격이 있어야 한다고 했소? 무고한 사람이 범죄자가 되는 게 자격을 갖추는 거요?!"

"은행장은 독특한 관점을 지닌 철학자라 새로운 도덕 이론을 만들려고 하는데 바로 당신을 사례로 연구 삼고 있는 거야."

"나를 말이오?"

"그래. 정확하게 그래. 그는 인간이 사회에서 물질적 · 도덕적 자격을 갖추기 위해서라면 밀림의 야수처럼 범죄를 저지를 수 있다는 이론을 만들었거든. 그리고 범죄 기록이 있어야만, 선량한 시민이 된다고 하오."

"그래서 가장 훌륭한 시민은 가장 흉악한 범죄자라는 뜻이오?"

"바로 그렇지.'

"이 이론을 몽땅 거부한다면, 무죄가 될 수 있지 않소?"

"그러면 선량한 시민은 커녕 반드시 가장 극악한 범죄자로 분류될 거야. 죄를 지을 용기가 없는 것이 가장 극악한 행동이라야."

"은행 지점장의 도덕은 아주 힘든 거군요."

"반대로, 아주 즉각적인 효과가 있어. 일단 받아들이기만 하면,

나처럼 곧 알게 돼."

실내 장식가는 곰곰이 생각에 잠겨 아무 말도 하지 않았다. 밀사는 철망 뒤에 있는 죄수의 생각의 흐름을 깨고 싶지 않아 참고 기다렸다. 죄수는 이미 이 세상 사람이 아닌 듯 했다. 해가 기울고 있었다. 실내 장식가가 움직였다. 그는 부끄러운 듯이 팔로 자기 몸을 감싼 뒤 떨면서 말했다.

"담배 있소?"

밀사가 호주머니에서 담배를 꺼냈다. 우선 한 개피에 불을 붙여 밀사 자신의 입에 문 뒤, 다시 한 개피를 꺼내 불을 붙인 후 철망 틈으로 죄수에게 건네주었다. 그 실내 장식가는 아주 흡족해하며 담배를 한 모금 빨았다. 그는 황홀경에 빠진 사람처럼 신음 소리를 냈다. 담배를 다 피운 다음 밀사에게 목록이 적힌 푸른 종이를 달라고 했다.

그 다음 날 마타임 가에 실내 장식가가 다시 나타났다. 말끔하게 면도를 하고 멋진 정장을 단정하게 차려입고 있었다. 사람들은 그가 좀 늙고, 좀 구부정해지긴 했다고 생각했다. 그들은 그동안 어디에 있었느냐고 물었지만 그는 아무 말도 하지 않았다.

살을 에는 추위가 밀려오는 겨울이었다. 사람들은 해가 뜨기 전에는 집을 나서지 않았다. 마타임 가에 와 죽치는 사람들은 다리를 절던 거지 소녀의 비극적인 죽음 소식에 수군댔다. 그 거지소녀는 동틀 무렵 우체국 근처의 석조 테라스에서 엎드린 모습으로 발견되었다. 입 꼬리에서 피가 뚝뚝 떨어지고 있었다. 독살이라는 소문이 퍼졌다.

■ 조애리 역

끝장 싸움

A Fight to the Finish

바쌈 샴셀딘

Bassam Shamseldin

Anthology of the Arabic Short Stories

끝장 싸움

알콰프르 정부부서 내 마을 성채인 알콸라는 높이 솟은 알봐즈 산 아래 들어간 곳에 있었다. 매일 아침 비추는 햇살이 그곳에 오래 머물렀다. '아부 지디'와 '증조부' 하지 아마드가 테라스로 빙 둘러 싸여 펼쳐진 알콸라를 소유하고 있었다. 죄를 지은 탈옥수나 떠도는 걸인들이 지나가다 이곳에 머물곤 했기 때문에 이곳이 악명을 얻게 된 것은 그리 놀라운 일이 아니었다. 커피 수확기 동안 그곳은 개미언덕 만큼이나 분주했고, 막강한 지주인 아부 지디는 늘 머리에 유명한 녹색 터번을 두르고, 구김살 하나 없는 흰색 망토를 양어깨 위로 걸쳐 뒤쪽으로 늘어뜨린 채, 사롱(*허리를 두르는 천-역자주)을 허리에 꽉 묶고 있었다. 예언자들의 후손들이 늘 그러듯이, 그는 오른손에 항상 지팡이를 쥐고 거기에 몸을 기댔다. 그의 네 명의 자식(샴셀딘, 자이드, 무흐신, 알지드 '조부' 무함마드)은 여기저기 도와주며 그의 요청에 응하면서 완벽한 충성심을 보이고, 거의 노예처럼 헌신적으로 항상 그의 주변을 빙빙 돌며 이리저리 움직였다. 아부 지디와 감히 논쟁을 시작하려 덤비거나, 그 앞에서 언쟁을 하거나 심술궂게 행동하려 들거나, 심지어 어떤 종류의 속세의 경합 혹은 모험으로 그와 대결하는 사람은 아무도 없었다. 그것 말고도 그는 "신학의 웅변적인 대변인"일 뿐만 아니라, 나의 조부께서 말씀하시곤 했던 것처럼, 토론에서도 이슬람 율법주의를 능숙하게 인용했다. 사람들은 이 분의 말이 가장 잔인한 행위보다도 더 억압적일 수 있다, 즉 그분의 이빨로 물어뜯는 것보다 통렬한 그의 말 한마디가 더 상처를 준다는 자신들의 견해를 옹호하기 위해 떠벌였다. 이 모든 것에도 불구하고 마음속 깊은 곳에서 그는 약자들을 옹호하는 관대한 사람이었다.

그의 두 눈에 명멸했었던 숨은 잔인성은 환경의 가혹함이 반영된 것일 뿐이었다. 알콰라 성채는 작은 언덕 위에 웅크리고 있었으며, 뒤로는 섬유질의 질긴 붉은색 티냡 나무뿌리로 만든 출입구가 하나 딸려 있었는데 견고한 벽으로 둘러져있어 요새구실을 하고 있었다. 언덕 절벽 가장자리에 있는 성채 마을의 앞쪽에는 무성하게 엉켜있는 무화과 가시관목이 있었다. 이런 지형적 특징들이 더해져 알콰라는 구불구불 우뚝 솟은 산들 위아래로 쭉 펼쳐지고 이리저리 뒹구는 지점으로 보였으며, 이윽고 난공불락의 요새라는 모습에 나름

만족하게 되었다.

그럼에도 불구하고 그곳은 다른 마을과 정착지에서 멀리 떨어져 고립되고 불안해 보였다. 하지만 그곳에서 밤을 보내고자 오래 머물던 사람이라면 누구든지 그곳에서 영혼이 편해지고, 그곳의 온화한 기질과 부드러운 안도감을 맛볼 수 있을 것이다. 특히, '콰르퀴스'란 개가 짖는 소리는 한밤중에도 급류소리를 물리치고 낮에는 머리 위 상공에서 선회하는 새들조차도 위협하면서 아무 것도 성채 벽에 접근하지 못하게 했다. 날카로운 송곳니를 지닌 이 덩치 큰 개는 이곳 정부 부서의 사람들의 삶 속에, 특히 이곳 어린이들에게 공포감을 자아냈다. 아부 지디는 콰르퀴스를 남달리 사랑했었다.

어느 날 이 지역의 저명인사 중 한 분이 알캄라에 대표로 들어가도록 파견되었다. 부근에 도착하자마자 그 분은 1킬로 거리에 서서 크고 날카롭게 소릴 질렀다.

"세이이드 아마드, 난 당신을 만나러 왔소!"

외침을 듣고 아부 지디가 밖으로 나갔더니 콰르퀴스 개가 뒷발로 몸을 곧추 세운 채 소리가 나는 곳을 정확히 알아내려고 귀를 쫑긋 세우고 있었다. 그 개는 경련을 일으키며 주인 입에서 무슨 말이 나오길 갈망하면서 간헐적으로 몸을 앞쪽으로 긴장시켜 트인 길 위아래를 내내 유심히 바라보며 서 있었다.

개는 늘 그래왔듯이 사람을 반기며 뛰어올랐고, 꼬리를 흔들며, 즐거움과 신나는 환희에 겨워 머리를 이리저리 끄덕이기 시작했다.

콰르퀴스 개가 자기 쪽으로 오는 것을 보자 그 사람은 가엾게도 거의 겁에 질려 죽겠다는 표정을 지었다. 개는 그 사람을 안심시키고 싶어 하는 것 같았다. 그 사람 곁으로 다가가 콰르퀴스가 그 사람이 안심하고 따라오도록 고개를 숙이자 그 사람의 격한 두려움이 어느 정도 누그러졌다. 콰르퀴스는 그 사람의 떠는 두 다리 사이에서 몸을 부미며 이리저리 굴렀다. 그 사람이 아부 지디에게 다가와 떨리는 목소리로 자신이 어떤 심각한 문제로 왔는지 설명했다.

"어제 양치기가 산 속 깊은 동굴에서 나오는 줄무늬 호랑이를 보았소."

검지로 멀리 검은 동굴, 알콰라 망루 위와 그 너머에 있으며, 사람들이 '카쉬아'(비굴하게 납작 엎드린 여성)로 부르는 긴 경사면으로 보완된 곳을 가리키며 그 사람이 말했다. 아부 지디는 그 사람에게 간결하게 이렇게 말하며 갑자기 자릴 떴다.

"만약 그것이 호랑이라면, 나는 호랑이를 길들일 줄 아는 사람이오. 내 조부인 알하디께서는 호랑이가 있던 시절에 사셨던 분이오. 우리는 오래된 가문이오."

아부 지디는 성채탑 꼭대기에 있는 망루의 거실인 마프라지로 즉각 되돌아가 벽에 걸린 낡은 삭코 총을 움켜쥐고 부드럽게 반짝이는 돌을 회반죽으로 붙인 지붕으로 돌진하여 먼 산이라서 눈에 잘 보이지 않지만 동굴 틈 입구를 조준했다. 침착하게 방아쇠를 당기자 총성이 근처 언덕 위로 메아리쳤다. 그 순간 건곡 강바닥을 이리저리 방황하던 호랑이는 총성을 듣고 걱정이 되어 괴로워하며 짐승 시체, 숨겨둔 양식, 마른 뼈가 가득 차 있는 자신의 은신처에서 솟아오르는 연기를 쳐다보았다. 그날 호랑이는 총탄 사용의 암호를 해독했으며, 무기의 언어를 이해하게 되었다. 그리고 총탄이 어디서 날라 온 것인지, 즉 총탄이 날아 올 유일한 근원지가 어딘지를 알았다.

자정이 지나자마자 곧 싸움이 시작되었다. 높은 벽과 무화과 가시관목 언덕 같은 천연 장애물 쪽으로 호랑이가 느릿느릿 움직이며 다가왔고, 경쟁관계에 있는 암컷 호랑이는 은신처를 찾아내어 자리를 잡으려 했다. 에워싸인 성채를 뚫고 들어가기 위해 호랑이가 맨 처음 떠올린 생각은, 상대방이 호랑이의 모습을 보고 놀라서 죽게 만드는 것이었다. 그러나 호랑이는 격하고 사나운 콰르퀴스 개와 맞닥뜨리게 되었다. 호랑이를 보자 콰르퀴스는 정말 깜짝 놀랐으나 좀 어리둥절하더니 격노하여 날뛰며 짖기 시작했다. 그 개는 격분하여 거의 미친 것 같았다. 호랑이는 몸이 긴 억센 근육질의 개를 향해 살금살금 나아가면서 털이 물결치는 앞발을 뻗어 단 한 방에 상황을 종결시킬 생각을 했었다.

그들 둘 사이에 대 격투가 벌어졌다. 호랑이는 마음속으로 거듭 말했다. '이것이 치명타야. 이게……. 안 그래? 이것이 말이야.' 그러나 자기 뜻대로 되지 않았다. 사구 위를 넘나들며 서로가 경쟁하듯 계속 이리저리 쓰러뜨리기도 하고 사납게 상대방을 덮치기도 했기 때문이었다. 좀 떨어져서 둘이 마치 식료품점의 천칭의 두 접시 처럼 나타났다가 다른 쪽이 내려가면 한쪽이 올라가는 식으로 싸움이 계속되었다. 콰르퀴스는 죽음을 두려워하지 않고 상대방을 덮치기 시작했다. 호랑이가 서서히 지칠 때까지 개는 극도로 흉악스럽게 자신을 방어했다. 호랑이는 우발적으로 위치를 변경하거나 몸을 돌려 콰르퀴스한테서 잠시라도 떨어져 나올 수 있는 상황이 오길 바랐다. 그리고 개가 짖어대어 총으로 응수하자 정말로 호랑이가 바랐던 일이 일어났으며, 여러 발의 총성이 대지 속으로 울려 퍼졌다. 꼬박 한 시간이 지난 후에도 이런 상황은 전혀 해결되지 않았다. 그러더니 싸움이 중단되었다. 아주 극심한 격노와 숨 막히는 격정을 드러내지 않으려고 온갖 애를 쓰며 호랑이가 물러섰다. 호랑이는 창피했다. 해질녘 그를 조롱하듯 웃으며 깔보는 밤의 박쥐와 곤충들 앞에서 그 자신이 난처해졌다. 그는 즉시 이 사안을 정면으로 다루기보다는 음모를 쓰기로 하고, 치미는 화와 복수심을 감추기로 작심했다. 아무리 심하게 비난을 당하고, 모욕적인 비웃음을 사고 사납고 약탈하는 동물이 온갖 종류의 욕설을 퍼부어도 호랑이는 이런 미해결 상태로는 결코 돌아가지 않으려고 했다. 혹은 호랑이는 지금 자신에게 중요한 유일한 것을 회피하지 않으려고 했다. 즉 자신을 멈춰 서게 했던 적을 완전히 패배시켜 사라지게 하여 승리를 달성하려고 했다.

다음 날 오후 아부 지디의 양치기가 부주의한 틈을 타서 호랑이가 급습해 두 마리의 큰 순양을 도살하기 시작했다. 공포감에 사로잡힌 양치기는 고함을 질렀다. 가장 가까이 있는 테라스 쪽으로 계속 걸어가다가 아부 지디는 비명소리를 들었다.

그 시절 그는 어딜 가든 총을 끼고 다녔으며 잠을 잘 때만 총을 내려놓았다. 도살 현장에서 달아나는 호랑이를 식별하자마자 그는 연속으로 세발을 쏘아 호랑이가 서둘러 도망가도록 했다. 아주 신속하게 움직였지만 호랑이는 발아래 쪽에서 총탄의 열기를 느꼈다. 아마도 그는 다음에는 이 적을 놓치지 않을 것이라고 생각했다. 그리고 그것은 확실히 큰 재앙이 될 것이다. 그럼에도 불구하고 호랑이는 나름 광폭한 짓을 계속했다. 그런 광란은 기본적으로 잃어버린 명예를 복구하려는 그의 의도에는 별반 도움이 되질 못했다. 이 모든 시도를 통해 호랑이는 보잘 것 없으나 실질적 보상을 얻었다 하더라도 자신의 의도를 실현하는 데는 실패했다. 그러나 호랑이의 그런 시도는 항상 흡족한 듯 침착하게 웃으면서 자신의 통상적 업무를 지속적으로 돌보았던 아부 지디에게는 하찮은 것이었다.

너무 화가 난 호랑이는 송곳니로 앞 발톱을 파면서 물어뜯기 시작했다. 그는 자신이 안겨준 패배로 인해 자신의 적이 어쩔 줄 모르고 괴로워하는 모습을 보고 싶었다. 생각에 잠긴 호랑이는 이빨을 득득 갈고 낮은 목소리로 중얼거리며 경악했던 자신을 책망했다.

"맞다. 맞아. 여기저기 난 작은 상처는 별거 아니야. 아, 그놈이나 그의 자식 중 한 놈을 성공적으로 해치울 수 있다면, 내 화병이 나을 거야. 난 그 놈이 내 두 눈 앞에서 뜨거운 눈물을 흘리는 걸 보고 싶어."

드디어 호랑이는 사악한 생각을 하게 되었다. 아주 행복하고 즐거워진 호랑이는 바위 사이를 이리저리 배회하다가 돌진했다…….

그는 밤이 오길 고대했다. 11시에 그는 성채로 이어지는 멀고, 울퉁불퉁하고, 바위투성이며, 돌조각이 널린 길을 떠나 이윽고 가시가 있는 거친 무화과나무로 뒤덮인 언덕 기슭에 도착했다. 그는 유연성과 육체적 용맹함을 발휘하여 그곳을 오르고자 했다. 성채의 방어선 중 가장 취약한 곳인 언덕 면을 골라서 울창한 가시나무 속에 몸을 숨겼다. 그는 한동안 지속적으로 그리고 철저하게 그곳을 응시했다. 개가 호랑이의 냄새를 맡더니 맹렬히 짖기 시작했는데, 그 울부짖음은 점차 말소리를 막으려는 것처럼 지속되었다. 틀림없이 그 개는 밤새도록 계속 짖어댈 작정이었다. 늘 그랬듯이 그는 성채의 언덕을 뒤덮고 있는 무화과나무 가시관목 속을 뚫어지게 응시했다. 이제 더 이상 몸을 곧추세워 바라보지 않았다. 그러더니 개는 한층 더 격하게 날카롭게 짖어대기 시작했다. 아부 지디는 자신의 개가 아마도 들고양이나 여우나 지나가는 뱀들을 보고 무서워서 이렇게 시끄럽게 짖는 것이라고 생각했다. 화를 참지 못한 그는 창문 밖으로 머리를 내밀어 짜증을 내며 짖지 말라고 버럭 소릴 질렀다.

"닥쳐, 콰르퀴스. 제발 잠 좀 자게 조용히 하라고. 어떤 소리도 듣고 싶지 않으니까."

콰르퀴스는 짖는 소리를 누그러뜨리지도 않더니 한 그루의 가시 돋친 무화과나무를 향해 달려 올라갔다 내려오길 반복했다. 몹시 흥분하여 목이 쉴 정도로 짖었고 담장 밖에서 계속 이리저리 돌진했다. 그는 이런 상태로 사흘 밤을 보냈다. 본디 차분한 아부 지디도 더 이상 자신의 명령에도 복종하지 않고 이렇게 집요하게 계속 짖어대는 심술궂은 개한테 버럭 화를 냈다. 그는 성벽의 문을 열어 그 개를 들어오도록 한 후 총으로 개의 머리를 조준하여 쏘았다. 그런 다음 개를 저주하며 잠자리에 들었다. 개는 필사적으로 아부 지드의 집 문까지 다가가서 주인의 가죽 신발 위에 머리를 대더니 꼬꾸라져 죽었다. 바로 그날 밤 개의 소란과 짖는 소리를 더 이상 듣지 않게 된 호랑이는 오랫동안 고민을 했다. 호랑이는 자신에게 이렇게 말했다. “속임수 일 수 있거든.” 내내 숨어서 지내다가 배고프고 지치고 기력을 소진했지만, 그의 의지력은 암석처럼 견고했고, 그는 변함없이 결연했다. 이번에는 실패할 수 없어. 그는 자신의 계획을 조심스레 살펴보았고, 이미 고통을 받을 만큼 받았기에 자신이 이젠 실행해야 했다. 그는 때를 기다려야만 했고, 여하튼 인내심을 갖고 일을 서두르지 말아야만 했다. 그러나 밤이 끝나갈 시간에 그는 은신처에서 껑충 뛰어나와 아부 지디의 집에서 불과 약 20미터 떨어진 언덕 쪽으로 조심스레 올라갔다. 호랑이는 그 사람의 집으로 돌진하여 껑충 뛰어 침상에 있던 그를 덮친 후 살을 갈기갈기 찢고 뼈를 다 부수어 놓겠다고 결심했다. 하지만 가까이 기어 올라

가보니 죽은 콰르퀴스가 썩는 냄새가 났다. 호랑이는 애당초 의도했던 방향을 바꾸어 양과 염소가 가득한 울타리 쪽을 향했다.

호랑이는 울타리 문 아래에 자신의 몸 크기만 한 구멍을 파고 그 안쪽에 숨어 두 마리 어린 양을 먹어치워 배를 채웠다. 그런 다음 남은 가축을 모두 질식시켜 죽였다. 마침내 호랑이는 신속하게 그 현장을 떠나 산 속 자신의 은신처로 향했다. 호랑이는 배가 부르고 영혼이 만족한 상태였다.

아부 지디는 이른 아침에 무슨 일이 벌어졌는지를 알게 되었다. 그는 슬픔과 고뇌를 가눌 수 없었다. 호랑이한테 잡혀 먹혔거나 질식사를 당했던 양과 염소 때문이 아니라 자신이 총으로 쏘아 죽인 콰르퀴스 때문이었다. 그는 바닥에 쭉 뻗어 있는 개의 시체 위에 서서 흐느껴 울기 시작했다.

"날 용서해다오, 오 콰르퀴스! 네가 개가 아닌 인간이었다면 너에게 지금껏 아무도 누리지 못했던 성대한 장례식을 치러주고 밤샘을 해주었을 텐데."

산 쪽을 응시하더니 그가 큰소리로 말했다. "맹세컨대, 이 산들과 그 속에 있는 모든 것에 복수를 할테다." 그런 다음 아부 지디는 다이너마이트 작업반원들을 불러 두 배로 돈을 줄 테니 호랑이가 있는 산을, 가능하면 산 전체를 폭파시키라고 지시했다. 적어도 그들은 호랑이굴을 폭파시켜야만 했다. 그리고 그들은 호랑이가 꼼짝없이 이곳 은신처에서 저곳 높은 산 속으로 이동하도록 하여 자신들의 맡은 작업을 성공적으로 했다.

여전히 양쪽 진영의 싸움이 계속 맹위를 떨쳤다. 양쪽이 자신들의 승리를 거두었다. 아부 지디는 탄약을 호랑이가 다니는 길가에 흩어진 돌과 관목 속에다 숨겨두었다. 그런데 어느 날 운 좋게도 우연히 예기치 않은 일이 생겼다. 맞은편 언덕 위 지하에서 솟구쳐 나오는 샘물 옆에서 아래를 굽어보며 하품을 하는 호랑이가 보였다. 커피나무 사이를 몰래 빠져나온 아부 지디는 가능한 자세를 잘 잡은 후 호랑이의 오른쪽 허벅지에 총을 쏘았다. 다행히도 총알이 발사된 바로 그 순간 호랑이는 운 좋게도 껑충 뛰어올랐다. 자신이 호랑이를 죽였다고 생각한 아부 지디의 분노가 진정되었다.

한 달 내내 시야에서 사라졌던 호랑이가 그때 다친 발을 절뚝거리며 다시 나타났다. 아부 지디는 먼 산봉우리들 중 한 곳에서 포효하는 호랑이를 죽이지 못한 것이 유감스러웠다. 호랑이의 포효소리는 곧 닥쳐올 처참한 싸움과 험악한 무자비함을 경고했다.

어느 날 호랑이가 이 엄청난 싸움의 첫 불꽃이 타올랐던 자발 알바즈 산 정상에 있었을 때, 그리고 호랑이가 아부 지디에게 자신의 마지막 무자비한 공격에 박차를 가하기 위해 정신적으로 무장을 하고 있을 때, 아직 끝나지 않은 이 단조로운 싸움으로 인한 권태와 극도의 피로 때문에 심지어는 밝은 대낮에 싸움을 해야만 할 때, 호랑이는 많은 사람들이 여기저기 길과 샛길에서 검정색 옷을 입고 성채 쪽으로 서둘러 가는 광경을 보았다. 보라, 자 주시하라.

이 광경을 보고 호랑이는 겁이 났다. 그는 전에 느껴본 적이 없었던 기괴하고 겁나는 기분이 들었다. 여행자가 낯선 땅에서 느낄 법한 기분, 즉 길을 잃고, 외롭고, 향수병에 걸린 기분을……. 호랑이는 성채 가까이 언덕까지 내려와 어깨에 커다란 관을 지고 낡은 집에서 우글거리며 나오는 사람들의 모습을 보았다.

그때 그는 이것이 성의 주민 중 한 명이 죽어서 치르는 장례식이라는 걸 알았다. 그는 망설이지 않고 좀 더 가까이 다가가 전망이 좋은 큰 바위에 걸터앉았다. 행렬 속 인파들의 얼굴을 번갈아 가면서 하나씩 응시하며 유심히 뚫어지게 쳐다보기 시작했다. 그러나 자신의 주요 공격목표인 적, 죽어 마땅한 그 상대는 보이질 않았다. 호랑이는 전날 묘지 가에서 명상에 잠겨 앉아있던 아부 지디를 보긴 했지만, 애도자들 중에는 그가 없었다. 그 순간 호랑이는 진지하게 한두 번 머리를 끄덕이더니 떨리는 큰 소리로 이렇게 말하며 왈칵 눈물을 쏟았다.

"내 적은 죽었다. 그보다 먼저 그의 충실한 개도 죽었다. 난 여전히 여기에 있다. 이 성채와 이 견고한 산들을 소유하며 난 여전히 이곳에 남아있다. 나한테 남아있는 건 없다. 친구도 적도."

슬픔에 가득 차 혼잣말을 하더니 호랑이는 꼬리로 땅바닥을 탁 내리치며 성채를 빠져나와 떠나며 세 번 포효했다. 자신들이 호랑이를 볼 수 있는 자발 알바즈 정상에 호랑이가 있었을 때, 사람들은 호랑이의 첫 번째 포효를 들었다. 호랑이가 안 나타나는 산 속 외진 곳으로 호랑이가 갔을 때, 사람들은 호랑이의 두 번째 포효를 들었다. 사람들은 세 번째 포효를 듣지 못했다. 이 이야기만 남긴 채 호랑이가 이 세상을 떠났기 때문이다.

■ 박종성 역

나일강

The River Nile

살와 바크르

Salwa Bakr

Anthology of the Arabic Short Stories

나일강

그 아이의 엄마는 매일 아침 엘리베이터의 10층 단추를 누른다. 그러면 이들을 태운 엘리베이터는 아파트 25호실 앞에 멈춰 선다. 그런 다음 이들은 나무를 깎아 만든 문을 통해 안으로 들어가는데, 이 문을 지나갈 때마다 그녀의 엄마는 항상 도시로 이사 오기 전 고향에서 수확기에 아버지가 곡식을 털곤 하던 탈곡기방의 문을 떠올린다.

그 아이는 자기 집보다 넓고 예쁜 큼지막한 부엌으로 들어가 항상 그렇듯이 동그란 탁자 주위에 놓여있는 의자에 앉는다. 그녀는 엄마가 설거지를 끝내고 개수통을 정리할 때까지 의자에 앉아 있는다. 억지로 가만히 앉아 있는 게 힘들긴 하지만 우유병을 헹구기 전에 병에 남아있는 찬 우유를 마시거나, 접시에 남겨져 있는 유럽산 치즈나 잼을 바른 프랑스 빵 한 쪽을 먹다보면 그런대로 견딜만하다. 엄마는 빵을 건네주면서 "접시 닦게 다 먹어 치워라"고 말한다.

빵을 입에 넣자마자 그녀는 재빨리 아파트 열쇠가 달린 열쇠고리에 손을 갖다 댄다. 아파트 주인은 매일 아침 일하러 가기 전에 엄마에게 열쇠고리를 맡긴다. 열쇠고리를 탁자 위에 내려 놀 때 달칵하는 소리가 나자, 그 즉시 수돗물 소리와 식기세척 소리와 함께 엄마의 경고소리가 들려온다.

"열쇠는 그냥 놔둬. 잃어버리면 큰일 나."

그녀는 탁자 가운데 놓여있는 물고기 모양을 한 하얀 도기 그릇의 금색 구멍에다 다시 열쇠고리를 넣는다. 그리고는 물고기 도기 그릇과 끝에 조그만 보트 모양이 달린 은빛 열쇠고리를 부러운 듯 쳐다본다. 그 모양이 마치 저 멀리 나일강에 떠있는 배처럼 보인다. 그녀는 의자 다리를 발로 차면서,

"한번 이 그릇을 바다에 띄어 봤으면, 그리고 조그만 보트가 달린 이 열쇠고리를 내 갈라비야 옷 주머니에 넣고 다니며 원할 때마다 짤랑짤랑하는 소리를 내 봤으면 좋겠네!" 하고 생각한다.

이런 부질없는 생각을 하면서 한숨을 쉬던 그녀는, 이내 부엌 청소를 마친 엄마를 도와 발코니에 빨래를 내다 건다. 발코니에서 끝없이 펼쳐진 하늘을 보고 있으면 항상 경이롭다는 생각이 든다. 그녀는 어떤 때는 눈처럼 빛나는 엄청나게 큰 솜뭉치처럼 보이다가도, 어떤 때는 날개를 활짝 펼치며 기세를 떨치는 새처럼 보이기도 하

는 구름을 쳐다본다. 하지만 발코니 아래로 보이는 거리를 내려다보고 있자면 가슴이 떨리며 당혹감에 휩싸이게 된다. 거리 전체를 더 보고 싶은 마음에 서서히 발코니 난간으로 다가가 두 손과 두 발로 난간을 꽉 잡고 올라가지만 어느새 엄마의 외마디 외침소리에 놀라게 된다. 엄마는 마치 누군가 꼬랑지를 밟아 놀란 고양이마냥 고함을 질러댄다.

"내려 와! 당장 내려와서 안으로 들어가! 그러다가 떨어진단 말이야."

그녀는 엄마가 시키는 대로 하다가 엄마가 흥분을 가라앉히고 다시 빨래를 널 때를 기다려 얼른 난간으로 다가선다. 그리고는 다시 난간에 올라가 아래를 내려다본다. 하지만 아무리 바빠도 엄마는 결코 물러서는 법이 없다.

"내 말대로 안으로 들어가. 부탁이야, 제발 들어가!"

그녀는 엄마의 말을 따르면서도 두 눈으로는 계속 저 멀리 꿈틀대는 강물을 바라본다. 그러다가 애원하는 목소리로 다시 졸라대기 시작한다.

"제발, 엄마, 여기서라도 저 밖을 보게 해주세요."

하지만 그녀는 결국 엄마가 시키는 대로 발코니 입구로 물러선다. 재차 엄마의 경고소리가 거세진다.

"이 바보 같은 년, 들어오지 못 해! 냉큼 안 들어오면 내가 나가서 네 목을 분질러버릴 테야."

그녀 역시 화가 치밀어 올라 눈물이 날 지경이 되지만, 엄마가 이 정도로 화가 났을 땐 울어봤자 아무 소용없다는 것도 알고 있다. 엄마가 시키는 대로 하지 않을 경우 당장 회초리가 날아올게 뻔하기 때문이다. 결국 그녀는 엄마와 화해하는 것이 좋겠다고 생각하고 대신 강물에 대해 물어보기로 마음먹는다. 마음을 가라앉힌 엄마는 두 손으로는 빨랫줄에 수건을 걸고 입에는 빨래집게를 문 채 조심스럽게 대답한다.

"나일강이라고 몇 번을 말했니. 너 그냥 얘기하고 싶어서 그러지."

그녀는 이 강물이 나일강이라는 것을 모르는 것이 아니다. 하지만 워낙 웅장하고, 크고 넓은 이 강을 보고 있노라면 무슨 말이라도 하고픈 마음이 든다. 강둑에는 초록빛의 농작물과 함께 높은 나무들이 서 있는 모습이 보이고 강물 위에는 배들이 위아래로 떠다니는 게 보인다. 그녀는 목욕탕에서 나온 엄마가 마루에 가부좌를 틀고 앉아 머리를 묶고 빗질하면서 나일강에 대한 노래를 부를 때가 제일 좋았다. 엄마의 목소리는 마치 집 근처에 있는 환기통에다가 새끼를 낳은 고양이가 새끼들에게 젖을 먹이려고 부를 때 내는 소리처럼 사랑스러움이 묻어 있었다. 특히,

"아름다운 어두움이여, 나일강에게 안녕이라고 말해 주오"라고 부르는 부분이 가장 듣기 좋았다.

아파트 25호실에 있을 때 엄마는 이 노래를 부르지 않았다. 그녀

는 아파트에 있을 때는 엄마에게 말을 걸고 싶은 마음이 없었다. 아파트에 와 있는 동안 엄마는 우울해 보였고 말하는 것도 싫어해서였다. 하지만 그렇다고 해서 어제부터 계속 머리에 맴돌았던 의문점을 묻지 않을 수는 없었다.

"엄마, 나일강을 '큰 바다'라고 불러?"

엄마는 나일강에 대해 별다르게 생각해 본 적도 없고 '큰 바다'에는 더욱 관심이 없었기에 딸의 뜻밖의 질문에 당황스러워한다. 그녀는 점프놀이를 하고 있는 딸에게 이렇게 묻는다.

"근데, 얘야, '큰 바다'라는 이름은 어디서 들었니?"

"엄마가 그랬잖아! 어젯밤 빌딩 앞에 서 있을 때 나이든 사람이 어떤 주소를 물어봤을 때 엄마가 그렇게 말했잖아?"

"잘못 오셨군요. 여기는 나일 코니쉬 가에요. 오른편을 따라 북쪽으로 올라가시면 큰 바다에 갈 수 있습니다."

그러자 엄마는 미소를 띠며 속삭이는 소리로 그녀에게 말한다.

"아이에게는 해가 미치게 하지 마소서! 딸아, 너는 포기하는 법이 없구나, 그렇지?"

그녀가 알고 싶어 하는 것에 대해 엄마가 대답을 안 해 주고 다시 일을 하기 시작하자, 그녀는 무릎을 꿇고 앉아 옷 아랫단을 만지작대면서 나일강과 '큰 바다'에 대해 상상력을 펼치기 시작한다. 그 이미지는 영원히 그녀의 기억 속에 남아, 엄청난 양의 물이 먼 거리를 흘러오는 모습으로 떠오른다. 이럴 때면 아침뿐 아니라 점심때와 저녁때 언제라도 아파트 25호실에 남아 강을 바라보고 싶은 마음이 간절하다. 얼마나 간절한지 아파트 건물 지하에 있는 자신들의 숙소로 엄마와 함께 다시 돌아가고 싶지 않을 정도다. 그곳에서는 그녀의 마음을 답답하게 만드는 것들만 보이기 때문이다. 왜 엄마가 아파트 25호에서 살지 않는 건지, 그리고 아빠 옆에서 자는 것처럼 왜 아파트에 혼자 사는 그 사람 옆에서 같이 자면 안 될까 하는 혼란스러운 생각이 주기적으로 떠오르는 것도 바로 이 때문이다. 여기에서도 집에서처럼 청소하고 요리하고, 이따금 환기통 옆의 빨랫줄에 옷을 말리기 때문이다.

아파트 25호가 더해주는 질문은 이게 다가 아니다. 그녀를 흥분시키는 가장 중요한 문제는 25호의 발코니였고, 저 멀리에서 밀려오는 거대한 나일강이었다. 언젠가 엄마에게 이렇게 물은 것도 이런 이유 때문이다.

"엄마, 25호 발코니를 갖고 싶어요. 높은 곳에서 내려다보고 싶어요."

엄마는 점심으로 먹을 양파와 콩 튀기는 일에 몰두하면서도 크게 한숨을 쉬며 손으로 입술을 때리면서 이렇게 말했다.

"얘야, 여기서 보면 안 되겠니. 더 잘 보이잖아?"

그녀는 시선을 한쪽 벽에서 다른 벽으로 돌렸지만 볼 수 있는 것이라고는 벽에 걸려있는 아빠의 갈라비야 옷과 좀 떨어진 못에 걸려 있는 마늘 한 다발, 그리고 아빠의 약과 방 열쇠가 놓여있는 선반뿐이었다. 그녀는 숨이 막힐 것만 같았다. 환기통 쪽으로 난 조그만 창을 통해 볼 수 있는 것은 빨간 벽돌 벽과 검는 색의 큰 배수관이 다였다.

그녀는 음식을 볶고 콩을 준비하는 엄마를 놔두고 건물 앞마당으로 나갔다. 건물 입구까지 걸어가면서 마당 저편 보도 가까이 서있는 큰 나무를 보던 그녀는 흡족해하며 숨을 몰아쉬고 튼튼한 나무와 붙어있는 큰 곁가지들을 주목했다. 곁가지 몇 개는 그녀가 올라가 흔들며 타고 놀던 것들이었다. 하지만 지금은 나무를 보자 이전에 생각하지 못했던 것들이 떠올랐다. 나무로 다가간 그녀는 이내 나무를 타고 올라갔다. 다 성장하지 않은 여섯 살 어린아이인지라 가벼운 몸으로 어렵지 않게 올라갈 수 있었다. 나무 꼭대기에 올라가자마자 그녀는 다시금 다른 가지를 타기 시작했다. 가지 끝으로 타고 갈 때마다 나일강의 새로운 모습이 눈에 들어왔다. 그녀는 이러한 모험에 맛이 들려서 더 높은 가지 끝으로 기어 올라갔고 덕분에 자신이 보고 싶어 했던 강의 모습을 더 잘 볼 수 있게 되었다. 끝으로 올라가면 갈수록 튼튼한 가지에서 점점 더 멀어지게 되었다.

"꼭대기에 올라가면 내가 아파트 25호에서 볼 수 있던 것처럼 나일강을 볼 수 있을까?" 하는 궁금한 생각에 그녀는 점점 더 높이 올라갔다.

몇 분 후, 새로 난 가지를 부둥켜안은 그녀는 숨차게 몰려드는 강물을 내려다 볼 수 있게 되었고 자신의 궁금증도 풀 수 있을 것으로 생각했다. 가지 끝까지 올라갈 수만 있다면 25호에서 보이던 그대로의 아름답고 웅장하고 거대한 나일강 전체 모습을 보고 싶은 꿈도 이룰 수 있을 것 같았다.

하지만 나무를 기어 올라가던 그녀에게 이번에는 그만 예기치 않은 일 – 어쩌면 당연한 – 이 발생하고 말았다. 조그만 가지에 옷이 걸리고 만 것이다. 가지에 걸리자 몸이 위로 솟구쳤다가 다시 아래로 곤두박질쳤다. 그녀는 가지와 함께 아래로 떨어졌다.

몇 시간 후 그녀는 병원에서 눈을 떴다. 침대에 누워 위를 쳐다보았지만 보이는 것은 긴 전기선이 매달려 있는 하얀 천장뿐이었다. 다시 주위를 살펴보니 엄마가 보이고 중요한 일이 있을 때만 입는 갈색 갈라비야 옷을 입은 아빠 모습이 보였다. 엄마는 눈물을 흘리며 팔과 다리에 깁스를 하고 있는 딸의 모습을 내려다보고 있었다. 그런 다음 그녀의 귓가에는 다정하고 사랑스럽게 건네는 엄마의 목소리가 들려왔다.

“이게 다 네가 못되고 장난이 심해서 그런 거란다! 꼭 그렇게까지 높게 올라가 바라봐야 하겠니?”

■ 윤교찬 역

거북이

The Tortoise

핫수나 모스바히

Hassouna Mosbahi

Anthology of the Arabic Short Stories

거북이

그것이 나의 첫 모험이었다. 그 모험이 있기 전에도 그 후에도, 내가 열네 살 풋내기 청년이 될 때까지 그들은 못이 달린 몽둥이로 나를 때렸고 때때로 피가 나곤 했다. 올리브나무나 협죽도에서 꺾어온 더 가느다란 몽둥이도 있었다. 그것은 가죽벨트처럼 휘어져 내 등과 허벅지에 붉고 시퍼런 자국을 남겼다. 한번 내려칠 때마다 쾌락과 복수심이 담긴 쉬익하는 소리가 났다.

"아야."

지금 돌이켜보면 내가 어떻게 용케 살아남았는지 놀라울 따름이다.

그들은 항상 나를 때렸다. 장례식 날에도 잔칫날에도. 추운 날에도 오후의 짧은 낮잠시간에도. 그들은 지쳤거나 지루해졌을 때만 멈추었다. 그때면 나는 입을 벌리고 피를 흘리며 극심한 고통 때문에 소리를 지르거나 울지도 못하는 상태였다. 모두가 이 일에 가담했다. 아버지, 어머니, 나의 누이 바이야, 삼촌들, 숙모들. 심지어 먼 친척들도 한 번씩 그러곤 했다. 그들은 나를 가문의 이름에 부끄럽지 않게 그리고 할아버지의 손자답게 만들어야 한다고 말했다. 할아버지는 고결한 기사였으며, 산과 평원에서 명성이 자자하고 동쪽과 서쪽 부족들의 존경을 한 몸에 받는 사람이었단다.

매질이 쏟아질 때마다 나는 남몰래 할아버지에게 애원했다. 할아버지는 아마도 이 끔찍한 고통에서 나를 구해줄 것이었다. 온몸이 뒤틀리는 고통 속에서 나는 할아버지가 갑자기 말을 타고 나타나 그들의 얼굴에 칼을 휘두르며 소리치는 것을 상상했다.

"더러운 것들, 그 아이를 내버려둬!"

그들은 기가 꺾여 꽁무니를 뺄 것이다. 그러면 나는 할아버지 곁에 서서 그들이 물러가는 것을 의기양양하게 지켜볼 것이다.

하지만 할아버지는 저 멀리 우리 마을을 둘러싸고 있는 산들처럼 침묵한 채로 있었다. 땅은 땅인 채로 하늘은 하늘인 채로 모든 것은 언제나처럼 똑같았다. 시간이 흐를수록 고통은 점점 커져만 갔고, 나는 그들을 증오하는 만큼이나 할아버지를 증오하게 되었다. 정말이지 할아버지가 그들 뒤에서 그들이 하는 짓을 축복해주고 그들이 날 학대하도록 부추기는 것 같은 느낌을 몇 번이고 받았다. 나는 공동묘지를 지날 때 그의 무덤에다 오줌을 싸기로 마음먹었다. 막 오줌을 쌌을 때 몸 전체가 타들어가고 머리가 가마솥처럼 끓는 것 같았다. 마치 악의 기운이 깃든 야수처럼, 땅이 투덜대고 하늘이 분노에 차서 중얼거리는 것 같았다. 나는 녹빛 먼지를 구름처럼 일으키며 달아났다. 그때부터 할아버지는 내 마음 속의 어두운 곳을 차지했고, 나는 사람들이 유령이나 신의 위대한 성자들을 두려워하듯 그를 두려워하게 되었다.

그들은 모두 나를 때렸다. 아버지는 거의 매일 아침 나를 때렸다. 그는 때때로 내 팔과 다리를 묶어 헛간에 던져놓고는 온종일 아니면 밤새도록 먹을 것과 마실 것을 주지 않았다. 혹은 내가 아버지에게서 조금 떨어져 있을 때면 마치 내가 기운 세고 고집 센 당나귀라도 되는 듯 나에게 몽둥이를 던지곤 했다. 그는 나에게 쓸모없다거나 개자식이라고 계속 말했고, 그의 콧수염은 가시덤불처럼 떨리곤 했다. 나는 때때로 가을날의 올리브 밭을 거닐며 내가 아버지의 자식이 아닐 거라고 생각했다. 난 도랑이나 길가에서 주워온 아이인가? 나는 외삼촌 알 카트미에게 들은 한 이야기를 생각하고 있었다. 주인공은 어머니에 의해 어떤 마을 근처에 버려진 어린아이였는데, 그는 그 후 산으로 도망쳤고 시련과 눈물로 가득한 거친 삶을 살았다.

그 전설에 대해 생각했을 때 고립감은 점점 커졌다. 메마르고 서글픈 세상이 내 앞에 펼쳐져 환상과 속삭임으로 내 머리를 채웠다. 나는 올리브나무 아래 나무둥치에 머리를 기대고 앉아 있곤 했다.

나는 내 눈앞의 현실을 더 이상 볼 수 없는 상태에서 흐느끼고 또 흐느꼈다.

어머니는 내가 잠자리에 들기 전이나 식사 시간에 나를 때리곤 했다. 어머니는 때때로 막대기를 손에 들고 올리브 밭과 골짜기로, 그리고 우리 마을을 둘러싸고 있는 평원으로 나를 쫓아다니곤 했다. 어머니는 지치면 땅에 드러누워 땀을 흘리며 마른 입술로 주변에 있는 아무에게나 소리를 질렀다.

"얘를, 이 개자식을 붙잡아요. 부모 속을 너무 썩여요."

바이야는 내 누이였다. 누이와 나는 같은 침상에서 잤다. 나는 누이와 함께 샘으로, 올리브 밭으로, 추수 하는 밭으로 가곤 했다. 우리는 당나귀에게 줄 꼴을 모았다. 누이는 나에게 어떠한 동정도 보이지 않았고 나를 때릴 방법을 다른 이들보다 더 많이 만들어내곤 했다. 한 번은 내 머리를 허벅지에 끼우고는 엉덩이에서 불이 나는 느낌이 들 때까지 때려댔다. 또 한 번은 반죽 덩어리를 내려치듯 나를 때렸다. 그러고 나서 누이는 내 위에 올라타 온몸에 커다란 선홍빛 멍이 들 때까지 누르고 또 눌렀다. 누이는 밤에 열이 날 정도로 내 귀를 꼬집곤 했다. 누이가 내 뺨을 꼬집을 때면 마치 8월의 무더위 속에서 전갈이 쏘는 것 같았다. 나는 누이가 어머니처럼 굴 때 가장 미웠다. 누이가 꼬장꼬장한 늙은 여자처럼 뻣뻣해지고 입술을 오므리며 고개를 빳빳이 쳐들 때면 더욱 미웠다. 누이의 체구가 나보다 작았다면 복수를 했을 것이다. 누이를 불 속에 던져버렸을 것이다. 어느 더운 오후 누이가 침상에서 잠을 자고 있고 파리들이 누이의 입에서 나는 우유 냄새에 이끌려 그 주위에서 윙윙거릴 때 나는 누이에게 살의를 느꼈다. 하지만 나는 밖에서 인기척이 느껴져 마음을 바꿨고 화가 난 채 올리브 밭으로 달아났다.

누이에게 애정을 느낀 적이 한 번 있긴 하다. 붉은 깃발을 세우고서 우리에게 "기뻐하십시오. 우리는 이제 독립되었습니다."라고 말하던 외지인들이 마을에 온 이후, 누이는 나에게 자신이 외우는 노래를 불러주었다. 그들은 모두 줄지어 서서 주먹을 높이 쳐들며 노래를 불렀다. 그러고 나서 그들은 계속 노래를 부르며, 그리고 검은 신발로 땅을 구르며 서쪽으로 떠나갔다. 그들은 나무숲 속으로 사라졌지만 그들의 목소리는 계속 그곳에 머물러있는 듯했다.

바이야는 빛살과 달콤한 내음으로 가득한 봄날 아침 방목지로 소들을 좇아갈 때 이 노래를 부르곤 했다.

"수호자들, 수호자들, 우리 시대의 영광."

그리고 누이는 맨발로 땅을 구르곤 했다. 나는 때때로 누이가 저 멀리 나도는 것을 보았다. 누이는 얼굴을 붉히며 서쪽에 있는 덤불 숲지를 응시했다. 그날 나는 누이에게 애정을 느꼈고 누이를 안고 입 맞추고 싶었다. 나는 누이가 나를 불러 자기 무릎 위에 앉히고 다시는 나를 때리지 않겠다는 약속을 했으면 했다. 그러나 그날 저녁 집에 다다랐을 때 누이는 갑자기 나를 덮쳐 닭을 잡을 때처럼 내 목덜미를 움켜잡았다. 그리고 내 목을 세게 졸라 혀가 다 빠져

나올 정도였고, 눈이 튀어나오는 느낌이 들었다. 그때 어머니가 잔인하게 소리쳤다.

"계속해. 정신 차릴 때까지 그 개자식을 계속 때려라."

오늘 나는 누이를 찾아가고 누이는 나에게 그녀가 최근에 짠 카펫을 보여준다. 누이의 일곱 아이들이 내 주위에 모여들고 누이는 그들에게 말한다.

"봐, 너희 삼촌이야. 너희에게 삼촌에 대해 모두 말해줬었지. 삼촌을 보고 삼촌처럼 되렴."

그리고 누이는 몸을 돌려 나에게 말한다.

"네가 이렇게 될 줄 알았다면 내가 널 그렇게 때리지 않았을 텐데."

나는 지난날을 돌아보았고 누이는 거의 눈물을 글썽거리고 있었다.

"동생아, 날 용서해다오."

누이가 말했다.

"난 널 사랑했단다. 다만 네가 남자가 되기를, 남자들 위에 군림하는 남자가 되기를 원했어. 지금의 너처럼 말이야."

나는 하루나 이틀 머물다 떠났다. 누이는 빛바랜 붉은 옷을 입고 가만히 서서 작별인사를 했다. 눈에 통한의 눈물을 가득 담고서.

그들은 모두 나를 때렸다. 누구 하나 나에게 일말의 동정을 보이지 않았고, 우연하게라도 친절한 말 한 마디 건네지 않았다. 그들은 날 학대하고 짓밟는 것을 낙으로 삼았다. 마치 그들의 굶주림과 목마름, 그리고 가뭄과 그들이 겪는 억압이 내 탓인 양, 올리브나무와 짐승들이 병에 걸리고 야생무화과가 다 자라기도 전에 말라죽은 것과 그 외 수년 간 그들을 괴롭힌 재앙들이 내 탓인 양 말이다. 모두라고는 하지만, 나에게 친절하고 관대했던 파티마 숙모는 제외였다. 숙모는 이마에 문신을 했는데, 우리가 말라버린 강바닥에서, 올리브밭에서, 또는 샘에서 숙모를 만날 때면 숙모는 나에게 입을 맞추곤 했다. 내가 숙모를 찾아가면 숙모는 나에게 사탕과 터키 과자, 그리고 다른 많은 것들을 주곤 했다. 숙모는 내 머리를 자기 무릎 위에 뉘이고 손가락으로 내 머릿결을 넘기며 이가 없는지 살펴보았다. 숙모는 이 한 마리를 찾으면 신이 나 죽이곤 했다. 숙모는 어머니가 나를 대하는 것을 두고 어머니를 저주했다. 그리고 자기가 가진 짐승들만 생각하는 아버지를 저주했다. 나는 숙모를 껴안았고 영원히 숙모 곁에 있고 싶었다. 한 번은 숙모를 만나러 갔는데, 숙모는 옥수수를 갈고 있었다. 숙모는 자기 옆에 나를 앉히고 노래를 불러주었다.

오, 나의 가젤, 내가 너를 키웠지.
칠흑 같은 눈망울을 가진 너 얼마나 아름다운지.
이것만으로도 신의 힘을 보여주어

나를 네게로 이끌었구나.

나는, 자유로이 돌아다니며 골짜기와 평원에서 잎을 뜯어먹는, 아무런 제약도 없고 누구도 가까이 다가오게 하지 않는, 그 까만 눈의 가젤이 된 것 같았다. 그리고 숙모는 나를 먼 나라로 데려다놓는 다른 노래들을 불렀고 내 마음을 외로움과 슬픔으로 채웠다. 나는 내가 사나운 폭풍우 속에 있는 풀잎이라고 상상했다. 그러다 나는 정신이 들었다. 파티마 숙모가 흐느끼고 있었다. 나도 숙모의 무릎을 벤 채로 눈물을 흘렸다. 그날 저녁 집으로 돌아갈 때 나는 나와 숙모가 저 잔인한 마을의 외지인인 것처럼 느껴졌다.

요즘 숙모를 찾아가면, 숙모는 장님이 되어 구석에 웅크리고 있다. 나는 조용히 숙모에게 다가간다. 숙모는 내가 다가오는 걸 느끼고 내 냄새를 맡는다. 그리고 내 이름을 계속 부르면서 나에게 와락 안기고는 눈물을 흘리며 말한다.

"나의 어여쁜 가젤, 어디에 있니? 네가 바다를 건너 프랑크족 나라에 갔다는 얘길 들었단다. 거기서 뭐 하고 있니? 난 늘 네가 똑똑한 아이라는 걸 알고 있었어. 얘야, 넌 우릴 잊어선 안 돼. 넌 내 아이야."

그것이 나의 첫 모험이었다! 그 모험이 있기 전에도 그 후에도, 내가 열네 살이 될 때까지 그들은 나를 때렸고, 나를 더러운 새끼, 멍청이, 이브라힘의 당나귀라고 불렀다. 이브라함은 우리 이웃이었는데, 그의 당나귀는 항상 등에서 피가 나서 지긋지긋한 골칫거리였다. 그들은 나에게 노새 말굽, 후레자식, 쇠똥구리 등, 이제는 잊어버린 수많은 다른 욕도 해댔다. 그 욕들은 돌덩이가 되어 내 마음에 떨어졌고 칼이 되어 내 몸을 찔렀다. 그리고는 내 영혼을 더러운 찌꺼기로 가득 채웠다. 때때로 나는 어머니의 조그맣고 동그란 거울을 가져와 헛간에 한 시간 정도 숨어서 내 얼굴을 비춰보곤 했다. 그때 그 모든 욕들이 내 마음속에서 뒤엉켜 거무스레한 추한 덩어리가 되었다. 그리고 나는 헛간 밖으로 나가지 않아도 되길 바라며 쓰디쓴 눈물을 흘렸다.

한 번은 흙탕물 웅덩이에 내 얼굴을 비춰보고 깜짝 놀라 거의 소리를 질렀다. 내 얼굴은 척박한 땅처럼, 험준한 산의 돌덩이처럼 넓적했고 메말라 있었다. 콧물과 눈물 자국이 나있고 고통과 혼란으로 주름이 져 있었다. 올리브나무 아래에 누워있던 어느 오후, 나는 이브라힘의 당나귀가 언제나처럼 더위와 파리떼를 어쩌지 못하고 축 늘어져 있는 것을 보았다. 나는 동정어린 눈으로 당나귀를 바라보았고, 나도 모르게 곁으로 가서 토닥이듯이 이야기했다. 하지만 당나귀는 나에게 신경을 쓰지 않았고 자신의 추함과 온 세상의 추함을 생각하기 싫은 듯 우울한 눈으로 가만히 있었다.

그들은 날 때리며 이렇게 말하곤 했다.

"신이 네 눈알을 후벼 파시기를. 신이 너의 자손의 씨를 말리시기를. 신이 네 얼굴에다 대고 모든 문을 쾅 닫아버리시기를. 그리고 네가 걷는 길마다 가시를 뿌리시기를. 네가 외진 고갯길에서 죽기를."

그들은 이 짓에 지치거나 나에게 빌어줄 불행거리가 떨어지면 손을 올리고 선지자들과 신의 위대한 성자들이 자신의 기도에 응답하기를 간구했다. 그들은 이렇게 말하곤 했다.

"왜 항상 조용히 계십니까? 입이 없으십니까?"

내가 말을 하면 그들은

"왜 선풍기처럼 혀를 빙글빙글 놀리는 거야?"

라고 말했다.

내가 일찍 깨면,

"왜 수탉처럼 제일 먼저 일어나는 거야?"

그리고 내가 늦게까지 그들 곁에 있으면,

"이 후레자식, 나쁜 버릇을 들이고 싶은 게야?"

내가 미소 지으면,

"왜 항상 우리가 발가벗기라도 한 것처럼 웃어대?"

내가 찌푸리면,

"왜 넌 항상 침울하고 우울한 거야? 우리를 불행하게 만들고 싶어?"

계속 이런 식이었다. 이것이 내가 처한 상황이었다. 어느 날 아침 나는 뮌헨에 있는 영국식 정원에서 보낸 날들을 떠올리고 있었다. 나는 소리 내어 웃고 발을 구르기 시작했다. 두 노부인이 4월의 따뜻한 볕을 쬐고 있었다. 한 소녀가 개를 운동시키며 걷고 있었다. 그 소녀는 쇼윈도에 있는 마네킹 같았다. 그리고 줄곧 웃으면서 침을 뱉는 늙은 후투티 같은 한 불량배가 있었다. 나는 더욱 더 웃었고 사람들은 기겁하며 흩어졌다. 그 불량배는 좀 떨어져 앉아서 느긋한 개처럼 다리를 쭉 뻗고 일이 일어나기를 숨죽여 기다리고 있었다.

그것이 나의 첫 모험이었다.

그 전에 나는 들판과 숲을 거닐곤 했다. 나는 굴에 있는 날쥐를 잡을 수 있었고, 토끼들이 뜬 눈으로 자고 있을 때 놀라게 하거나 둥지에 있는 새들을 덫을 놓아 잡을 수도 있었다. 나는 이런 일들을 하면서 많은 시간을 보내곤 했다. 나는 소음에 귀를 기울였다. 나는 올리브가 검어졌을 때를, 아몬드 꽃이 피었을 때를, 노랗게 익은 밀 이삭이 흔들거리는 때를, 야생 무화과가 빨갛게 익을 때를 알았다. 나는 저 멀리 우리 마을 사방으로 우뚝 솟아 있는, 그래서 저 너머에 있는 것을 가리고 서 있는 산들 때문에 의기소침해졌다. 사람들이 동서남북으로 여행할 때 내 마음은 그들과 함께 다녔다. 사람들이 빛과 소리, 그리고 사탕과 케이크로 가득 찬 낯선 세상에 대해 이야기할 때 나는 구속받은 기분이 들었고 산 너머로 날아가기를 갈망했다. 나는 그들이 이야기한 마을과 도시의 이름을 외웠다. 나는 도취되어 숨이 차도록 그 이름들을 계속 되뇌었다. 나는 그 산들을 저주했다. 그 산들은 나를 항상 때리고 모욕한 사람들 옆에 나란히 있었다.

처음부터 나는 가족들에게 이상하고 괴상해보였다. 나는 밭에 물을 대는 것도 당나귀에게 줄 건초나 낙타에게 먹일 인도무화과를 모으는 것도 싫어했다. 나는 이런 자질구레한 일들을 할 때마다 항상 몽둥이와 학대를 두려워했다. 나는 이런 일을 할 때면 그들이 나를 그저 바보 같다고 여기도록, 속세에도 종교에도 부적합한 멍청한 광대로 여기도록, 내가 그들이 겪는 불행이라고 여기도록 실수를 좀 저지르곤 했다.

내가 가장 행복했던 시간은 올리브나무 아래 누워 아름다운 하늘을 쳐다볼 때였다. 아니면 헛간으로 숯을 가지러 갈 때였다. 선생님 집에서 돌아와 글씨연습용 글판에서 보았던 여러 모양과 선들을 구리로 된 큰 솥 위에다 그리기 위해서였다.

집에서 나의 삼촌 모하메드가 튀니스에 있는 자이투나 사원에서 공부했다고 말하곤 했다. 그들은 삼촌을 경외했고 신과 관련된 일이든 사람과 관련된 일이든 종종 그의 조언을 얻고자 했다. 삼촌은 그들과 함께 걷곤 했다. 삼촌은 키가 크고 어깨가 넓었으며, 배는 불룩했고 터키식 모자를 뒤로 기울여 쓰고 있었다. 그리고 그의 입술에는 항상 담배가 물려 있었다. 하지만 아버지는 모하메드 삼촌 때문에 집이 가난해지고 망한 것이나 다름없다고 심사가 나서 말하기도 했다. 그들은 삼촌이 존경받는 문필가가 되어 가족을 명예롭게 하도록 소 여섯 마리를 팔았다. 그러나 삼촌은 서쪽 부족 출신의 들창코 여자에게 홀딱 빠져서 공부에 실패했다. 그녀를 위해 삼촌은 책과 종이가 가득든 커다란 짐가방들을 들고 마을로 돌아왔다. 나는 그 안에 담겨있는 것들이 무엇인지 알고 싶은 욕망에 몸을 떨며 그 가방들을 바라보곤 했다.

어느 날 나는 그 부주의한 들창코 아내 덕분에 그 가방들 중 하나를 열어 맨 먼저 손에 닿은 책을 꺼냈다. 나는 그것을 내 젤라바 속에 숨겨서 소 뒤로 자리를 옮겼다. 아버지는 소가 작물을 밟지 못하게 하라며 나에게 소리를 질렀다. 하지만 나는 가능한 한 가장 재빠르게 따뜻한 봄볕 아래 배를 깔고 누웠다. 나는 떨리는 손으로 책을 열었고 호기심 어린 눈으로 선들과 그림들을 쳐다보았다. 나는 곧 이 세상과 그 속에 있는 것들을 잊어버렸다. 내 정신은 자줏빛과 하늘빛, 또는 붉은 아네모네 빛깔을 한 땅을 거닐었다. 내 몸에 매질이 가해지고 아버지가 나에게 소리를 지르며 욕을 퍼붓는 걸 느끼기 전까지, 나는 모든 것을 잊고 있었다. 지나가던 마을 어르신의 도움이 없었더라면 그날 아버지는 날 죽였을 것이다. 그날 밤 내가 자러 가기 전에 아버지는 나에게 말했다.

"들어라, 아들아. 네 삼촌처럼 가족을 망치고 싶으냐? 그 책과 종이를 손에 들고 있는 모습이 한 번만 더 눈에 띄면 산 채로 널 구워버릴 테다."

하지만 나는 아버지의 위협을 곧 잊고서 다시 그 짐가방을 보러 갔고, 그 내용물을 알고 싶은 간절한 욕망으로 눈을 반짝였다.

어느 날 나는 언제나처럼 소를 돌보고 있었고, 몇몇 아이들이 글판을 들고 나타났다. 나는 행복한 병아리들처럼 쫑알대며 지나가는 그 아이들의 뒷모습을 바라보았고 나도 모르게 그들을 따라가고 있었다. 갑자기 나보다 나이가 조금 더 많은 사촌형이 눈에 띄었다. 사촌형은 어른들이 나에게 그러듯 소리를 질렀다.

"이 녀석, 네 소한테 돌아가!"

사촌형이 나를 계속 위협하자 나는 돌을 집어 들었다.

"이봐."

나는 소리쳤다.

"날 내버려 둬. 그러지 않으면 네 머리통을 찍어버릴 거야."

사촌형은 내 말이 진심이라고 생각했는지, 날 못 본 척했다. 나는 아이들 모두와 함께 선생님 집으로 갔다. 그리고 안으로 들어가 다른 아이들처럼 웅크려 앉았다. 곧 아이들의 머리가 앞뒤로 움직였고, 그 입에서 놀라운 단어들이 나왔다. 그 후 아버지가 몽둥이를 들고 성난 소 마냥 미친 듯이 위협적인 모습으로 들어왔다. 아버지는 선생님을 완전히 무시하며 아무 말도 건네지 않았다.

"야, 이 개자식아."

아버지는 소리쳤다.

사촌형은 적에게 복수할 기회를 잡은 듯 일어서서 나를 가리켰다.

"삼촌, 저기 구석에 있어요."

사촌형이 말했다.

"돌아가라고 말했는데 큰 몽둥이로 절 위협했어요."

나는 두려움에 움찔했고 간절한 눈빛으로 선생님을 바라보았다. 내 입술은 떨렸고 금방이라도 눈물을 쏟을 것 같았다. 나는 선생님의 눈에 언뜻 저 멀리 있는 새와 같이 동정이 비치는 것을 보았다. 아버지가 나에게 다가오기 전에 선생님은 아버지의 손을 잡고 점잖게 문간으로 데려갔다.

"부끄러운 줄 아시오, 이븐 알리. 당신 아들이 신의 말씀을 배우는 걸 막는 거요?"

"그 아이는 당신에게 고통과 괴로움을 안겨 줄 겁니다."

아버지가 소리 질렀다.

"제 앞뒤로 뭐가 있는지도 분간 못하는 놈입니다. 저 놈은 내가 겪어온 재앙입니다."

선생님은 내 어깨에 손을 올렸다.

"나에게 애를 맡기시오."

선생님이 대답했다.

"누가 압니까? 이 아이가 우리 모두를 놀라게 할지."

나는 아버지의 기가 꺾이는 것을 처음 보았다. 몽둥이가 내려갔다. 아버지는 잠시 눈을 굴리더니 머리를 약간 숙인 채로 떠났다.

몇 달 후 사촌형이 코란의 어느 장을 읽는 데 어려움을 겪고 있었다. 선생님의 막대기가 그의 머리 위에 맴돌고 있었다. 사촌형은 고양이에 놀란 쥐 마냥 얼어붙었고 그의 입술은 떨면서 잊어버린 구절을 찾고 있었다. 나는 사촌형이 잊어버린 걸 알고 그 구절을 외웠다. 나는 생애 처음으로 의기양양한 기분이 들었지만 얼굴이 빨개졌다. 다른 아이들은 먹이가 오는 걸 본 송아지처럼 내 쪽으로 몸을 돌렸다. 선생님은 막대기를 내리고 나를 봤다. 그의 얼굴에는 놀라움이 가득했다.

"계속 해보렴."

선생님이 말했다.

나는 몸을 앞뒤로 흔들며 계속 외웠다. 나는 그 장이 끝날 때까지 멈추지 않고 계속 외웠다. 선생님은 다른 장을 읊어보라고 했다. 나는 망설이지 않고 마음 놓고 외웠다. 내가 암송을 마치자 선생님은 신을 찬양했고 다른 학생들을 돌려보냈다. 선생님은 내 손을 잡고 묵묵히 우리 집으로 걸어갔다. 집에 다다랐을 때 나는 아버지가 작업복을 꿰매고 있는 것을 보았다. 그의 곁에는 몽둥이가 있었고 그 앞에는 찻주전자가 있었다. 아버지는 우리를 보자 소리를 질렀다.

"이제 이놈이 개자식이라는 걸 알았군요. 쓸모없는 놈이라고, 맞는 것 말고는 할 줄 아는 게 없는 놈이라고 말했잖습니까?"

나는 숨으려고 선생님의 겉옷을 붙잡았다. 나는 아버지가 몽둥이를 들고 날뛸 거라고 생각했다. 하지만 아버지는 알아들을 수 없는 말을 중얼거리며 옷을 꿰매는 데만 몰두했다. 우리는 아버지 앞에 섰다.

"내가 당신에게 당신 아들이 우리를 놀라게 할 거라고 말하지 않았소."

선생님은 자랑스럽게 말했다.

아버지는 옷을 깁는 것을 멈추고 올려다보았지만, 아무 말도 하진 않았다.

"이보시오, 이븐 알리."

선생님은 계속 말했다.

"20년 동안 이 주위에서 코란을 가르쳐왔지만 당신 아들 같은 학생은 처음이오. 당신 아들이 코란의 모든 장을 그저 듣고서 외운다는 것을 생각해보시오."

그리고 선생님은 수라트 알 와키아(*코란 제56장-역자주)를 아버지에게 들려주었다. 선생님은 자신의 말이 맞다는 것을 보여주기 위해 나에게 그것을 다시 외워보라고 했다. 나는 앉아서 그렇게 했다. 이런 식으로 우리는 코란을 이 장 저 장 외워나갔다. 내 얼굴은 붉어져 있었고 내 머리는 앞뒤로 움직였다.

그러나 이 일은 아무것도 바꾸지 못했다. 그들은 내가 열네 살이 될 때까지 계속 나를 때리고 학대했다.

그것이 나의 첫 모험이었다.

그 일은 마을 전체가 즐거워하는 가을에 일어났다. 환한 얼굴로 행복하게 웃는 사람들이 서로 어울렸다. 8월이 끝날 무렵 내린 비는 추수 뒤에 찾아온 추한 황량함을 없앴다. 야생 무화과는 그 어여쁜 적갈색 외투로 땅을 덮었다. 매일 밤 북과 피리의 리듬에, 여자들의 합창에, 남자들의 노래에, 그리고 축포소리에 평원과 언덕이 메아리로 답했다. 해질녘 오솔길은 낮에 자신들의 마음에 불을 지필 눈길들을 찾으며 이 결혼식에서 저 결혼식으로 돌아다니는 신난 젊은이들의 부산스런 움직임으로 가득 찼다.

어느 가을날 나는 언제나처럼 몽상을 하면서, 그리고 세상의 아름다움에 대해 생각하면서 올리브나무 아래 누워있었다. 갑자기 못생긴 살리흐가 내 앞에 서서 나에게 뭐 하고 있냐고 물었다.

어른들은 우리에게 피나 재 옆을 지날 때는 꼭 "신의 이름으로"라고 말하며 지나라고 항상 말했다. 우리는 골짜기, 불, 낙타를 피해야 했고 못생긴 살리흐 가까이에 가서는 안 됐다. 그는 악하고 반항적이었으며 추잡했고 입이 아주 컸다.

나는 나를 보호하거나 도망갈 태세로 일어나 앉았다. 나는 어른들이 왜 그를 '못생긴' 살리흐라고 부르는지 모른다. 어머니는 그의 가족이 풀과 야생 무화과를 먹는다고, 그의 어머니는 창녀라고 말하곤 했다. 그에 대한 놀라운 이야기가 있었다. 어른들은 그를 한번은 마크트하르 마을에서, 한번은 하지브 알 아이운 마을에서 봤다고 했다. 언젠가 그는 버스를 타고 카이로우안에 갔다. 나는 어른들이 그가 엘 아스카리에게서 닭을 훔쳤고 엘 물디에게서 칠면조를 훔쳤다고, 그리고 그가 엘 그하르비의 머리를 돌로 쪼갰다고 말하는 것을 듣기도 했다. 그의 입술이 계속 떨리는 동안 이 모든 이야기들이 내 머리 속을 지나갔다. 하지만 그는 아무 소리도 내지 않았다.

그는 다시 날 놀라게 했다.

"이봐. 나랑 알 알라에 가지 않을래? 내일이 장날이야. 네가 좋다면 새벽에 떠나서 오후에 돌아올 수 있어. 누구도 눈치 채지 못할 거야."

그는 시장 풍경을, 당나귀들을, 가죽, 달걀, 채소를 파는 사람들을, 그리고 사람들로 붐비는 버스를 묘사했다.

"넌 빨간 차, 초록 차, 노란 차가 여자들의 환호성 소리를 내는 먼 도시로 가는 거야. 우린 꿀케이크도 먹을 수 있고 사탕을 사거나 우리 가족들이 가끔 먹는 흰 빵을 살 수도 있어."

그는 계속해서 말하고 또 말했다. 놀라움으로 헤벌어진 나의 입으로 파리 한 마리가 들어왔고, 나는 뱃속 전체가 세상의 모든 오물을 갖고 다니는 크고 검은 똥파리 한 마리로 변하는 것 같아 한 시간 동안 게워냈다.

못생긴 살리흐는 내 곁을 떠나지 않고 속삭였다. 그는 친절하고 착해보였다. 그러고 나서 그는 다시 날 놀라게 했다.

"거북이를 찾으러 가자."

"거북이?"

"그래, 거북이. 거북이는 장에서 비싼 값에 팔리잖니."

그는 자기 손을 큰 호주머니에 넣어 잔돈을 한 움큼 꺼냈다.

"지난 목요일 알 알라에서 거북이를 팔았는데 그때 번 돈에서 아직도 이만큼 남았어."

나는 황홀해져서는 거북이를 판 돈으로 온 세상을 살 수 있었으면 하는 생각을 했다. 나는 마을로 와서 깃발을 펄럭였다가 저 아름다운 찬가를 부르면서 서쪽으로 떠났던 그 사람들처럼, 하얀 옷과 검은 신발을 신고 알 알라에서 집으로 돌아오는 나를 머릿속에서 그렸다. 못생긴 살리흐에 대해 내가 들었던 나쁜 이야기들은 내 머리에서 모조리 사라졌고, 나는 아무런 망설임 없이 그를 따라나섰다.

우리는 골짜기와 덤불숲지를 헤맸다. 우리는 비탈을 오르락내리락 했고, 마을이 전혀 보이지 않을 때까지 계속 갔다. 우리는 슬프고 공허해 보이는 다른 마을들을 내려다보았다. 나는 두려웠고 집으로 돌아가고 싶었다. 그는 결연한 모습으로 땅에 눈길을 고정한 채 나를 안심시켰다. 너무 많이 걸어서 다리가 아프고 목이 말랐다. 해는 빠르게 서산으로 지고 있었고, 땅거미가 평원과 골짜기를 낮고 깊은 곳에서부터 덮고 있었다. 갑자기 사이프러스나무 뒤에서 그의 목소리가 들려왔다.

"찾았어. 내가 찾았다고."

나는 서둘러 그에게 갔다. 그의 다리는 쩍 벌어져 있었고 그의 입은 아주 컸다. 그의 가는 눈에서 승리의 불꽃이 빛을 뿜었다. 마을에서 얼마나 떨어져 있는지도 알 수 없는 그곳에 아주 큰 거북이 한 마리가 있었다.

"거대해."

그는 꼼짝 않고 말했다.

"이걸 팔면 그 돈으로 시장 전체를 살 수 있을 거야."

우리는 서둘러 돌아갔다. 마을에 거의 다다라서 그는 나에게 속삭였다.

"자. 오늘밤은 헛간에서 보내. 개들이 짖는 새벽에 일어나서 서둘러 떠나는 거야."

저녁을 먹은 후 나는 하품을 하며 어머니를 바라보았다.

"아들아, 자고 싶니?"

어머니가 다정하게 말했다.

"누나와 침상에 들려무나."

나는 움직이지 않았다.

"내 말 못 들었니?"

어머니는 언짢은 듯 물었다.

나는 잠깐 망설이다 그들 한 가운데로 수류탄을 던졌다.

"헛간에서 자고 싶어요."

"헛간!"

세 사람 모두 소리쳤다. 그들은 내가 극악무도한 죄라도 지은 듯 나를 노려보았다.

"왜 헛간에서 자려는 거냐, 이 못된 놈아."

아버지가 말했다.

내 심장은 신부가 입장할 때 울리는 북처럼 고동쳤고, 나는 재빨리 말했다.

"도둑들이 가축들을 훔쳐가지 못하게 지키려고요."

"너!"

아버지가 고함쳤다.

"네가 언제부터 도둑들한테서 우릴 지킬 만큼 나이가 들었다고 그래? 당장 일어나서 침상으로 가, 이 더러운 놈. 말도 안 되는 소리 집어치워."

바이야가 나를 쳐다봤다.

"네가 신경 쓰는 건 헛간의 가축이 아냐."

누이가 말했다.

"잠깐만요."

누이는 나갔다 돌아왔다.

"헛간에는 아무것도 없어요. 하지만 얘 머릿속에 뭔가 꿍꿍이가 있어요. 확실해요."

나쁜 년! 언제나 날 방해하지. 나는 누이를 몇 번이고 저주했다. 나는 그들이 내 비밀을 알아차리지 못하도록 재빨리 침상에 들었다.

"얘 머릿속에 뭔가 꿍꿍이가 있어."

바이야가 다시 말했다.

"내가 찾아낼 거야."

나는 오랫동안 뒤척이며 공상을 즐겼고, 내 머리는 못생긴 살리흐가 들려준 기분 좋은 이야기들로 가득했다. 그리고 어느 샌가 잠이 들었다. 내가 일어났을 때 개가 크게 날뛰며 짖고 있었다. 나는 단 한 시간만이라도 신기한 세계를 만나고 싶은 마음이 너무 커서, 어떻게 하면 아무도 모르게 빠져나갈 수 있을지 계획을 세웠다. 나는 살짝 마루로 나왔다. 그런데 바이아가 뒤에서 날 잡았다.

"어디 가, 이 몹쓸 놈아."

"오줌 눌 거야."

"정말로 오줌 누러 가는 거야, 아님 헛간에 비밀이 있는 거야?"

내가 대답하기도 전에, 사람의 목소리가 개 짖는 소리와 뒤섞여 들려왔다. 그 소리는 점점 커졌고 온 마을을 깨웠다. 개 짖는 소리가 잦아들었을 때 나는 굶주린 동물처럼 흐느끼는 소리를 들었다. 그러자 아버지 목소리가 천둥처럼 울렸다.

"이 개자식! 여기서 뭐하는 거야?"

"나는 저 아이와 함께 알 알라에 가기로 했어요."

못생긴 살리흐가 훌쩍이며 말했다.

바이아는 나를 문에다 밀쳤다. 어슴푸레한 여명 속에서 나는 두 사람을 보았다. 아버지는 늘 짓밟혀 온 못생기고 연약한 살리흐의 목덜미를 잡고 있었고 그 아이는 벌벌 떨고 있었다. 아버지가 그를 붙잡고 흔들자 거북이가 떨어졌다.

"이건 뭐야?"

아버지가 소리 질렀다.

"거북이요."

"거북이?"

"우리는 알 알라 시장에 그걸 팔러 가려고 했어요."

"알 알라 시장에 가 이걸 팔아?"

"네."

아버지는 더 화가 나서 그를 때렸고, 그러고 나서 그가 대추야자 씨라도 되는 양 그를 한쪽으로 던져놓고는 나에게 다가왔다.

"거북이를 팔고 싶다고? 네가 알 알라 시장에서 거북이를 팔고 있는 걸 보면 사람들이 우리에 대해 뭐라고 하겠냐?"

그리고 나는 양쪽에서 공격당했다. 아버지는 앞에서 바이야는 뒤에서 공격했다. 조금 떨어진 곳에서 어머니가 두 사람을 부추겼다.

"그 못된 놈이 정신을 차릴 때까지 때려요."

그 후로 이틀 동안 나는 손발이 묶여 있었다. 매시간 한 명씩 와서는 일정한 만큼씩 발로 차고 때렸다.

그것이 나의 첫 모험이었다.

내가 초등학교 졸업장을 받은 열네 살 때, 경찰이 지프차를 타고 와서 아버지에게 일등을 했다는 소식을 전했다. 그들은 나를 카이로우안으로 데려갔다.

집에 돌아와 보니 나는 카밀 알 카일라니의 책과 한스 크리스티안 안데르센 동화책이 있었다. 어머니는 좋아서 눈물을 흘렸다. 바이야도 기쁨의 눈물을 흘렸다. 아버지는 무감하게 바이야를 쳐다보고 나서 나에게 시선을 던졌다. 그리고 나는 내가 어른이 되었음을,

그들 중 어느 누구도 더 이상 날 때리지 않을 것임을 알았다.

2월의 어느 추운 날 아버지는 가축을 돌보다 밭에서 쓰러졌다. 가족들은 아버지를 집으로 데려왔고 사람들이 모이자 아버지는 말했다.

"내 아들이 보고 싶구나."

나는 카이로우안에 있었다. 아침에 전보가 도착했다. 나는 정오쯤 집에 도착했다. 아버지는 한참동안 나를 바라보았다.

"아들아, 경전을 읽어다오."

아버지가 말했다.

나는 아버지에게 알 라흐만, 야신, 알 바카라, 이우수프, 그리고 알 니사 이렇게 다섯 장을 읽어드렸다.

다 읽고 나자 아버지는 내 손을 잡고 이렇게 말했다.

"이제 평안히 죽을 수 있겠구나."

그리고 그의 눈이 마지막으로 감겼다.

■ 박은혜 역

Life on the Edge

라치다 엘-차르니
Rachida El-Charni

Anthology of the Arabic Short Stories

벼랑 끝의 삶

양들을 헛간에서 내보내 우리 밭 옆에 있는 초지로 데려간 후 우리는 엄마가 이렇게 경고하는 소리를 들었다.

"너무 멀리 가지 말거라, 곧 비가 올거야."

며칠 우중충하다가 따스한 햇볕이 돌아와 힘이 나서 그런지 양들은 서로를 살짝 앞으로 떠밀며 잽싸게 움직였다. 풀을 뜯어먹는 동안 양들은 초지 전체에 여기저기 퍼져서 우리의 사나운 개들이 지키고 있었다. 내가 보드라운 풀에 누워 봄의 향기를 맡으며 그 찬란함을 듬뿍 쐬고 있는 동안 내 두 남동생 암마르와 알-아민은 낡은 양말로 만든 공을 갖고 놀았다.

우리를 둘러싸고 있는 언덕은 우리가 세상의 끝이라고 생각하는 높은 산으로 둘러져 있었다. 우리는 지옥과 천국이 존재하는 곳이고 신이 천사들에 둘러싸여 죽은 자들을 심판하는 내세가 산 너머에 있다고 믿었다. 우리에게 서로 붙어있으라고 했던 부모님의 경고 때문에 우리의 이러한 믿음이 더욱 더 확고해졌다. 산을 쳐다보며 그 높이를 가늠하고 있다가 한번 세상의 끝까지 가서 내세에 거주하는 사람들의 말을 엿들어 볼까 하는 생각도 해보았다. 내 나이 10살 때 난 다른 어떤 때보다도 어린 시절의 두려움을 정복할 수 있어야 하겠다고 느꼈다. 난 남동생들을 불러 이 생각에 대해 토론했다. 처음에는 그들의 모든 땀구멍에 깊은 두려움의 인식이 지나갔고 그리고는 둘 중에 나이가 위인 알-아민이 내 모험에 동참하기로 동의했다. 우리는 양을 지키기 위해 암마르를 혼자 남겨두고 산 위로 향하는 가장 가까운 지점을 향해 걸어갔다.

오랫동안 걸었지만 산은 더 높아진 것처럼 보였고 이 때문에 우리는 내세가 무척 먼 곳에 있다고 느끼게 되었다. 검은 구름이 산꼭대기 너머로 모여들기 시작하더니 이내 낯선 살아있는 사람처럼 화를 내며 잔인하게 위협해 우리는 너무 무서웠다. 난 이것을 내세의 거주자들로부터의 경고 메시지라고 생각했고 가슴은 공포로 쿵쾅댔다. 내가 돌아가자고 동생에게 제안했을 때 그는 즉시 동의했다. 그는 열정이 없다는 사실을 숨기려고 했지만, 오히려 이러한 모습이 나를 위로했다. 갑작스럽게 많은 비가 쏟아 부었고 곧 모든 곳이 비로 범람했다. 우리는 양들이 걱정되어서 온 힘을 다해 뛰었다. 우리가 암마르에게 이르렀을 때 우리는 그가 작은 작대기로 양 떼를 빙

둘러 모으려고 하는 것을 봤다.

우리는 함께 양들을 몰았고 근처의 마즈라다 계곡으로부터 내려오는 물에 갇히지 않도록 양들을 가능한 한 빨리 움직이게 했다. 우리가 넘어져가며 지나온 진창 바닥은 암양과 새끼양이 움직이는 것을 방해했다. 집에 가까워지자 우리는 엄마의 근심어린 얼굴을 볼 수 있었다. 엄마는 장화를 신은 채 양털 쇼올로 머리를 덮고 있었고 임신으로 배가 많이 부른 것을 감추려고 애쓰고 있었다. 엄마는 우리가 너무 걱정 되어 정말 무척 화가 나 있었다. 우리가 한 일에 대한 그녀의 반응은 아버지가 자신의 양과 관련되는 모든 일에 있어서 보이는 가혹함에 대한 두려움에 의해 비롯되었다. 그는 양들에게 무척 밀착되어 있었고 친척 한 사람의 죽음보다도 양들에게 생기는 질병에 더 슬퍼했다.

우리가 양들을 몰아 헛간에 집어넣자 아버지가 마을에서 돌아왔다. 그는 양들이 젖어있는 것을 발견하고는 우리에게 모욕적인 말을 내뱉기 시작했다. 어떻게 그랬는지는 모르지만 아버지는 또한 양 몇 마리가 없어진 걸 빨리 발견했다. 우리는 그의 화난 얼굴을 응시했고 그가 양을 헤아릴 때 두려움에 떨었다. 그의 목소리가 천둥처럼 울렸다. "야, 이 악마들아. 내가 너희들 오늘 밤에 다 죽여버릴 거야. 암양 두 마리하고 다른 양 세 마리가 없다구. 애들이 다 어디에 있는 거야? 어디에서 잃어버린 거야? 어떻게 양들을 못 지킬 수 있는 거야? 아, 난 망했다. 아, 창피한 일이야. 가서 찾아. 찾을 때까지 돌아오지 마."

두려움이 우리를 땅에 못 박은 듯이 붙들어놨고 우리는 말할 수도 없었고 심지어는 눈을 쳐들어 아버지를 볼 수조차 없었다. 우리가 겁에 질려 못 움직인다는 것을 깨닫자 그는 막대기를 집어 우리 쪽으로 오면서 우리 모두를 죽이겠다고 협박했다. 우리는 도망쳤고 엄마는 떨리는 목소리로 이렇게 사정했다.

"어두워지고 있고 비가 오고 있어요. 애들이 아침에 양을 찾을 수도 있잖아요."

이 말을 듣자 아버지가 대답했다.

"그만 해, 아니면 내가 당신도 애들하고 같이 쫓아낼 거야. 당신이 아이들을 밖에 나가게 했지? 당신도 이 일에 책임 있어. 당신은 일생에 도움이 안 돼."

우리는 집을 떠나 아까 양들이 풀을 뜯던 초지를 향해 걸어갔다. 우리는 작은 발걸음으로 조심조심 걸었고 물이 잔뜩 배있고 커다란 물웅덩이가 만들어진 땅 위로 넘어지면서 더듬거리고 나아갔다. 우리는 언덕과 나무 사이에서 잃어버린 양들을 찾아봤지만 소용없었다. 밤이 되자 피곤해서 몸이 무거워졌고 끊임없이 내리는 폭우 사이로 앞을 보기가 어렵게 되자 우리의 두려움과 혼란은 증가했다. 비가 세상 전체를 물에 잠기게 하려는 것 같았다.

우리는 걸어서 집으로 돌아갔고 아버지와의 두려운 대면을 각오했다. 천천히 집으로 향해 갈 때 우리는 무서워서 죽을 지경이었다.

우리는 곧 엄마가 악천후용 등불을 들고 우리에게 안으로 들어오라고 소리 지르는 것을 보았다. 우리는 두려움과 추위에 벌벌 떨며 물이 뚝뚝 떨어질 정도로 젖은 머리를 숙이고 집으로 들어갔다.

우리가 양을 못 찾고 돌아온 것을 보자 아버지는 분노에 가득 차 우리 쪽으로 다가왔다. 그는 우리를 때리려고 가죽 혁대를 풀렀다. 그의 손아귀에서 벗어나려고 했지만 그는 우리 뒤를 쫓아와서 때렸다. 우리를 보호하려고 최선을 다하고 있었던 임신한 엄마도 매질을 피할 수 없었다. 그날 밤 우리는 우리 자신의 흐느끼는 소리와 엄마의 우는 소리를 들으며 잠들었다.

***

얼마나 많은 시간이 흘렀는지 모르지만 나는 이내 기진맥진한 신음소리로 바뀐 엄마의 겁나는 울부짖는 소리에 잠에서 깼다. 걱정돼서 난 엄마에게 물었다.

"엄마, 왜 그러세요?"

"곧 아기가 나올 것 같구나. 근데, 걱정하지 마라, 내 딸아, 난 아침까지 기다릴 거야."

난 간간히 큰 비명을 지르는 엄마의 신음소리에 걱정이 되어 다시 잠을 잘 수 없었다. 마침내 엄마는 가서 아버지를 찾아 산파나 친정 부모님을 데려오라고 내게 말했다.

아버지는 화가 날 때면 언제나 헛간으로 물러가는 습관이 있었다. 그는 우리를 며칠 동안 팽개치고 자기가 좋아하고, 자기 가족이나 친구보다도 더 믿음직스럽고 사랑스러운 동물들 옆에서 잤다. 난 아버지가 자는 곳으로 더듬거리며 나아가 아버지의 발을 건드리며 이렇게 말했다.

"아버지, 일어나세요, 엄마가 아파요, 제 생각엔 엄마가 곧 아기를 낳으려는 것 같아요."

그는 아주 무관심하게 대답했다.

"그 여자는 왜 하필이면 오늘 아이를 낳는단 말이냐?"

"제발요, 아버지."

난 빌었다.

"외할머니와 외할아버지에게 가서 엄마의 상태에 대해 말해 주세요."

"난 지금 안 나갈 거야. 아직도 비가 오고 있지 않니. 엄마한테 아침까지 기다리라고 해라."

엄마에게 돌아가자 암마르와 알-아민이 잠이 깨서 어리둥절해 하며 엄마를 쳐다보고 있었다. 아버지가 했던 말을 엄마에게 그대로 전하면서도 아버지의 태도 때문에 당황스러웠다. 엄마는 고통을 참고 있었고 베틀 쪽으로 몸을 돌려서는 우리가 무서워 할까봐 소리를 지르지 않으려고 베틀을 꽉 잡았다.

난 계속 엄마의 지친 얼굴 표정을 보고 있었다. 발작에 가까운 엄마의 비명 소리가 내 귀를 채울 때 난 확실히 엄마가 아침이 되기 전에 애기를 낳을 거라는 걸 깨달았다. 난 아버지에게 다시 가서 엄마를 보러 오라고 빌었지만 아버지는 단호하게 거절하면서 이렇게 말했다.

"여자는 다 그런 거야. 버릇 다 버렸어."

"제발요, 아버지."

난 계속했다.

"엄마는 진짜 위험에 처해 있고 죽을지도 몰라요."

그의 대답은 마치 적에게 하는 거나 마찬가지 말투였다.

"죽으라고 해. 그 여자의 목숨은 그 여자 때문에 잃어버린 양보다 싼 거야."

그의 양심이 내게 충격을 줬다. 난 실망하여 떠났고 이 사람이 진짜 내 아버지인지, 어떻게 내가 이 양심 없는 남자의 아들로 태어나게 되었는지 의아해 했다. 아버지의 행동을 이해할만한 어떤 핑계도 찾을 수 없었다. 난 그때부터 그가 필요 없다고 마음먹었다. 난 그렇게 매정한 아버지는 필요 없었다. 그가 보인 분노와 노여움이 내가 그에게 품고 있던 모든 애정을 앗아가 버렸고 이 최후의 일격으로 그 애정을 다 파괴했고 나를 깊은 슬픔의 상태에 잠기게 만들었다. 눈물을 닦으며 난 그의 딸이라는 게 창피하게 느꼈다.

난 아버지에게 엄마를 도와달라고 설득하러 가던 알-아민을 문 옆에서 만났다. 내가 다 소용없다고 말했지만 그 아이는 아버지에게 말하겠다고 고집했다. 그도 곧 풀죽어 돌아왔고 외투를 집어 들고는 불안한 마음으로 어린애처럼 할아버지 집으로 가버리겠다고 했다. 힘없는 목소리로 엄마는 그를 막으려 했지만 그는 계속 가겠다고 했고 어둡고 비가 내리는 가운데 더듬거리며 집에서 뛰쳐나갔다.

엄마의 울부짖는 소리가 밤의 정적 속에 울려 퍼졌고 나를 근심으로 가득 채웠다. 엄마의 창백한 얼굴이 나를 겁나게 했다. 난 혼란스러웠다. 난 엄마를 돕기 위해 뭘 해야 할지 몰랐다. 생명과 출산에 관한 문제들을 기억해 내려고 내 마음을 뒤져보았지만 엄마가 암마르를 낳을 때 산파가 엄마의 방으로 갖고 들어왔던 뜨거운 물만 기억났다. 난 물을 끓이려고 올려놨고 내가 그렇게 하자마자 엄마가 힘없고 애처로운 목소리로 날 부르는 것을 들었다.

"가위를 가져오고 알코올로 그걸 소독하거라."

난 엄마가 부탁한대로 했고 가위를 깨끗한 수건에 싸서 엄마 곁에 놓았다. 난 엄마에게 물도 좀 끓여놓았다고 말했다.

아무 도움도 못 되는 사람이 근심할 때 그러하듯 나는 엄마가 고통 겪는 것을 지켜보았다. 엄마는 방에서 왔다갔다 걸었고 그리고 나중에는 누웠다. 난 엄마가 이불로 몸을 덮는 걸 도왔다. 엄마는 팔을 들어 머리 뒤 쪽의 침대 기둥을 붙잡고는 다리를 벌렸다. 그리고는 배의 특정한 부위를 누르라고 내게 부탁했고 내 작은 손을 필요한 곳으로 인도해 갔다. 나는 엄마의 뱃속에서 어떤 움직임을 느꼈고 엄마가 얼마나 고통을 겪는지 알았다. 엄마가 비명을 억누르고 숨을 깊이 들이 쉬고 아이를 세상으로 나오게 하려고 힘줄 때 엄마의 예쁜 얼굴은 어두운 밤의 하늘처럼 푸른색으로 변했다. 드디어 고통이 극에 달하자 엄마는 내게 뜨거운 물을 빨리 가져오고 애기 옷을 준비하라고 했다.

물을 가져 올 때 난 천사 같은 울음소리를 들었다. 난 물을 갖고 급히 뛰어왔고 방에 들어왔을 때 애기가 엄마 옆에 있는 걸 보고 놀랐다. 엄마는 혼자서 탯줄을 자른 다음 묶을 수 있었다. 축복받은 모성의 따스한 기운을 주기 위해 엄마는 애기를 이불로 덮어 놓았다.

■ 최인환 역

강둑을 싫어하는 보트

A Boat That Dislikes the Riverbank

모하마드 살라 알 아잡

Mohammad Salah al Azab

Anthology of the Arabic Short Stories

강둑을 싫어하는 보트

1

암 사만은 암 사만이다. 그렇게밖에는 말할 수 없다. 올리브색 피부를 하고 소매가 넓은 질밥(*무슬림 여성들이 입는 길고 헐렁한 웃옷을 가리킨다. - 역자주)을 입고 그는 항상 웃고 있었는데 그건 마치 자신의 번득이는 하얀 이를 과시하고 싶어서 인 듯했다.

"그게 이런 거야."

그는 말할 거다.

"세상은 찡그릴 시간이 없어."

그는 일흔 살이었지만 몸에 굽은 뼈가 하나 없었고 흰머리도 한 올 없었다.

"그래, 어떻게 그 일을 하나요, 암 사만?"

"말해주지, 부족장님 손자야."

그가 말했다.

"그건 다 축복이고 기적이지. 신이 자네에게도 비밀을 알려주시기를!"

그는 내 할아버지인 부족장을 위해 30년 동안 일했다.

확실히 그는 말을 더듬는 경향이 있었고 논점에서 벗어나고, 말하던 것을 잊기도 하지만 여전히 이야기의 중심이었다. 암 사만은 여기에서 말하는 사람이고 그래서 누구건 모든 일의 발단부터 전체를 듣고자 하는 사람은 인내심을 갖고 주의를 기울여야 한다.

"그래, 암 사만, 우리에게 암 사만의 이야기를 해 줘요."

그는 낯을 붉히면서 말을 시작하지 않으려 했다. 대신 그는 내게 끝이 안 나는 다른 이야기들을 해 줬다. 그러나 나는 그가 이것만 이야기하게 내버려두지 않을 거다. 난 그에게 계속 졸랐다. 그가 말하기 꺼려하는 건 바로 이 특별한 이야기뿐이었다.

사만은 가난하고 이 근처 출신이 아니다. 그에게는 사막의 노란 모래는 낯설다. 그리고 그는 그걸 개의치도 않는다. 그의 입 안에 있는 것은 우물과 샘물의 이상한 맛이었다. 영원한 갈증을 보여주는 가려진 눈과 하얀 입술을 한 베드윈족의 험상궂은 얼굴과 마주칠 때면 언제나 그는 다른 어떤 곳, 갈색 흙이 그가 밟는 것을 알아보는 그런 다른 곳에 있기를 바란다. 사만은 강 제일 먼 곳에서부터 왔는데 그곳에서는 물이 그냥 설탕 같고 눈이 볼 수 있는 데까지 녹색이 펼쳐져 있다. 거무튀튀한 소녀들이 기도시간 알리는 사람처럼 달콤한 목소리로 결혼 노래를 한다. 그렇다 하더라도 그곳의 풍요로운 삶은 모든 벌린 손에 풍성함을 제공하지만 결국에는 가난한 사람들을 지치게 만들 뿐이다.

"자, 들어봐, 거지야."

그들은 말했다.

"보트를 타고, 차에 태워 달라 하고, 기차에 타. 움직일 준비가 되어 있는 사람들에게는 돈을 벌 수 있는 도시가 많이 있지."

하지만 나를 포함한 많은 사람들은 가난한 사람이 살기에 좋고 일들이 잘 풀리는 곳에서 생계수단을 찾지 못하면 무자비한 사막의 환경에서는 더 힘들 것이라는 걸 깨닫지 못했다.

"어머니."

사만이 언젠가 이렇게 말했다.

"여기는 매일 결혼식이 있어요. 젊은이들이 자라서 결혼하지요. 그런데 나는 늙어가고 내 이름으로 된 동전 한 닢이 없네요. 돌아다니며 이렇게 말할 수가 없어요. '여기 당신 딸 몫의 지참금 있소'라든가 '이봐, 사만은 당신네 가족과 합하고 싶어'라는 말을요.

그가 가진 거라고는 질밥 옷과 더 늙고 정말 질긴 어머니뿐이었다.

"걱정 마라."

그녀가 눈물을 감추면서, 떠나는 아들의 등을 자신의 힘센 손으로 쓰다듬으며 그에게 이렇게 말했다.

"우리 우주의 주여."

그녀가 기도했다.

"이 가엾은 남자의 길에 빛을 내려주소서."

일단 그가 이야기를 시작하자 그는 내가 끼어드는 것을 무시했고 손짓을 하거나 내가 꼼짝 못하게 내 무릎을 꽉 잡았다.

"이건 마치 이 나라의 모든 사람이 계속 나를 때리는 꼴이야."

그가 말했다.

그는 원래 먹고 살기가 안 좋았었는데 더 나빠졌고 너무나 나빠져서 가난한 남자가 긴 검은 머리에 검은 눈을 한, 장미꽃잎처럼 부드러운 피부를 한 자그마한 올리브색 피부의 소녀를 찾을 수 있다는 꿈을, 강둑을 싫어하고 작은 소녀를 겁먹을 정도로 너무 흔들리게 하지 않는 작은 보트에서 그의 무릎 위에 앉힐 수 있는 누군가를 찾을 수 있다는 꿈을 버려야 하게 되었다.

"당신은 스스로를 속이고 있어요, 사만. 도대체 당신이 굶고 있는 판에 어떻게 결혼할 꿈을 꿀 수 있어요?"

"족장 손자야, 그러면 그건 누구야? 내 목깃을 잡고 날 질질 끌어가던 그 사람 말이야? 노상강도가 아니면 아무도 그렇게 할 수가 없지. 다른 누군가가 이렇게 말했나? '그 사람 계속 때리슈, 당신들 촌사람들아. 그가 알게 될 때까지 먹고살기 어렵게 만들라고.'"

"그래서, 사만, 당신이 늘 배가 고프다고 불평하고 슬퍼할 때 당신의 그 바보 같은 무지함에 대해 용서를 빌라구요. 이 무식한 양반아. 당신은 그 나쁜 믿음에 대해 사과해야만 해요, 이 천치야. 당신은 당신만 당신의 꿈을 알고 있고 아무에게도 알리지 않았어요. 그래서 당신이 이해하지도 못하는 사악한 방식을 가진 추악한 사람들이 쉽게 당신을 속일 수 있었던 거야. '좋아, 당신들.' 당신은 그들에게 이렇게 말했지. '밤을 배고프게 보내지 않는 거, 그게 내가 원하는 전부야.'"

"난 네가 그런 식으로 머물며 해가 지고 뜨는 것으로 나날을 표시하는 게 걱정돼. 하지만 족장님 손자인 너도 알다시피 시간보다 더 빠른 건 없어. 결혼식이 거행되는 때마다 나는 네가 와서 모든 소녀들을 다 누군가가 데려갔다는 걸 알게 될까봐 걱정이야. 너에게 결혼노래를 불러 주고 네가 소녀를 팔에 끼고 집을 나설 때 이렇게 말해 줄 사람이 하나도 안 남을 거야. '꾸물거리지마. 보트가 흔들거리기 시작할 때 그 여자가 겁먹지 않게 신경 쓰라고.'"

"아니요, 사만. 당신은 당신의 굶주림, 당신의 가난, 모든 사람들이 당신을 때리는 데 감사해야 할 필요가 있어요. 특히 당신은 당신의 슬픈 얘기를 했었고 당신을 자기 차에 싣고 사막으로 데려다 준 그 정직한 소년에게 감사해야 해요."

"난 차에서 내렸지."

사만이 말했다.

"그리고 그들이 내게 먹을 걸 줬지. 난 모두가 족장님에 대해 말하는 걸 들었어 난 그 분에 대해 물어봤지. 난 내가 그 분의 축복받은 존재를 깊이 들이마시고 싶다고 그 분에게 말했지. 실제로 난 또한 내가 원하는 건 뭔가 먹을 것과 살 곳을 찾는 일이라고 스스로에게 말했지.

"네 할아버지가 날 환영했지. 그 분은 내게 살 곳을 마련해 준 분이야. 난 한동안 그 분과 함께 지냈지."

"'자넨 길이 막 시작되는 데 있네.' 그 분이 얼마 뒤에 내게 말하셨지. '자네는 문턱을 넘어왔네. 그 작은 올리브색 피부의 소녀의 모습이 자네의 마음에서 사라지면 반쯤 간 거네. 길은 강이 끝나는 데에서 끝난다네.'"

"그래요, 암 사만."

내가 말했다.

"당신은 그 꿈을 오래 전에 포기했음에 틀림없어요."

그는 고개를 돌려 먼 곳을 쳐다보았다. 바람이 한번 획 불었었음에 틀림없다. 난 그걸 느끼지는 못했지만 그의 옷 끝자락이 펄럭이는 것을 봤다.

"그래."

그가 말했다.

"많은 시간이 흘러갔고 난 여전히 그 반 되는 지점까지 이르지 못했어."

2

난 할아버지 땅 옆에 있는 큰 집을 보고 흥분했다. 좀 멀리 떨어져있기는 했지만 그 집이 대저택이라는 것은 분명했다. 난 앉아서 사만의 이야기에 귀 기울이는 동안 강을 내려다보는 바위에서 그 집을 쉽게 볼 수 있었다. 3층 건물이고 그 안에 등불이 박혀있는 돌벽이 있는 이 대저택을 짓는데 2년이 꼬박 걸렸다.

짓는데 2년 꼬박 걸렸고 집짓는 사람들이 우리 땅에서 새 저택으로 여기저기, 왔다 갔다 했다. 매일 밤 그들은 와서 족장인 우리 할아버지 앞에 존경을 표하며 앉아 있곤 했다. 그들은 그를 볼 때면 언제나 몸을 굽히고 그의 손에 입 맞췄지만 그는 손을 빨리 빼려고 했다. 그들은 그에게 자신들의 생계를 위해 기도해 주고 멀리 떨어져 있는 사람들을 그들이 거기 갈 수 있을 때까지 돌봐달라고 부탁하곤 했다.

"애가 족장님 손자요."

사만은 날 가리켜 말하곤 했다.

"애가 족장님 자신의 영광과 축복을 조금은 갖고 있다오."

이 말에 그들 모두가 나를 친절하게 대했다. 이들 중 하나는 향수병을 하나 가져와 내 손에 발랐다. 그리고 그는 내가 그 향수로 그의 얼굴과 목을 문지르게 했다. 이들 모두는 이 사람 뒤에 한 줄로 서서 내가 자신들에게도 똑같이 해주기를 기대했다. 향수에서는 좋은 냄새가 났고 할아버지는 내 옷에 뿌려진 향수 냄새를 좋아하셨다.

또 다른 사람이 내게 작은 거북 한 마리를 가져왔는데 난 그 거북이가 아주 좋았다. 그놈은 머리와 꼬리를 감추고 하나의 바위로 변신하곤 했다. 내 거북이는 풀을 먹었고 아주 많이 웃곤 했다.

또 한 사람은 내게 새 신발을 가져왔고, 또 다른 사람은 시계를, 또 다른 사람은 구멍이 있는 옛 동전 몇 개를 주었다. 내게 거북이를 주었던 사람이 고슴도치도 한 마리 가져왔다. 진짜 고슴도치를 본 건 이번이 처음이었다. 그는 고슴도치를 땅 위에 놓고 그 위에 새장을 씌웠다. 그 고슴도치는 진짜 웃겼는데 새장 안에서 구르고 또 구르고 했다. 내가 새장 창살 사이로 지팡이 끝으로 건드릴 때마다 그놈은 몸을 공처럼 둥글게 말고 털을 세웠다.

난 이 노동자들을 좋아했다. 그런 사람들이 많았지만 그들의 이름을 전부, 그리고 그들 각각이 무슨 일을 하는지 기억했다.

일을 마치고 나면 매일 그들은 강으로 내려가서 목욕을 하고 소리 지르며 긴 시간을 보냈다. 저녁 시간에 그들은 우리 울타리 친 농장으로 돌아왔다. 사만은 저녁 기도가 끝나면 이들에게 작은 컵에다 차를 만들어주곤 했다. 그가 그들에게 멀리 떨어진 자기 마을 이야기를 들려줄 때 그들은 차를 홀짝거리고 마시면서 주의 깊게 귀 기울였는데 그들의 머리카락에서는 여전히 물이 뚝뚝 떨어지고 있었다. 난 내가 이들보다 아는 게 많기 때문에 행복하게 느꼈고 그는 나에게 더 많은 이야기를 하곤 했다. 그들도 자기 자신들의 할 얘기가 있었는데 끝까지 이야기를 마치지는 못했다. 그저 차 한 컵씩 마시고는 다시 일어나곤 했다.

"우리는 아침에 할 일이 많아요."

그들이 사만과 나에게 작별할 때 이렇게 말하곤 했다.

"우린 내일 저녁에 다시 모일 거예요."

그들은 언제나 자기들의 사랑하는 사람들이 있는 먼 마을에 대해 얘기했다. 그들은 (비록 아무도 그들에게 그렇게 하라고 요구한 적이 없지만) 꼭 그럴 필요가 없었다면 결코 사랑하는 사람들을 두고 오지 않았을 거라 맹세했다. 그들은 또한 그들의 감독인 선임 기술자에 관해서도 말했다. 난 종종 거기서 감독을 봤지만 가까이에서 있어본 적은 한 번도 없다. 그들은 또한 이 장소를 은퇴를 대비해 선택한 그 거대한 대저택의 주인에 대해 잡담을 나누곤 했다.

난 친절한 표정을 하고 있는 이 노동자들을 정말 좋아했고 그들이 내게 주는 선물과 그들이 말하는 농담을 즐겼다. 그러나 이들이 거대한 대저택을 짓고 있다는 사실이 내 마음을 무겁게 눌렀다. 매일매일 건물이 올라가는 걸 보며 난 마치 그것이 내 건물인양 조마조마하게 느꼈다.

노동자들은 결국 애정 어린 작별인사를 남기고 떠났다. 가면서 이들은 당당한 저택을, 진짜 멋진 놈을 남겨 놓았다. 이건 암 사만 당신의 이야기에 기초한 내 꿈에서 본 저택보다 더 멋졌다.

그러나 나는 이 저택에 관한 이야기를 나눌 친구가 없었다. 학교 친구들은 날 미워하지는 않았지만 나랑 얘기하는 것을 피했는데 왜냐하면 내가 그들에게 너무 가까이 가는 것을 무서워했기 때문이다. 난 그들의 눈에서 그걸 알 수 있었고 그게 날 슬프게 만들었다. 난 이들에게서 멀어져 가버리곤 했다.

저택은 잠겨 있었고 텅 비었다. 말없는 문지기만 있을 뿐이었는데 그는 낮 동안에는 의자를 내와서 문 앞에 앉았다. 밤에는 저택을 잠그고 사라지곤 했다.

매일 아침 학교로 가는 먼 길을 떠나기 전에 나는 저택 주위를 걷곤 했는데 그 높은 3층 건물의 광경에, 마치 거울처럼 빛을 반사하는 유리창과, 대낮에도 켜진 등불이 박혀있는 돌 벽에 어안이 벙벙해졌다.

난 그 문지기에게 몇 번인가 말을 걸려고 노력했지만 그는 겁난 것처럼 보였다. 그는 의자를 잡고는 한마디 말도 안 하고 서둘러 안으로 돌아갔다. 그러다가 문이 안쪽에서 닫히는 소리를 들었다.

문지기가 미쳐서 달아나버린 뒤 저택은 빈 집으로 있었다. 물론 여러 가지 소문이 있었지만 누구도 감히 그 집 안에 들어가려고 하지 않았다. 사람들은 내가 해가 진 뒤에 몰래 안으로 들어갔고 다른 누구도 감히 가까이 올 수 없는 거대한 저택의 주인인양 행복하게 느꼈다는 것을 몰랐다.

3

어느 날 아침 우리 할아버지에게 30년 동안 봉사하고 난 뒤에 사만은 과거에 봤을 때 보다 행복해 보였다.

"난 오늘 돌아갈 거야."

그가 말했다. 난 멍해졌다.

"돌아간다고요, 암 사만?"

내가 물었다.

"어디로?"

"난 그녀를 '누르'라고 부를 거야."

그가 대답했다.

"길을 지키는 손이시여, 부탁이 하나 있는데, 거리를 줄여줘서 내가 늙은 어머니에게 갈 수 있게 해 주오. '거지가 집에 왔어요'라고 내가 그녀에게 말할 거야. '하지만 더 이상 거지가 아니에요. 이제 나는 올리브색 피부의 소녀에게 지참금을 줄만한 돈이 있어요. 이제 그의 방에 켜진 불빛에 긴 검은 머리와 검은 눈을 한 어떤 어린 소녀의 모습이 드러날 거예요. 그는 모래밭에 닿아본 적이 없는 보트 안에서 그녀를 발치에 앉힐 수 있을 거예요. 이번에는 소녀가 보트가 흔들려도 겁먹지 않을 거예요.'"

"그래, 이제 떠난다구요, 사만?"

"니 할아버지가 기도가 끝난 뒤에 날 그 분의 앞에 앉히셨지."

그가 말했다.

"그 분이 내게 돌아가라고 말하셨어?"

"'제가 어르신 심기를 불편하게 해드렸나요?' 내가 너의 할아버지께 여쭸지."

"'아니, 그건 아닐세.' 그 분이 대답하셨지. '먼 길이 자네를 지쳐빠지게 했고 자네도 길을 지쳐빠지게 했군. 자네는 계속 앞으로 나갈 의지를 잃었군.'"

"'전 제가 아는 모든 방식을 다 써봤는데요.'"

"'그러니 돌아가게, 사만, 그리고 새로 시작해. 자네가 갈 길은 여러 갈래고, 자네의 운명은 험하다네.'"

"그래서 당신은 떠나는 거예요, 사만?"

내가 물었다.

"괜찮은 조카딸이 하나 있어."

그가 말했다.

"그리고 진짜 예쁜 조카딸도 또 있고. 그리고 괴상한 조카딸 아이도 아직 살아있고……"

"정말 떠나는 거예요?"

"난 이제 지참금이 있어."

그가 말했다.

"너의 할아버지께서 정말 후하셨단다. 난 4명(의 부인)에게 줄 충분한 돈을 갖고 있단다."

"떠나요? 정말 나를 두고 가는 거예요?"

"난 올리브색 피부의 아가씨를 고를 거란다."

그가 말했다.

"그리고 '누르'를 먹여 살릴거야. 난 내 조카딸을 고를 거야. 그녀의 아버지는 어부이고 누르를 내 무릎에 앉힐 수 있는 보트를 갖고 있지. 우리는 강의 물결 이는 물줄기를 따라 결혼 생활의 모든 즐거움을 향해 끝까지 갈 거야."

여전히 먼 곳을 쳐다보느라고 그는 내 눈물이 길 위에 떨어져 여기저기 길쭉한 먹는 배 모양의 무늬를 만드는 것을 보지 못했다. 이번에는 그를 되돌아오게 하는 게 나였고 노새의 고삐에 매달렸고 그보다 앞서 걸었다. 그는 웃음을 멈출 수 없었다.

"난 차로 기차 타는 데까지 갈 테고, 그리고는 다시 한 번 어머니를 껴안을 때까지 기차를 타고 갈 거야."

"'점심을 준비하마.' 어머니가 그렇게 말씀하셨지. '현관에서 널 기다리마.'"

"난 어머니가 거기 앉아서 내가 도착하기를 기다리는 모습을 볼 수 있어. 늘 그랬듯이 어머니는 내가 돌아올 때까지 아무 것도 안 드시려 할 거야. 난 너무 오래 떠나 있었어."

"'어머니', 난 그렇게 말할 거야. '점심 데워 주셔야겠어요.'"

난 안녕이라고 말하며 그를 껴안았고 그는 갑자기 정신이 들었다. 그가 차 문을 안에서 닫자 차는 움직여가기 시작했다. 그러나 바로 그때 그가 창문 밖으로 몸을 내밀었다.

"족장의 손자야."

그가 말했다.

"난 어부의 딸인 내 조카딸이 이미 결혼하지나 않았을까 걱정이 돼."

난 머리를 가로저었고 그럴 리가 없다는 뜻으로 팔을 흔들었다. 그가 다시 몸을 차 안으로 집어넣어 시야에서 사라질 때 차바퀴에 의해 피어오른 먼지가 그의 활짝 웃는 웃음을 가렸다.

■ 최인환 역

응접실 그림

The Picture

하싼 나스르

Hassan Nasr

Anthology of the Arabic Short Stories

응접실 그림

우리 집 응접실의 한쪽 벽 중앙에는 그림 한 점이 걸려있다. 누가 그걸 거기에 걸었는지는 아무도 모른다. 우리 집은 아버지가 선조로부터 물려받은 큰 집이다. 그림은 낡았고 집안에는 고가구도 많다. 높다란 장식 등받이 의자들, 할머니가 간직해 오셨던 물건을 담아두던 하얗고 빨간 조개껍질로 아로새겨진 큰 녹색 상자, 나무 벌레가 갉아 먹어 구멍이 뚫리고, 삐걱거리며, 가족 중 아무도 더 이상 관심을 두지 않는 금이 간 나무 옷장 등이 있다. 가족 중 벌레가 파먹은 의자에 관심을 두는 사람 역시 아무도 없다. 하지만 그 그림은 항상 새롭게 보였다.

벽의 높은 곳에서 그림이 우리를 내려다보고, 우리의 관심을 끌며, 이 집에 대한 우리의 사랑과 애착을 강화시킨다. 응접실에 걸린 이후 그 그림은 항상 모든 사람들의 시선을 끌어왔다. 벽의 '왕좌'를 혼자 차지하고 있다는 사실 때문에 그 그림은 더욱 중요해진다. 금박을 입힌 넓적한 액자틀로 견고함뿐만 아니라 광채를 유지했고 다른 가구에 구멍을 뚫어 온 나무벌레의 공격도 받지 않았다. 방의 벽은 큼직하고 텅 비어있다. 그림은 크기는 했지만 그곳에 있는 것만으로는 그 방의 텅 빈 느낌을 채워주지 못한다. 그러나 거기에 있다는 것만으로도 온 세상을 저절로 채우기에 충분하다. 그림은 딱히 무엇을 표현하는 것은 아니지만 가장 소중한 걸 나타낸다. 그것은 드넓고 푸른 자유처럼 펼쳐진 바다 수면, 오직 바다만을 나타낸다. 그걸 바라보면 영혼이 편해지고, 차분해지며, 신경이 진정된다.

가족들 모두 자신과 아내와 자식들을 위한 방을 가지고 있다. 우리 모두, 즉 형제들과 사촌형들은 응접실을 공유한다. 우리를 한데 모아주는 것은 응접실뿐이며, 우리 모두 그곳에 모여 응접실과 응접실 가구, 특히 우리 눈에는 온 세상을 채워주는 그림에 애착을 느낀다.

오늘 저녁 난 혼자 응접실에 앉아있다. 응접실을 이리저리 오가며, 옆방에서 새어나오는 아내의 비명소리를 듣고 있다. 그녀는 산고를 겪고 있다. 나는 출산소식을 맨 먼저 가져다줄 사람을 애타게 기다린다. 계속 기다리지만 한 곳에 가만히 앉아있기가 어렵다. 그런 다음 더 이상 신음소리가 들리지 않고 잠깐 시간이 흐른다. 산모의 고통이 멎고, 태어난 아기의 울음소리가 들리는 것을 듣게 될 거라고 상상한다. 난 숨을 깊게 들이 쉬려고 가장 가까운 의자에 앉는다.

숨을 돌리자마자 바닥에 뭔가 큰 물건이 떨어지는 소리가 난다. 그 오래된 그림이 요란한 소리를 내며 떨어져 부서지는 걸 보고 나는 경악하여 벌떡 일어난다. 일어날 때 물 컵이 넘어져 바닥 위로 물이 흐른다. 크리스털 유리와 파편들이 뒤섞여 사방으로 날아가 떨어진다. 그런데 그림에서는 바닷물이 넘쳐난 것처럼 파란색 바다 위로 물이 흐른다. 벽을 보니 벽은 마치 아름답지 않은 대머리 같다. 이 순간 형수와 조카딸이 형을 따라 들어와 나에게 소식을 전한다. 아내가 멋진 아들을 출산했단다. 그들은 날 쳐다본다. 나는 그림을 가리키며 "저것이 떨어질 때 쿵하는 소리를 들었어요? 보시라고요! 그림이 산산조각이 났다니까요."

형이 내 손을 붙잡고 말한다.

"괴로워하지 마라. 자 저 그림 대신 새로 태어난 아기의 사진을 걸자꾸나."

아기 울음소릴 들었을 때 난 모든 것을 잊는다. 난 사실 산산 조각난 그림이 있었는지 조차 더 이상 기억하질 못한다.

■ 박종성 역

아메바

Amoeba

사파아 에네가르

Safaa Ennagar

Anthology of the Arabic Short Stories

아메바

그녀에게 수요일은 신화와 같은 날이었다. 하느님께서 수요일에 그녀를 창조하셨기 때문이었다. 만일 빨간 반점처럼 보이는 그녀의 부은 얼굴, 튀어나온 눈과 들창코를 하느님께서 불쌍히 여기지 않았다면 그녀는 작가인 나나 독자인 당신이 알지 못했을 꽤 다른 삶을 살았을 것이다. 하느님은 그녀의 몸을 처음 조각한 천사를 꾸짖고 자신의 영혼을 그녀에게 불어넣어 주신 후, 직접 당신의 손으로 조각상과 같은 균형 잡힌 두 다리와 대리석처럼 희고 부드러운 엉덩이를 만들어 주셨다. 상반신과 복부는 천사가 만들어 놓은 원래 모습 그대로 남겨놓으셨다.

가슴이 커지면서 그녀는 매일 아침 벽에 공을 대고 볼 프레스를 서른 번, 팔굽혀펴기를 스무 번씩 했다. 매일 아침 하는 규칙적인 운동은 타인들이 그녀를 경박하게 판단하는 것으로부터 그녀를 보호하기 위해 하느님께서 직접 개입하셨던 그날을 마음 깊이 감사하기 위해 올리는 기도였다. 그녀는 우울해질 때마다 이 엄청난 사건이 벌어졌던 그 순간을 기억하곤 했다. 그러면 그녀의 영혼은 타인을 감싸 안을 수 있을만한 사랑으로 흘러 넘쳤고 그녀를 향하는 타인들의 잔인함의 칼날도 무뎌갔다. 그녀에게 구혼하기 위해 매일 어떤 남자가 찾아오는지를 세고 있는 올케는, 아무도 찾아오지 않은 채 또 하루가 지나가자 결국 그녀가 남자 한 번 만나 보지 못하게 될 것임을 상기시켜 주었다. 따라서 더 이상 운동도 할 필요 없고 몸에 꽉 달라붙는 짧은 치마와 한 번 신고나면 올이 풀려 더 이상 신을 수 없게 되는 나일론 스타킹과 가슴 곡선만 강조하는 꽉 끼는 블라우스를 구입하는 데 돈을 쓰지 않는 게 좋겠다고 충고하곤 했다.

시폰 천으로 만든 스카프로 머리를 뒤로 묶어 곱슬머리를 가리고 다녔던 그 소녀는 올케의 얘기에 크게 신경 쓰지 않았다. 말로 표현하기는 힘들지만 그녀는 분명히 느낄 수 있었다. 하느님이 하시는 수많은 일을 자신이 완전히 이해하기 힘들지만 분명 하느님께서는 당신이 행하신 기적을, 또 그녀의 못생긴 얼굴과 풍만한 몸을 구별할 수 있는 심미안을 그녀에게 주신 것이다.

대학을 졸업하면서 문학사 학위를 취득하고 팔 년이 지난 뒤 그녀는 축복받은 수요일 중 하나인 어느 수요일에 이웃에 사는 움 야흐야와 나이 든 한 여인에게 음료수를 대접했는데, 여섯 달 뒤 이 여인이 그녀의 시어머니가 되었다.

시어머니가 될 그 여인은 무엇인가 흠을 잡으려는 눈빛으로 그녀를 찬찬히 살펴보았다. 그녀가 못마땅해 찡그려서 생긴 주름이 노인네의 얼굴에서 이미 있었던 주름과 경쟁을 벌였다. 신랑이 될 움야흐야는 자신의 엄마가 마치 기적이라도 기대하는 듯 그녀를 뚫어지게 쳐다보아도 전혀 기분 나빠하지 않았다. 이웃들은 시어머니가 될 여인의 손을 잡고 낮은 소리로 말했다.

"다리가 무척 예쁘네요. 몸매는 더 훌륭한데요!"

이 말을 들은 나이 든 여인은 정신을 가다듬고 그녀를 다시 찬찬히 들여다보았다. 확실히 기적이 일어났다. 소녀의 눈은 빛나고 있었고 돌출된 정도가 줄어들어 있었다. 얼굴은 덜 부어 있었다. 하느님의 역사는 특히 그녀의 베이지색 스타킹과 올리브색 치마 속에서 분명하게 드러났다.

약혼기간 동안 그녀는 무척 행복했다. 약혼자와 데이트했던 수요일마다 그녀의 자존심은 만개했다. 몸에서는 광채가 났고, 청량한 이슬과 순도 높은 탤컴 가루가 섞인 듯한 그녀만의 독특한 향이 풍겼다. 그녀의 마음의 평화를 방해한 유일한 것은 그녀의 약혼자가 식탁 밑에서 발로 그녀에게 새롱거리는 것 이상의 장난을 친 것이었다. 그는 손가락으로 그녀의 스타킹 밴드 속의 맨살을 만졌다. 이 때문에 그녀는 데이트를 하고 나면 스타킹을 새로 사야했다. 그녀가 이점을 약혼자에게 솔직하게 말했을 때 그는 서둘러 결혼식 날짜를 앞당겼다. 마지막 데이트 날 그는 그녀에게 그녀가 몸에 꽉 끼는 치마를 입는 마지막 날이라고 말했다. 결혼 전까지는 그녀가 입고 싶은 것을 다 입을 수 있지만, 결혼 후에는 자신이 그녀의 행동에 관여할 책임이 있다고 말했다. 그녀는 자신에게 일어난 기적에 대해서 말하려고 애썼지만 그가 눈앞에서 결혼반지를 과시하듯 흔들어 보이자 굴복하고 말았다. 올케가 펑퍼짐한 드레스와 이에 어울리는 스카프를 사는 것을 도와주었다. 그녀는 이제부터 이 스카프로 얼굴과 목을 둘둘 말고 다니게 될 것이었다.

밤마다 그녀는 그의 거대한 배 밑에 깔려서 솜씨 없는 빵 굽는 사람이 반죽한 빵 반죽처럼 납작하고 볼품없게 되었다. 마침내 그녀는 아메바를 누가 더 정확하게 그리는 가를 두고 친구들과 경쟁하는 것이 소용없다는 것을 깨달았다. 왜냐하면 선생님께서 "아메바는 특정한 형체가 없다"고 말씀하셨기 때문이다.

아침마다 검정 다이아몬드 여섯 개가 베게 밑에서 굴러다녔다. 나머지 일곱 번째 다이아몬드를 찾으려고 눈을 씻고 살펴보았지만 소용이 없었다.

육 년의 시간이 흘렀고 그 사이 아이가 한 명 태어났지만 한 개의 검정 다이아몬드는 여전히 오리무중이었다. 하지만 우리가 무엇을 필요로 하는가를 정확히 알고 계시는 하느님께서는 그녀에게 새로운 수요일을 주셨다. 남편과 아이가 직장과 학교에 간 후 빨래 너는 것을 막 끝낸 그녀는 입고 있던 가운이 물에 젖어 몸에 착 달라붙어 몸의 선이 다 드러나고 있음을 알게 되었다. 얼굴은 경직되어 있고 몸은 피곤했지만 그녀는 거울에 비친 자신의 모습을 보고 감탄했고 급기야는 빨래 바구니를 옆으로 치우고 거울 앞에서 두세 번 돌면서 아름다운 자신의 몸에 경탄했다. 만일 그녀가 하느님의 선물과 사랑을 기억하지 못했다면 이런 자신을 미쳤다고 할 정도였다.

모든 사람들이 수요일에 동쪽에서 해가 뜨는 것을 보고 그저 또 다른 날의 시작일 뿐이라고 생각하고 있을 때, 한 여인은 수요일에 뜨는 해는 자신의 마음속으로부터 뜨는 것이고, 천정에 도달한 태양은 다름 아닌 자신의 영혼이 이글거리며 불타고 있는 것임을 직관적으로 확신하고 있었다. 수요일은 빨래 하는 날이기 때문에 그녀의 남편은 아내가 경쾌하고 활기차게 베갯잇과 침대커버를 벗기는 모습을 보고도 전혀 놀라지 않았다. 출근 준비를 끝낸 남편은 아침식사 후 아들을 학교에 데려다 주겠다고 했다.

그날 아침 그녀는 아무 것도 하지 않고 단지 자신에게 벌어지고 있는 것들을 관찰했을 뿐이다. 파란색 빨래 가운을 걸치고 첫 번째 빨랫감 – 남편의 속옷 – 을 세탁기 안에 넣었다. 시작 스위치를 누르기 전에 젖은 손을 가운에 문질러 물기를 닦아냈다. 물기가 가운 전체로 거침없이 빨려 들어가자 몸의 윤곽과 돈 후안이 자신의 예술작품을 솜씨 좋게 조각하기 위해서는 몹시 능숙하게 만져야 한다고 알고 있던 바로 그 부분이 드러났다. 무거운 침대커버의 한 끝을 물에서 건져 올려 비틀어 짤 때 물이 가운으로 튀자 몸의 선이 드러났다. 그녀는 무거운 침대커버의 한쪽 끝을 천천히 들어 올려 쥐어짜면서 짠 부분은 순서대로 팔뚝 위에 올려놓았다. 아직 건져 올리지 못한 나머지 부분이 남아 있었다. 그녀는 그 부분을 오른쪽 어깨 위에 올려놓고 물을 짜냈다. 물이 그녀의 파란색 가운에 떨어졌다. 그녀는 침대커버를 빨래통 속에 놓고 넓게 폈다. 세제가 빠져나가도록 마지막으로 다시 한 번 빨래를 쥐어짰다. 물 묻은 가운은 이미 그녀 몸의 윤곽을 다 드러내고 있었다. 가슴에서부터 배꼽 아래쪽까지 다 젖었다. 비틀어 짤 때마다 물은 그녀의 몸을 세세하게 드러내 주었고 가운은 몸에 더 찰싹 달라붙었다. 이 예술작품을 더 강조하기 위해 그녀는 가끔 물과 공모했다. 엉덩이를 깔고 앉아 빨래를 헹구거나 세탁기를 다시 한 번 돌리기 위해 시작 스위치를 누르기 전에 손에 묻은 물기를 가운에 문질러 닦아내기도 했다.

결코 그녀를 실망시킨 적 없는 직관으로 그녀는 바로 그 순간에 거울 앞에 섰다. 가슴은 봉긋 솟아올랐다. 젖꼭지는 볼록하게 돌출되어 있었다. 이 년 동안 모유수유를 한 흔적이 없는 것처럼 보였다. 배는 다이아몬드가 박힌 굴 껍데기처럼 하느님께서 당신의 손으로 직접 조각한 작품 같았다. 마음은 설렜다. 그녀는 하느님께서 그녀에게 주신 모든 선물에 감사했다. 훈계를 하듯 쳐다보는 이웃사람들의 시선과 자신을 몰래 훔쳐보는 주위 사람들의 눈길을 무시하면서 몸의 곡선과 윤곽이 다 드러난 가운을 걸친 채 빨래를 널기 위해 밖으로 나갔다. 빨래를 다 널고 안으로 들어와서는 창을 닫고 불을 켰다. 가운을 벗고 거울에 비친 자신의 모습을 내려다보았다. 거울에 비친 그녀의 몸은 다른 것이 아닌 몸 그 자체였다. 그녀는 그 몸을 몸으로 받아들였다. 그녀는 자신의 몸과 은밀하고 따뜻한 대화를 나누었다. 이 대화가 다음 주 수요일까지 한 주일을 버틸 수 있는 용기를 그녀에게 주었다.

■ 강문순 역

검은 고양이

The Black Cat

야쎄르 압델 바키

Yasser Abdel Baqi

Anthology of the Arabic Short Stories

검은 고양이

창백한 얼굴의 남자는 단골 카페에 들어와 거리가 내다보이는 창 옆에 자리를 잡았다. 들어올 때 비틀거리던 그의 발걸음이 잠시 동안 사람들의 시선을 끌었고, 특히 사람들 앞에서 의자들을 매우 거칠게 다루자 사람들이 모두 쳐다보았지만 그것도 잠시 뿐이었다. 모두들 관심을 돌렸기 때문이다. 그는 테이블 밑이나 다리 사이로 떨리는 손을 감추려 했다. 창밖을 내다보면서 거리 저쪽 끝 낡은 건물 밑에 쌓여있는 쓰레기 더미를 그가 뚫어져라 보고 있다. 종업원은 우유가 들어간 차 한 잔을 이 단골손님 앞에 놓고는 한 마디 말도 없이 가버린다.

얼굴이 창백한 이 남자가 찻잔을 잠시 손에 쥐지만 그의 눈은 여전히 거리와 쓰레기 더미에 고정되어 있다. 그는 쓰레기 더미 속에서 뭔가가 움직이는 것을 발견한다. 그의 손에서 컵이 흔들리고, 무엇이든 움직이는 것을 놓치지 않으려고 그의 눈은 커진다. 흰 고양이 한 마리가 모습을 나타내자 그 남자는 안도의 한숨을 쉰다.

"안녕하슈!"

그의 앞자리에 앉으면서 어느 낯선 이가 인사를 한다.

찻잔이 그의 손에서 떨어져 큰소리를 내며 깨진다. 식당의 단골 손님들이 이 두 남자 쪽으로 눈을 돌린다. 종업원이 달려와서 쏟아진 차와 깨진 유리 조각들을 치운다.

낯선 이는 소란을 피운 것에 대해 사과를 한다.

"미안하오!"

그가 말한다.

"놀라게 할 작정은 아니었는데."

창백한 얼굴의 남자는 그 사람을 쳐다보고는 재빨리 그의 떨리는 손을 테이블 밑으로 감추고서 거리를 다시 응시한다.

"차 다시 시켜 드리겠소."

낯선 이가 말한다. 종업원은 차 두 잔을 가지고 온다.

"왜 거리는 빤히 쳐다보고 있는 거요?"

아무런 대답이 없다.

"좀 당황한 모습으로 이곳에 들어 와서는 거리를 빤히 내다보는 당신을 여러 번 봤소이다."

아무런 대답이 없다.

낯선 이는 웃으면서 말한다.

"당신, 정신이 돈 거는 아니겠지. 정신 나간 사람들은 운전은 하지 않으니까."

그러고 나서 그가 묻는다.

"무언가로부터 쫓기고 있소?"

창백한 얼굴이 남자는 섬광처럼 빠르게 곁눈질로 힐끔 그 낯선 이를 쳐다본다. 그 눈길에 낯선 이는 질문을 반복한다.

"뭘 두려워하고 있소?"

"두려워하는 것 따위 없소이다."

창백한 얼굴의 남자가 고함을 지르며 일어나면서 주먹으로 탁자를 쳐서 차 유리잔이 덜컹거린다. 다시 한 번, 다른 단골손님들이 잠시 동안 이 두 남자를 쳐다본다.

낯선 이는 차가운 미소를 지으면서 얼굴이 창백한 남자에게 앉으라고 권한다.

"진정하시오, 친구! 왜 그렇게 초조해 하시오?"

창백한 얼굴의 남자는 기침을 한다. 손으로 기침을 막아보려고 하면서 거리를 한 번 내다보고는 의자 등을 거리 쪽으로 돌려서 자리에 앉는다.

"훨씬 좋구만."

낯선 이가 말한다.

"애기나 좀 합시다."

"무슨 얘길 말이오?"

창백한 얼굴의 남자가 여전히 떨리는 목소리로 묻는다.

"당신은 누구요?"

"친구요."

창백한 얼굴의 남자가 거리를 보는데 아주 잠시 동안이다.

"당신, 왜 저 낡은 건물을 계속 보는 거요?"

"상관할 것 없소."

"날 친구로 생각하시오. 자, 당신을 두렵게 하고 불편하게 하는 것이 뭔지 얘기해 보시오."

혼란스럽고 두려워서, 창백한 얼굴의 남자는 이 낯선 이가 자기에게 갖고 있는 부정적인 생각을 지워보려고 한다. 그래서 가소롭다는 표정을 짓고 웃음을 거두면서 말한다.

"내가, 무서워한다고! 꿈을 꾸고 있구만."

낯선 이는 고개를 흔들었다.

"아니요, 난 꿈을 꾸고 있지 않소."

그가 말한다.

"두려움이란 우리의 일부분이지. 나도, 예를 들어, 자동차가 날 칠 수도 있다는 두려움 때문에 길 건너는 것을 두려워하고 있소."

그는 차에 '치인다'라는 부분을 굉장히 강조하면서 날카롭게 말한다.

창백한 얼굴의 남자는 처음엔 웃다가 말한다.

"정말! 길도 건너지 못하는 인생은 어떤 인생일까?"

낯선 이는 미소를 지으면서 조용히 말한다.

"아시겠소, 좋은 친구! 나도 당신처럼 두려움에 떨고 있소."

"나는 두렵지 않다고 말했을 텐데."

팔짱을 끼면서 낯선 이가 말한다.

"당신이 두렵지 않다고 합시다. 그냥 걱정이 되는 것뿐이라고 하자고. 그럼 당신이 걱정하는 게 뭐요? 날 믿어요, 당신을 돕기 위해 이 자리에 왔으니까. 날 믿어보시죠?"

창백한 얼굴의 남자는 입술에 침을 묻히고서 낡은 건물과 쓰레기 더미를 응시하며 말한다.

"저 건물 밑에 쌓여있는 쓰레기 더미 보이슈?"

"그럼요, 보이죠. 그 앞을 자주 지나다니거든요."

"날 믿지 않으시는군!"

"날 믿어 보시라니까!"

"그게 내 뒤를 밟으면서 한 달 째 나를 지켜보고 있소."

"누가요?"

"고양이가!"

"고양이가요?"

낯선 이가 놀리듯이 소리를 쳤다.

창백한 얼굴의 남자는 화가 나서 그를 바라본다.

"당신이 날 믿지 못할 거라 내가 말하지 않았소?"

"당신은 믿소, 그런데 난 그 검은 고양이를 본 적이 없어서. 그게 어디에 있습니까?"

"검은 고양이라고 했소? 그게 검은 고양이라고는 말하지 않았는데. 검은 고양이라는 것을 어떻게 알았소?"

"정말 검은 고양이오? 그냥 그럴 거라 생각했는데. 더 이야기 해보시오."

"말했잖소, 그 고양이가 얼마동안 나를 지켜보고 있다고. 그런데 오늘은 저기에 없소. 그게 좀 이상하오."

낯선 이는 차를 마시더니 일어나 몸을 돌려 걸어간다. 창백한 얼굴의 창백한 남자가 그를 부른다.

"어이! 당신 나 못 믿는 거요?"

"당신을 믿으면 내가 미쳤지. 고양이가 당신을 지켜보고 있다고 했소? 당신 어디 아픈 거 아니오?"

"거짓말이 아니오!"

얼굴이 창백한 남자가 말하고 나서 잠시 조용해진다. 그러더니 이내 자신 없는 약한 목소리로 이렇게 덧붙인다.

"나는 무섭소!"

낯선 이는 고개를 끄덕이더니 걸어간다. 얼굴이 창백한 남자는 그의 뒤에 대고 소리친다.

"어딜 가는 거요?"

"화장실! 다시 올 거요."

창백한 얼굴의 남자는 다시 낡은 건물 아래에다 시선을 고정시킨다. 그런데 쓰레기 더미 사이에서 검은 꼬리가 나타난다. 무서워 죽을 지경이 된 창백한 얼굴의 남자는 몸을 뒤틀더니 눈으로 낯선 이를 찾기 시작한다. 쓰레기 더미에서 검은 고양이가 모습을 드러냈다. 고양이는 빙글 돌더니 멈춰 서서 카페를 똑바로 응시한다. 얼굴이 창백한 남자는 낯선 이를 찾으러 화장실로 달려가지만 소용이 없다. 낯선 이가 밖에서 들어오는 모습을 본다. 그는 낯선 이에게 묻는다.

"어디 갔었소?"

"밖에 나가서 전화 걸었소. 무슨 일이 있소? 왜 그렇게 두려워하는 것처럼 보이오?"

창백한 얼굴의 남자는 낯선 이의 손을 잡고 그를 테이블로 끌고 가 쓰레기 더미를 손으로 가리키며 소리친다.

"봐요! 저기에 그 고양이가 있소!"

낯선 이는 그곳을 바라보면서 비웃으며 말한다.

"어디요? 내 눈에 보이는 건 검은 가방뿐이오."

얼굴이 창백한 남자는 자리에 털썩 주저앉으며 한숨을 짓는다.

"갔소! 고양이가 그곳에 있었소. 날 못 믿겠소?"

"믿지요. 진정하시고, 검은 고양이가 왜 당신을 지켜보고 있는지 그 이유나 말해 보시오."

"나도 모르오! 난 모른다고요!"

"생각해 봐요! 검은 고양이가 왜 당신을 지켜보겠소?"

"그게……"

"뭐요? 말해요."

"그게, 오래 전 일이요. 그렇지만, 아니야, 그럴 리가 없소. 그 두 사건 사이에 연관이 있을 리가 없어……"

그러더니 그는 말을 그친다.

"말해요! 무슨 일이 있었소?"

"그때, 난 철 없는 젊은이었소. 내가 검은 고양이 한 마리를 치었소. 그 전부터 여러 번, 그 고양이를 깔아뭉개고 싶었소. 그랬는데 그 일을 한 거요. 하지만 십년 전 일이오."

낯선 이는 한숨을 쉬면서 말한다.

"하지만 그 사건과 이 검은 고양이하고 무슨 연관이 있다는 거요?"

"나도 모르겠소! 아마도 이 검은 고양이가 내가 차로 치어 죽인 그 검은 고양이 복수를 하려는 걸지도."

"농담 하쇼?"

"아니오. 내가 차로 친 고양이가 검은 고양이었소."

그는 '검다'는 말을 강조하며 말한다.

"무슨 말이요?"

"저건 악령이오."

낯선 이는 벌떡 일어서며 소리친다.

"당신 지금 날 놀리는 거요?"

손님들이 모두 잠시 조용하더니 이내 곧 떠들기 시작한다.

창백한 얼굴의 남자가 속삭인다.

"지금 당신이 날 놀리고 있는 거요."

"생각을 해 보시오, 친구, 생각을 해보시오! 검은 고양이가 일주일씩이나 당신을 지켜보고 있다니."

창백한 얼굴의 남자가 그의 말을 끊는다.

"일주일이라는 것을 어떻게 알았소?"

낯선 이는 어깨를 으쓱하면서 말한다.

"당신이 말했잖소!"

"나는 말하지 않았소!"

"좋아요! 그냥 생각한 거요. 아니면 당신이 이런 상태인 걸 내가 일주일 동안 봐왔기 때문일거요."

창백한 얼굴의 남자는 거리를 내다보면서 말한다.

"좋소! 무슨 말이 하고 싶은 거요?"

"악마들은 검은 개나 검은 고양이 모양으로 나타난다고들 하오."

"그래서?"

낯선 이는 얼굴을 들이 밀고는 창백한 얼굴의 남자에게 조용히 속삭인다.

"당신에게 복수를 하러 그 고양이가 온거요."

얼굴이 창백한 남자는 웃음을 참으면서 말한다.

"말도 안 돼!"

"당신이 재수가 없는 거요! 당신은 이 악마 고양이의 애비를 죽인 거요."

"그게 그 놈의 형제나 자매가 아니라 애비라는 것을 당신이 어떻게 아는 거요?"

낯선 이는 뒤로 주춤하더니 말한다.

"그냥 추측이오."

"추측이라고! 당신, 내게 겁을 주려는 거지?"

"친구, 악령은 언제고 생명이 있는 물체로 변할 수 있소. 인간의 모습도 될 수 있소."

"가시오!"

"진정해요! 나는 가겠지만, 그러나 생각을……?"

"뭘 생각하라는 거요?"

낯선 이는 거리를 가리키며 말한다.

"그 고양이가 지금 어디 있소?"

창백한 얼굴의 남자는 어깨를 으쓱하고 시선을 거리에 고정시킨다.

"나도 모르겠소."

"그 놈은 이곳에 있소."

"이곳에?"

창백한 얼굴의 남자는 자리를 고쳐 앉고서 불안해하며 카페를 둘러본다.

"그렇소, 악령은 사람의 모습으로 변할 수 있소. 저 자가 악령일 수도 있잖소."

낯선 이는 종업원을 가리키며 말한다.

"저 사람을 안지가 수년이 됐소이다."

창백한 얼굴의 남자가 말한다.

"좋아요, 그러면 저기 있는 저 흑인일 수도 있소. 저자도 검잖소, 그 고양이처럼."

창백한 얼굴의 남자는 동의 할 수가 없어 고개를 저으며 말한다.

"아니오, 검은 고양이가 건물 옆에 있는 동안에도 저 남자가 여기 앉아 있는 것을 보았소. 그리고 여기 있는 단골손님들은 다 내가 아는 사람들이오. 낯선 이들도 여기 오기는 하지만."

"나처럼 말이오!"

얼굴이 창백한 남자는 그를 바라본다.

"그렇소!"

창백한 얼굴의 남자 쪽으로 머리를 더 가까이 들이대면서 낯선 이가 말한다.

"나는 왜 검은 고양이가 될 수 없는 거요?"

"농담하쇼!"

얼굴이 창백한 남자는 불안한 미소를 지으면서 말한다.

"검은 고양이가 자기 애비가 차에 치여서 몸이 산산조각 나는 것을 보고, 자라서 애비 복수를 하는 거요."

"그러면 지난 십 년간 당신은 어디에 있었소?"

"당신을 찾고 있었소."

"날 겁주려는 거지!"

낯선 이는 선글라스를 벗고 일어서서 말한다.

"내 눈을 보시오. 고양이 눈처럼 생기지 않았소?"

낯선 이의 눈은 녹색이다. 창백한 얼굴의 남자는 뒤로 물러서서 회의적으로 말한다.

"우리 할머니 눈도 녹색이었소. 우리 할머니는 고양이가 아니었소."

낯선 이는 안경을 다시 쓰고 일어서며 말한다.

"다시 오겠소."

"어디 가는 거요?"

"화장실."

창백한 얼굴의 남자는 낯선 이가 화장실로 가는 모습을 지켜본다. 담배에 불을 붙이고 종업원에게 마실 것을 가져다 달라고 말한다. 다시 창문을 보려고 머리를 돌리는데 낡은 건물에서 검은 고양이가 그를 쳐다보고 있는 모습이 보인다. 그는 두렵지만 재빨리 어찌어찌 두려움을 숨긴다. 그는 화장실 입구를 바라보면서 낯선 이가 나오길 기다린다. 그는 다시 고양이를 보고 화장실 문을 보고 또 다시 고양이를 본다. 그는 눈을 반짝이며 혼잣말을 한다.

"이게 말이 돼?"

종업원이 그의 앞에 차를 한 잔 갖다 놓으면서 묻는다.

"저에게 말씀하셨어요?"

대답이 없자, 종업원은 다른 종업원에게 손으로 이 남자가 미쳤다는 손짓을 하면서 물러난다. 얼굴이 창백한 남자는 다시 혼잣말을 한다.

"그 낯선 남자가 고양이일 수 있을까? 그 남자가 자리를 뜰 때마다 고양이가 나타나는 것은 어떻게 된 거지?"

그는 쥐새끼처럼 숨을 죽이고 고양이를 바라본다. 겁에 질린 그는 스스로에게 묻는다.

"그런데 그 남자는 어떻게 나한테 차가 있다는 것을 알지? 어떻게 내가 그 고양이를 두려워하기 시작한 게 일주일 전부터라는 것과 그 고양이가 검은 고양이라는 것을 알지? 그 낯선 이가 나를 알고 있는 것 같아. 나한테 말할 때, 나한테 치인 고양이가 이 고양이의 애비라는 것을 꽤 확신하는 것 같던데."

고양이는 여전히 그곳에 서서 그를 바라보고 있다. 그는 화장실 쪽을 바라보면서 혼잣말을 한다.

"반시간 동안 이 남자는 화장실을 두 번이나 갔어. 이건 말이 안 돼지! 게다가 처음 나타날 때도 거리에서 들어 왔어. 아!"

그는 조용해진다.

그는 눈을 반짝이기 시작하고 스스로에게 묻는다.

"그 남자가 고양이일 수 있을까? 그의 눈도 녹색이야."

창백한 얼굴의 남자는 자기 앞에 앉았던 남자의 눈이 서서히 자기 쪽으로 움직여 와 자기를 둘러싸는 모습을 상상한다. 그런 상상을 하다가 벌떡 일어서서 소리를 친다.

"그 놈을 죽일 거야!"

얼굴이 창백한 남자의 고함소리에 단골손님들이 깜짝 놀란다. 그는 주머니에서 칼을 빼 들고 밖에 있는 고양이를 보더니 그가 상상한 낯선 이의 눈으로 시선을 옮기면서 소리친다.

"그 고양이도 죽이고, 당신도 죽일 거야."

그는 거리로 뛰쳐나가며 칼을 손에 꼭 쥔 채 낡은 건물 쪽으로 달린다. 그가 달려갈 때 트럭이 그를 쳐서 그의 몸이 낡은 건물 쪽으로 휙 떨어진다.

차들이 끼익 거리며 선다. 사람들이 달려와 그를 둘러싸고 선다. 한 남자가 사람들을 뚫고 들어와서 소리친다.

"저 사람 알아요! 방금 전에 같이 있었어요."

그는 죽었다. 누군가가 그의 창백한 얼굴을 낡은 헝겊조각으로 덮어주는데 그의 눈은 낡은 건물 밑 쓰레기 더미에 고정되어 있다. 검은 고양이 한 마리가 울음소리를 내며 빙글 돈다.

■ 유정화 역

광기로
가는 길

The Path to Madness

만쵸라 에즈 엘딘
Mansoura Ez Eldin

Anthology of the Arabic Short Stories

광기로 가는 길

나는 이웃이 광기의 초기 단계에 접어들고 있음을 지켜보았다. 이 광기는 아침에 쓰레기통을 내놓는 그녀의 힘든 걸음과 같은 속도로, 또한 내 아파트 아래층에 있는 그녀의 집을 지날 때마다 냄새로 날 유혹하는 음식을 할 때 애쓰는 그녀의 태도만큼 진행되고 있었다.

그녀가 그 건물로 들어올 때, 난 서른 초반의 이 여성에게서 어떤 이상한 것도 느끼지 못했다. 활기찬 주부이지만, 자신이 내게 말했던 아홉 살의 큰 아이를 포함해서 세 아이를 돌보는 데 힘겨워하는, 혼자 사는 어머니였다.

내가 일하러 오가다가 계단에서 마주치노라면 매번 그녀는 웃곤 했다. 그녀의 목소리는 아주 작았으며, 작은 얼굴에 어울리는 자그마한 체구를 지니고 있었다. 그녀도 가운과 머리 스카프로 전신을 두르고 있었지만, 나의 머리 스타일이나 옷이나 심지어 향수의 향기에도 칭찬을 아끼지 않았다. 초롱초롱한 그녀의 눈은 "아주 멋있네"라며 무언가 다른 사람과 소통하려는 열정으로 가득 차 보였다.

그녀가 말을 걸어올 때면 난 보통 아주 조심스러워 했는데 나중에는 조심스러워 한 게 죄스럽기까지 했다. 처음부터 난 조심스럽게 이웃 간의 예의 바른 거리감을 두고 있었기 때문이다. 내 삶의 방식에선 주로 나와 공통점이 없는 사람들과 얘기하며 쓸데없는 시간을 보내진 않는다. 다른 사람들에게 나는 집을 단지 잠만 자는 곳으로 보는, 즉 오후 1시에 떠나 한밤중에야 집에 돌아오는 그런 이상한 종류의 여성이다.

남편이나 아이나 아무 가족도 없이 혼자 사는 나와 같은 30대 여성은 흔치 않다. 하지만 이 여성은 이웃들이 내게 갖는 모든 선입견을 기꺼이 무시해 버리는 것 같았다. 난 그녀의 눈 속에서 나와 대화를 원하는 어떤 간절한 열망을 보았다. 우리가 얼마나 다를까도 곰곰이 생각해 보았다. 그녀에게 나는 아마 이방인과도 같았다. 즉 집을 떠나 멀리 여행할 때 또 다시 만나지 않는다는 생각에 깊은 비밀을 토로하는 그런 낯선 사람과도 같았다.

내가 생각한 그녀는 사실과 다를 수도 있지만 우아하고 자그마한 이 여성이 나에게 하고 싶은 말이 있음은 분명했다.

아이를 혼낼 때 내는 흐느낌과 울음 섞인 그녀의 큰 고함소리는 내게 매우 참기 힘든 것이었다. 계단에서 본 그 부드럽고 연약한 여성이 큰소리를 질러 비번인 날에도 나를 일찍 깨워 아침을 지옥으로 만들어 버리는 이런 히스테리컬한 사람으로 어떻게 바뀔 수 있단 말인가?

언제인지 정확히 기억이 나진 않지만, 그녀가 층계참에 나와서 큰소리로 경비원의 아내를 불러내어 어떤 물건을 사오라고 부탁했다. 이것은 인터폰을 통해서 목소리를 높이지 않고서도, 또한 집을 나오지 않고서도 주문할 수 있는데 말이다.

그녀가 경비원 아내에게 경멸적으로 함부로 말하는 것을 들었을 때 나는 경비원의 아내가 불쌍했다. 또한 내가 아이들을 본 적은 한 번도 없었지만, 그녀가 아이들을 방에 가두고는 문을 두드리며 간청하는 아이들의 요구를 무시한 채 벌을 줄 때면 그들이 불쌍하다고 생각했다.

나는 그녀의 마음을 물을 기다리는 바싹 마르고 건조한 땅으로 묘사하기 시작했으며, 여기서 흐르는 물이란 그녀의 마음이 잠기도록 천천히 스며들어 퍼지는 광기의 물이다. 바싹 마른 땅과 그 땅에서 흘러나온 물에 대한 생각이 나의 뇌리에서 벗어나질 않는다. 계단에서 마주칠 때나 이유 없이 계속 소리를 질러 지금은 쉬어 버린 목소리를 들을 때마다, 나는 그녀 마음속의 갈라진 틈 사이로 광기의 물이 채워지는 걸 보았다.

어느 날 아침, 그녀가 내 문을 두드리는 소리를 듣고 난 놀랐다.

그녀는 밤새 내내 운 것처럼 눈이 충혈 되어 있었으며 정신 나간 모습을 하고 있었다. 문이 열리자 그녀는 내 아파트 내부를 샅샅이 알고 있는 것처럼 곧장 거실로 들어왔다. 난 아직 잠에서 덜 깬 상태였지만 그녀에게 환영한다는 인사말을 건네고 멍한 상태로 그녀를 뒤따라 들어왔다. 내가 그녀 반대편에 앉자, 그녀는 몸을 떨며 방 구석구석을 주시하며 단 둘만 있는지를 예민하게 살피고 있음을 난 알아차렸다. 그녀는 천장과 벽을 세심히 살피면서 내 옆 자리 소파에 앉아, "그렇게 신경 쓰지 마세요. 너무 조심하실 필요 없어요." 라고 속삭였다.

이것에 대해 난 어떤 대꾸도 않고, 그녀를 믿어달라는 애원의 눈빛에 그저 미소만 지었다. 다른 사람들도 그랬듯이 난 그녀가 미쳤다는 사실을 의심하지 않았다. 그녀는 이렇게 계속 살 수는 없다고 했다. 전 남편이 계속 그녀를 따라 다니는데 심지어 침실에서도 감시한다는 것이었다. 그래서 그녀는 가운을 입고 머리 스카프를 쓰고 잠을 잘 수밖에 없다는 것이다. 그녀는 내게 그녀의 아파트로 같이 내려가서 아파트 내부 코너에 설치한 몰래 카메라를 보라고 말했다. 그녀를 따라가고 싶어졌다. 아파트 문에 이르자 그녀는 쉿 하며 아무 말도 하지 말라고 했다. 그녀가 살금살금 발끝으로 걸어 들어가자 난 그녀 뒤를 따라 들어갔다. 그녀의 집은 가구며 커튼 색이며 심지어 벽 무늬 등 여러 면에서 내 집의 복사판이었다. TV에 커버가 있었는데, 그것도 내 것과 같았다. 내가 무엇을 생각하고 있는지 나도 몰랐다. 난 아주 불안했고 공포감이 내면에서 생기기 시작했다. 그녀의 아이들이 어디 있는지 보려고 난 주위를 두리번거리며 살펴보았다. 하지만 아이의 흔적은 어디에도 없었다. 난 그녀와 함께 방방마다 들어가 보았으며 그녀는 몰래 카메라와 녹음기를 가리켰다. 말썽꾸러기 세 아이의 흔적을 찾아내는 것이 나의 관심사였다. 그녀가 잠시 내게 화장실을 사용할 시간을 주었을 때, 난 그녀의 침실에 몰래 들어갔다. 큰 녹음기와 그 옆에 쌓여 있는 녹음테이프를 봤다. 주저 없이 녹음기 안에 있는 테이프를 꺼내 그것을 옷 안에 넣고 문을 향해 걸어 나왔다.

내 아파트에 다시 들어와서 그 녹음기를 틀었다. 이따금씩 문을 차며 밖에 나가게 해 달라는 아이들의 목소리가, 때로는 침묵 사이로 흘러나오는 아이들의 놀고 있는 큰소리가 들리기도 했다. 이것은 이웃의 아파트에서 들려온 익숙한 소리이다. 하지만 그녀 자신의 목소리는 들리지 않았다. 아마도 그녀가 녹음기를 튼 상태에서, 그 위에 자신의 목소리를 실었을 것이라고 생각했다. 내가 볼 수 없었던 그 세 명의 아이는 어디에도 보이지 않았다. 내가 그들에 대해 아는 것이라고는 우리가 아래층에서 만날 때마다 이웃과 나눈 몇 마디의 말, 그녀가 아이를 위해 준비한 맛있는 요리 냄새와 혹은 세탁실에 걸어놓은 아이들 옷, 그런 것뿐이었다.

난 그녀에게 언짢은 기분이 들어서 어떤 구실을 찾아 다음날 그녀를 방문하기로 했다. 그녀는 남편 대신 나를 감시인이라고 생각할 지도 모르지만, 특히 내가 갑자기 그 집을 마지막 나오면서 그녀가 편집증으로 고통 받고 있음을 감지했지만 난 그녀를 방문하기로 했다.

다음날 아침 나도 몰래 아파트 위층 집 앞에 내가 서 있었다. 세 번이나 가볍게 문을 두드렸다. 면으로 된 평상복 차림을 한, 따스하고 부드러운 미소를 띤 50대 여성이 문을 열어 주었다. 난 그녀에게 내 이웃에 관해 물었다. 그런데 그녀는 내 이웃의 이름을 모르고 있음이 분명했다. 나는 그녀가 어떤 사람이라고 간신히 묘사하면서 그녀가 이 아파트에 살고 있노라고 말했다.

이 나이든 여자는 여기에서 대학생 딸과 10년이나 살았으며, 따라서 내가 지금 무슨 말을 하는지 모르겠다고 말했다. 그녀는 나에게 짜증을 내다가 거의 의심의 눈빛까지 주었다. 난 당황해서 그녀에게 사과를 하고 그곳을 나왔다.

내 아파트 위층에 또 다른 이상한 여성이 살고 있었는데 전혀 말을 나누진 않았지만 계속 살펴보게 되었다. 나는 그녀는 이런 저런 일로 항상 급히 서두르며 그 건물 계단으로 걸어가곤 했다. 그녀는 쫓기고 있는 사람처럼 계단을 급히 올라갔다 내려갔다 했다.

그녀는 서른 살쯤 된 날씬하고 작은 얼굴을 하고 있다. 머리는 어깨까지 길게 드리워져 있었다. 아주 짧은 옷을 입고 매우 높은 구두를 신고 다녔다. 그녀에게 문제가 있다는 걸 알게 된 후로 그녀에게 가까이 가지 않으려고 최선을 다했다. 나는 그녀가 혼자 말을 하고 다니는 모습도 종종 보았다. 나는 그녀를 만날 때마다 “안녕하세요”라고 인사했지만 그녀는 나를 거들떠보지도 않고 건성으로 인사를 받았다. 또한 무언지 알 수도 없는 말을 계속 횡설수설하곤 했다.

그녀는 다른 이웃들과 다르지 않다. 약간 정신이 나갔지만 다른 사람을 괴롭히지도 해를 끼치지도 않는 한 문제가 되지는 않는다. 하지만 그녀의 아파트에서 나오는 계속되는 시끄러운 소음 때문에 난 매우 화가 나기 시작했다. 그녀가 혼자 산다는 걸 알고 있다. 하지만 어린 아이의 울음소리, 서로 싸우는 소음, 아이를 벌주고 고함치는 엄마의 목소리—이것이 문제가 된다.

나는 그녀의 아파트에서 계속 들리는 큰 소음이 이웃에게 방해가 된다고 경비원에게 불평하면서, 이것을 그녀에게 말해 달라고 부탁했다. 그런데 난 큰 충격을 받았다. 경비원은 화가 난 어떤 이웃이 내가 말했던 거와 똑같은 소음이 내 아파트에서 난다며 불평을 했었다고 말해서였다.

어느 날, 이 소음 때문에 잠을 잘 수 없다고 그녀에게 고민을 말하기 위해 위층으로 막 올라 가려는 찰라 아파트 문을 두드리는 소리가 들렸다. 바로 그녀가 서 있었다. 그녀는 가운을 입고 머리 스카프를 쓴 야윈 여성이 내 아파트 안에 산다고 하면서 이 여성에 대해 내게 물었다.

그녀가 이런 무시무시한 말을 하자 난 아무 말도 할 수가 없었다. 이제 내 눈앞에 검은 가운을 입고 머리에 스카프를 한 여성이 보였다. 사실 그녀가 나의 이웃과 약간 닮기는 했다. 그들이 쌍둥이나 그쯤 된다는 생각이 들었다. 그러나 그 문지기는 그들 둘을 한 번도 본 적이 없다고 말했다. 그는 그들이 아마 똑같은 사람일지 모른다고 말했다.

나는 마음을 진정시키고 그건 바로 나와 내 딸이며, 여기 10년이나 살았으며 따라서 그녀가 말하는 그 여성에 대해서는 아무것도 모른다고 말했다. 이 말을 듣고 그녀는 매우 놀라는 것 같았다. 그리고 내게 더 많은 질문을 하려고 했지만 내가 다정한 미소를 띠며 문을 닫으려 하자 이 이야기만 듣고 가 버렸다.

누가 나를 이런 무서운 곳, 병원에 데려왔는지 알 수가 없다. 하지만 검은 가운을 입은 얼굴이 작은 미친 여성이 내가 여기 온 것과 어떤 관계가 있거나, 혹은 그녀가 아니라 그녀의 아파트에 사는 내가 본 그 50대 여성이 관계가 있을 수 있다는 생각이 들었다.

난 집과 일터로 되돌아가길 원한다. 다음부터 난 어떤 사람도 괴롭히지 않을 것이며, 잘못된 것은 시작도 않을 것이다. 소음을 낸 문제의 사람이 내 아파트 위층에 사는 미친 여성이라고 사람들에게 말할 때 왜 사람들은 내 말을 믿지 않는 것일까? 사람들은 내 가방 속에서 그 미친 여성의 옷과 아이들의 옷을 발견했다고 해도 어떤 것에서도 그것을 증명할 수가 없을 것이다. 그들은 나의 말을 믿어야 한다. 나를 미쳤다고 생각한 사람들은 그녀의 전 남편에게 전화를 할 수도 있다. 그에게 아이의 양육권을 주라고. 하지만 전 남편은 미친 사람은 내가 아니라 그녀라고 사람들에게 말해 줄 수 있을 것이다.

■ 김진옥 역

대추야자 나무를 보았네

I Saw the Date-palms

라드와 아슈르
Radwa Ashour

Anthology of the Arabic Short Stories

대추야자나무를 보았네

기나긴 겨울이었다. 나는 더 이상 기다릴 수가 없었다. 낡은 외투를 걸치고는 머리에는 모직 스카프를 두른 채 밖으로 나갔다. 길 몇 개를 가로질러 나무가 있는 곳에 도착하자 나는 나무 한 그루 한 그루를 꼼꼼하게 살펴보았다. 마른 가지에서 아무 것도 찾아내지 못하자 손을 뻗어 조심스럽게 가지를 만져보았다. 이따금 손이 멎을 때는 내 심장박동이 빨라지는 것을 느꼈지만, 이내 내가 찾아낸 것이 정작 내가 원하던 것이 아니라 단지 마른 가지에 생긴 옹이라는 것을 깨달았다. 하지만 나는 기필코 동그랗고 딱딱한 작은 꽃눈을 찾을 수 있으리라고 자신했다.

색만 봐서는 처음에는 속기가 십상이다. 그저 아무 것도 아니라는 생각이 들지만 자세히 살펴보면 꽃눈이라는 것을 알게 된다. 잿빛 색깔도 실은 잿빛이 아니고 마른 촉감도 실제는 마른 것이 아니다. 계속 지켜보고 있노라면 꽃눈이 점점 커지면서 마침내 당신을 맞이하기 위해 슬며시 눈을 뜬다.

동료 한 사람이 이런 내 모습을 발견했을 때 나는 꽃눈이 개화하는 것을 살피고 있었다.

"파지아, 모두 추워서 집에 처박혀 있는 이 엄동설한에 이 바깥에서 뭐하고 있어요?"

그가 물었다.

"꽃눈을 보고 있어요."

내가 대답했다.

"세상에, 파지아, 정신이 나갔군요!"

그는 내게 농담 투로 말했다. 웃는 투의 목소리와 눈길에 담겨있는 따스하고 다정한 표정을 난 알고 있었다.

하루 종일 꽃눈을 살피다가 결국 실패한 채 집으로 돌아오면서, 나는 내게 이렇게 물었다.

"얼마나 더 있어야 하나?"

그때 문득 파티마 숙모가 내게 주려고 고향에서 가져온 선인장이 생각났다. 현관 앞에 선인장을 놔두고는 그만 깜박하고 있었던 것이다. 몇 달 동안 물을 안 주었으니 분명 죽었겠거니 하고 생각했다. 어쨌든 가서 살펴보았더니, 흙이 완전히 말라붙고 바닥에 금이 가 꼭 마른 원두커피 같은 색을 하고 있었다. 선인장은 바짝 마르고 노르스름한 색을 띠고 있었지만 그래도 뭔가가 새롭게 자라고 있었다. 뾰족한 선인장 끝이 아직 죽지 않은 채 본가지에서 삐죽 나와 가늘게 아래로 뻗고 있었던 것이다. 아직 녹색을 띤 채 뻗고 있는 숙모의 선인장에 나는 즉시 물을 주었다.

나무 심기를 좋아하게 된 이후, 나는 계속 화분이나 빈 통, 아니면 유리잔에도 무언가를 심기 시작했다. 심을 수 있는 것은 모두 흙으로 채웠다. 꽃씨를 적당히 심거나 아니면 어린 순을 흙에 고정시키고는 물을 주었다.

그때만 해도 내가 정상이 아니라는 말은 듣지는 않았었다. 하지만 그 후 그런 말이 들렸고, 특히 사촌오빠가 죽었다는 소식을 전해 들은 그날 나는 그런 말을 들었다.

"파지아, 사촌오빠가 죽었어."

"죽었다고?"

나는 같이 조문을 가자고 하면서 사람들에게 잠시만 기다리라고 했다. 그들은 내가 쭈그려 앉아 화분에 흙을 채우고는 나륵풀 새순을 심는 모습을 지켜보았다. 나는 새순과 흙이 잘 뒤섞이라고 연신 손으로 누른 다음, 새순을 바로 세웠다. 그리고는 그 위에 물을 흥건하게 부었다.

"자, 이제 가세요."

나는 사람들이 애석해하며 손뼉을 치고 가엾게 여기는 표정을 짓는 것을 보았다. 사람들은 내가 꽤나 이상하게 행동한다고 생각했다. 나는 그들이 "파지아가 결국 미쳤구나. 하나님, 제발 그녀를 구해주세요!" 하고 떠드는 소리를 들었다. 사람들이 왜 그렇게 말하는지 나는 정말 이해할 수 없었다. 게다가 그 중 한 명이, "파지아가 꽃으로 집을 꾸미는 갑부들을 흉내낸대요!" 하며 떠들어대는 것을 듣고는 상당히 놀랐다.

그렇게 말한 사람이 우리 마을 출신이었다는 사실에 나는 더 놀랐다. 우리가 원래 농부였다는 것을 그도 알고 있었다. 이집트의 상류 계급 사람들은 땅을 경작하기 위해 들판에 나가지는 않지만 주로 농업으로 먹고 살았다. 땅을 가는 것을 보면서 태어나고 죽을 때도 이를 보면서 눈을 감았다. 시골에 있던 우리 집 지붕 위에도 박하나무가 심어져 있었던 게 생각난다. 집안에는 선인장이 있었고 문 앞에 대추야자나무가 있었다. 돌아가신 아버지가 대추야자는 축복 받은 나무라고 말씀하셨던 것이 기억난다. 알라신께서 이것으로 사람들에게 은총을 베푸셨고 코란에서 이 나무를 언급함으로써 축복을 내리셨다고 했다. 아버지는 선지자 마호메트께서 "너의 고모인 대추야자나무에 경의를 표하라"고 명했다고 했다. 선지자께서 대추야자나무를 두고 '고모'라고 부른 이유는 아담을 창조하신 후 남은 여분의 흙에서 이 나무가 창조되었고 그 형상이 사람을 닮았기 때문이라고 설명했다. 이들은 암수나무로 창조되어, 높고 곧게 뻗으며 마치 사람들의 머리 모습처럼 꼭대기에 야자열매를 맺는다는 것이다. 사탄이 이 부분에 상처를 주면 대추야자는 시들어 죽고 만다고 한다.

아버지는 대추야자나무를 오빠가 관리하게 했고, 어머니는 내게 집 안팎을 쓸고 닭모이를 주고 매일 아침 박하나무에 물을 주는 일도 맡겼다. 학교에 가기 전에 이러한 일을 하느라 나는 항상 서둘러야 했다. 그러다가 깜빡 물주는 일을 잊기라도 하면 어머니는 성을 내시면서 목청껏 나를 꾸짖으셨다.

"얘야, 창피한 줄 알아라, 이건 나쁜 징조야! 알라신이시여 남편에게 장수를 허락하시고 집안의 번성을 허락해 주소서."

하지만 신께서는 두 분의 수명을 연장해주시지 않으셨고, 심지어 남자 형제 둘도 카이로로 이사해 정착한 다음 세상을 떠나는 바람에 나는 마치 나무에서 떨어져 나간 가지처럼 고아 신세가 되고 말았다. 그후로 나는 박하나무와 선인장, 대추야자나무 등 모든 것을 다 잊고 지냈다.

그러다 하루는 아버지의 여동생인 파티마 고모가 나를 찾아왔다. 그녀는 나를 껴안고는 선인장도 말라 죽고 가문의 영광이 사라지고 몰락한다며 흐느껴 울었다. 눈물을 멈춘 후 아시우티 방석에 가부좌를 틀고 앉더니 고모는 가지고 온 상자를 열었다.

"내가 구운 빵이랑 네 아빠의 대추야자나무에서 따온 열매를 가져왔단다. 그리고 집에 있던 선인장 한 뿌리를 가져왔으니 네가 기르도록 해라."

선인장을 내게 건네주시면서 여전히 눈물을 글썽거리시던 고모는 이렇게 말했다.

"우리 집 선인장은 내가 결혼해 남편 집으로 들어갈 때 어머니께서 자기 선인장을 잘라 주신 것이다. 그러니까 네 할머니의 선인장이고, 더 나아가면 할머니께서 다시 할머니의 할머니에게서 받은 선인장이란다. 파지아, 내 딸아, 알라께서 네 집을 번성하게 축복해 주실 거다."

고모님이 나를 일깨워주신 것이다. 이런 기억이 떠오른 다음부터 나는 나무를 심기 시작했다. 사람들은 내가 정신이 나갔다고 떠들어댔다.

사무실에서도 사람들이 내 뒤에서 수군거리는 소리가 들렸다. 한번은 동료 한 명이 내게 이렇게 말했다.

"파지아, 손 좀 보자."

나는 그녀가 내 손톱 밑으로 보이는 까만 때 같은 것을 두고 말한다는 것을 알았다.

"이건 때가 아냐. 나무 심다가 낀 흙이야."

그녀는 내 등을 토닥거리면서,

"어울리지 않잖니. 공무원 신분과 전혀 어울리지 않아."

내가 나무를 키우는 것이 왜 동료들의 기분을 언짢게 했는지 난 도무지 이해할 수 없었다. 우리가 근무하는 곳은 분위기도 어둡고 낡은 건물이었다. 벽에서는 항상 페인트가 떨어져 나가고 구석마다 거미줄이 쳐있고 벌레들이 둥지를 틀곤 했다. 쥐새끼들이 굴까지 파놓았는지, 저녁이 되면 쥐들이 굴에서 나와 밤새 아무도 없는 사무실을 돌아다녔다. 매일 아침 나는 쥐새끼들이 내가 보관하고 있는 종이 서류를 갉아먹지 않은 것을 고마워했다. 이 서류들은 다 낡아빠져 원래의 색깔마저 알 수 없는 나무 선반 위에 놓여 있었다. 우리가 그저 정원이라고 부르는 건물 정면을 따라 길게 나있는 네모난 공간은 하수구에서 넘쳐 난 찌꺼기들로 범람하고 있었다. 우리는 정문 앞까지 징검다리처럼 놓여 있는 다섯 개의 돌을 조심스럽게 건너야만 건물을 드나들 수 있었다.

내가 동료들과의 관계를 소홀히 한 것도 아니었다. 이러한 사무실 상황을 알게 된 후, 나는 집에서 인도재스민 나무 세 그루를 심고 정성껏 키우다가, 나무들이 자라 잎이 무성해졌을 때 이들을 사무실로 가져와 건물의 발코니 공간에 나란히 놓았다. 하지만 동료들은 재스민의 아름다운 모습에는 관심을 보이지 않고, 단지 내 손톱에 낀 흙에만 관심을 보였다. 이들은 재스민의 꽃망울에는 전혀 관심이 없었다.

사무실에서도 사람들이 나를 이해하지 못했지만 이는 동네에서도 마찬가지였다. 나는 사람들이 "마치 금화라도 되는 냥 대추야자 씨앗에 몰두하는 미친 파지아" 하며 떠드는 소리를 듣곤 했다. 내 행동이 이들을 놀라게 한다면 나 역시 이들의 모습에 놀란다. 사람들은 대추야자를 먹고 씨앗을 뱉을 때, 멀리 내뱉거나 손에 뱉은 후 다시 팔을 힘껏 돌려 멀리 집어 던지거나 한다. 하지만 나는 즉시 달려가 얼른 씨앗을 집어서는 주머니 깊숙이 집어넣는다. 집에 와서는 젖은 솜조각에 씨앗을 놓고는 사오일 정도 기다린다. 매일 정성껏 키우다보면 씨앗이 서서히 부풀면서 부드럽게 자라는 모습을 생생하게 볼 수 있다. 그러면 즉시 이것을 흙에다 묻고는 물로 축여준다. 그리고는 기다리기만 하면 된다.

집에 공간이 더 있었으면 좋겠다는 생각도 했다. 집이 땅으로 둘러싸여 나무를 키울 수 있었으면 하고 원하기도 했다. 방 한 칸과 작고 좁은 발코니밖에 없어 내가 키우는 것들을 위한 공간이 되지 못하는 게 나를 슬프게 한다. 발코니 벽에다가 화분을 내놓곤 했는데, 거리에 있던 아이들이 돌을 던지는 것을 보고는 그만 두기로 했다. 화분이 깨지고 심은 새순이 부러져 잎이 시든 것을 처음 발견하고는 나는 곧장 아이들 짓이라고 생각했다. 하지만 그 후 나는 '남에 대해 조금이라도 사악한 것을 생각하는 것 자체가 죄'라는 속담을 나 스스로에게 되뇌었다.

하지만 이러한 일이 또 발생하자 아이들에 대한 내 의심에 더 확신이 갔다. 하얀 치즈나 올리브를 보관하는 정도로 큼지막한 통 한두 개를 들고 집으로 돌아올 때 아이들이 나를 귀찮게 하는 모습을 보고는 내 의심이 맞았다고 생각했다. 야채상인 암 밋왈리가 통을 주곤 했는데 나는 이것을 화분으로 사용했다. 하지만 내가 가게에서 향기 나는 비누나, 은빛 색깔의 수입 치즈, 금색 화장옷 등을 사지 않자, 이런 것들이 너무 비싸고 내 수입이 너무 적어 그 누가 팔더라도 살 능력이 없다는 것을 분명하게 말했음에도 불구하고, 짜증이 났던지 암 밋왈리는 더 이상 내게 통을 주지 않았다.

그에게서 통을 받아 집으로 돌아올 때면 아이들이 내 뒤를 따라오면서 장엄한 종소리 같은 소리를 내며 행진곡을 부르곤 했다.

미친 여자가 손에 통을 들고는
집으로 돌아온다네.
머리도 비었고,
정신도 나갔다네.
가짜 머리에다 마음은 빈 통 같다네!

이런 짓거리는 나를 슬프게 했다. 나는 목이 메어 울고 싶은 심정이었다. 하지만 꾹 참고 대신 거리에 떨어진 돌을 집어서, 욕을 해대면서 아이들에게 던졌다.

이러다가 하루는 술레이만의 엄마라는 사람 – 금니를 한 뚱뚱한 여자 – 이 별안간 내게 다가오더니, 펑퍼짐한 엉덩이 위에 손을 걸치고는 내 앞을 가로 막고 섰다.

"술레이만 어머니, 미안합니다만 애들을 해치려는 게 아닙니다. 댁의 아들인 술레이만과 몇몇 애들이 나에게 욕을 하고 모욕을 주는데다가 어제는 앞문 옆에 놓아 둔 화분마저 부쉈답니다."

나는 내 입장을 옹호하려고 이렇게 말했다.

그녀의 웃음소리에 흠칫 놀라긴 했지만 나는 계속 말했다.

"어머니께 술레이만을 돌보고 보호할 의무가 있다는 건 알겠어요. 하지만 저 역시 화분을 돌보고 보호해야 할 입장이랍니다."

그녀는 눈썹을 움찔 하더니만, 신경질적인 목소리로 내게 소리쳤다.

"당신 나무의 탄생을 정말 축하해요! 오래 사시면서 쑥쑥 더 낳길 바래요!"

그리곤 등을 돌리더니, 무서울 정도로 큰 웃음소리와 함께 이내 사라져버렸다.

내가 불만을 토로할 수 있는 유일한 사람은 무하마드 씨였는데, 그는 육묘실에서 일하면서 일터에 있는 나무 오두막집에 살고 있었다. 처음 서로를 알게 되었을 때 나는 그를 무하마드 아저씨라고 불렀고 그는 고인이 되신 내 아버지 아마드의 이름을 따라 나를 아마드 양으로 불렀다. 세상이 나를 몰아세울 때 나는 그를 찾아가서 말을 나누곤 했다. 이번에는 찾아가 술레이만 어머니에 대한 불평을 털어 놓았는데, 그는 그녀가 내게 모욕을 준만큼 똑같이 그녀에게 욕을 해대라고 조언했다.

나는 그에게 "해볼 게요"라고 답하고는 집으로 돌아왔다. 하지만 과연 그렇게 할 수 있을지는 나도 의문이었다. 술레이만의 엄마에게 너무 겁을 먹었는지 반짝반짝 빛나는 금니를 드러낸 채 오랫동안 무섭게 나를 쳐다보며 비웃는 그런 모습으로 내 꿈에 나타나곤 했기 때문이다. 날 비웃는 그녀를 보는 꿈은 이내 악몽으로 변했다.

하지만 모든 꿈이 악몽이었던 것은 아니다. 마음이 평온할 때는 들판을 보게 되고 그러면 아름다운 꿈들이 그러하듯이…… 총천연색으로 꿈을 꾸게 된다. 호밀밭을 볼 때면 마치 순금 색으로 보이면서 자줏빛 붓꽃 색을 띤 바다에서 호밀이 너울대며 고개를 숙였다가 다시 고개를 들곤 했다.

옥수수 들판을 보는 날에는 옥수숫대가 벌써 익어 와인처럼 붉은 색을 띠었다. 초록색 들판이지만 마치 홍수가 시작되기 직전 침적토양으로 덮여있는 9월의 나일강처럼 불그스레한 색으로 보였다.

오렌지나무 밭이 꿈에 등장할 때는 오렌지가 매달린 나무들이 마치 내 고향 마을 여자들처럼 조그맣고 통통해 보였다. 오렌지나무의 푸른색 가지와는 대조적으로 오렌지가 자태를 뽐내고 있었고 푸른 빛 가운데 태양빛이 오렌지를 빛내주고 있었다.

나무가 아직 땅위로 모습을 드러내지 않았을 때 나는 씨를 품고 있는 축축하고 마른 대지가 검은 색으로 펼쳐져 있는 모습을 본다. 씨 가운데에는 어느새 껍질을 깨고 파란 싹을 드러낸 것도 있다.

꿈속에서 딱 한번 이른 아침의 대추야자 숲을 본 적이 있다. 이제 막 해가 떠오르려 하고 붉은 수평선이 적갈색으로 물들 때 대추야자나무가 여러 그루 높이 솟아 있는 것을 보았다. 그 가운데에서 나는 우리 가족의 얼굴들을 볼 수 있었다. 아버지와 어머니, 고모와 사촌오빠의 모습이 보였다. 이들은 얼굴빛이 푸른데다 야자 잎의 창백한 빛을 띠고 있었다. 하지만 이들이 나무 뒤에 서 있는 것인지 아니면 나무가 이들 뒤에 있는 것인지는 분명치 않았다. 그때 부드럽고 따스한 목소리가 들려 왔는데, 마치 새벽 기도 전에 코란을 낭송하는 소리 같기도 하고, 아니면 무언가 내가 전혀 알지 못하는 소리처럼 들렸다. 하지만 이 소리는 동트기 직전 대추야자나무숲으로 울려 퍼졌다. 나는 스스로에게 이렇게 말했다.

"파지아, 이제 다 왔으니, 준비해야지."

그러다가 잠에서 깨었다. 눈을 떠 사방을 둘러보니 낡은 벽에 걸려 있는 그림만 눈에 들어왔다. 분명 꿈이었다. 눈물방울이 내 눈가를 적셨다. 나는 힘을 내 자리에서 일어났다.

오늘은 동네 여자 한 사람이 나를 찾아 와서는 발코니에 있는 화분을 보았는데 그 모습이 아름답다고 전해 주었다. 그녀는 수줍은 얼굴로 화분 키우는 법을 알려줄 수 있겠냐고 물었다. 나는 그녀에게 어떻게 키우는지를 알려 주면서 내가 심은 박하 나뭇가지를 주었다. 그리고는 같이 앉아 함께 이야기를 나누었다.

■ 윤교찬 역

사랑의 끝

The Lover's Ending

하셈 가라이베

Hashem Gharaibe

Anthology of the Arabic Short Stories

사랑의 끝

솔로몬은 새들을 조사하고 말했다. "후투티 새는 어디에 있느냐?
보이지 않는구나. 만약 이유를 제대로 대지 못하면
엄벌에 처하든가 죽이든가 하겠다."
(코란 *Qur'an*, 27장, *개미*, 20-21절)

시간이 시작된 이래로 늘 그래왔다. 흔히 나는 우리 집 안에서 태어났고 모든 위대한 것들이 그러하듯 나도 지루하고 반복적인 순환을 통해 다시 태어난다. 조심성 있는 나는 나의 집과 함께 태어났다고 말하련다. 나, 내 부모, 내 형제자매 모두 동시에 태어나 함께 컸다. 때가 될 때까지.

내 세계에서는 남성과 여성의 구별이 아무런 의미가 없다는 점을 확실하게 하고자 한다.

때가 되면 나는 항상 그 이상도 그 이하도 아닌, 있는 그대로의 원 조상의 모상과 전형으로 나타난다. 나는 매 계절 싫증내지 않고 내 존재를 반복한다. 이런 일이 일어나기란 결코 쉽지 않고 또 우연히 일어나지도 않는다. 비록 내 말이 그렇게 들릴지라도. 살면서 어려움은 항상 생기고 고통은 내 존재와 나의 거듭남을 확실히 하기 위해 치러야 할 대가인 것이다. 나는 어려움을 씹어 삼킨다. 무수히 많은 위험도 견뎌낸다.

일은 흔히 상황이 어려울 때 생긴다…… 사실 상황은 늘 어렵다. 나는 내 동료들이 혐오스러운 쥐의 이빨에 갉아 먹히거나 아름다운 새의 부리 안으로 사라지는 것을 본 적이 있다. 상황은 더욱 악화되었다. 토양과 기후는 점점 더 견딜 수 없게 되어 존재를 상실하고 결국에는 무가 된다.

나는 부드러운 밀 이삭 껍질에 싸인 채 대개 내 동료들과 함께 태어나 내가 내 하늘이라 부르는 것 아래에서 머문다. 내 위치에서 보는 하늘은 빛나는 보라색이다. 작은 하늘 아래에서 나는 기지개를 편다. 하늘의 보살핌에 내 자신을 맡기고 나는 성장한다. 그러고 난 후 나는 하늘이 말라가고, 갈라지고 자신을 파괴하는 것에 연민을 느낀다. 이로써 나의 장식은 완성되고, 약속된 그날, 즉, 내가 완성되는 존재의 그날, 고결한 조상의 모상이 완벽하고 아름다운 모습으로 부활되는 그날을 준비한다.

엄마에게 머리를 기대고 어깨에 달라붙어 있는 어린 아이처럼,

내가 장소와 사람들로부터 끌려나오거나, 장소와 사람들이 나로부터 도망쳐 순식간에 과거와 역사가 되어 버린다. 그렇지 않고서는 그런 장소와 사람들을 보지 못한다. 따라서 나는 사물들을 직시할 수 있는 기회를 갈망한다. 살아 있는 순간을 대담하게 맞닥뜨리거나 포착할 수 있는 순간을 갈망한다. 바로 이것이 내가 세상과 관계를 맺어 온 방식이다. 이것이 바로 고개를 꼿꼿이 세워 세상과 대항하고 나를 보호하기 위해 추위와 바람에 맞서는 나의 유모인 녹색 고치와 나의 관계다. 그러면 내 하늘은 타는 듯한 태양의 열기를 걸러 온화하게 해주는 황금빛 껍질이 되어 내가 알지 못하는 세계로 나아갈 수 있게 해준다.

나는 역설과 초연함으로 과거를 본다. 흙먼지 날리던 장소를 기억한다. 나는 물방울 하나가 투명한 초록빛 막을 통과하던 것을 기억하고 송곳 같은 추위도 기억한다. 나는 따뜻한 젖 방울을 기억한다.

어느 순간 내가 역사라고 믿는 모든 모상들이 한데 모여 나의 상상력에 불을 놓는다. 상상력은 무한정한 에너지원이다. 상상력은 이전의 나라는 존재로부터 밀고 나오려는 나의 첫 번째 노력에 대해서 보상을 해준다. 이런 방식으로 상상력은 짙은 황금빛 하늘로 장엄한 옷을 짓고자 하는 의지를 내게 가져다준다. 그러므로 나는 내가 성숙한 것을 당당하게 자랑하고, 가슴을 목걸이로 장식하고, 손목을 팔찌로 장식한다. 나는 귀에 사파이어 귀걸이를 하고 눈에 검정색 아이섀도우를 바르고 마침내 나를 완벽히 장식하는 것을 완성하는 순간, 내 주위에는 맹렬한 바다가, 내 안에는 참을 수 없는 열기가 끓고 있음을 느낀다. 따라서 나는 내 세계를 출발해 대지의 문 하나하나를 노크해 지옥 같은 그곳에서 탈출한다. 대지의 수호신은 근사한 잔치를 열어 나를 환영한다. (그들은 이것을 수확의 계절이라고 부른다). 수호신 한 명 한 명이 나의 보석과 장식을 벗긴다. 그 다음엔 내 옷을 벗긴다. 나는 발가벗은 채 대지에 도착한다. 수줍음이 많은 나는 운 좋게 모래 속으로 급히 숨는다. 나는 대지의 습기가 나의 운명을 결정하도록 내 껍질을 벗어 내려놓는다.

운은 늘 내 편이었기에 대지는 수많은 내 종족들이 몸을 웅크려 그들 사이에서 다이아몬드빛 껍질을 감추고 후회 없이 사멸되는 운명을 택하도록 도와주었다. 대부분의 내 형제들은 – 앞서 말한 대로 내 세계에서는 남성, 여성을 구별하는 것이 의미 없다 – 방앗간으로 간다. 그곳에서 그들은 자신들의 존재를 쉽게 상실하고 곡물 가루의 원자로 변신한다. 그다음 그들은 물과 섞인다. 이때 물은 소나기를 맞을 때와 같은 행복감으로 그들을 채워준다. 그들은 그와 같은 완벽한 합일을 기뻐한다. 그러나, 곧 그들은 원자가 어디서 와서 어디로 가는가를 알 수 없게 하는 강력한 불과 맞닥뜨린다. 그러나 그들은 그들의 역할이 끝났음을 기뻐하고, 이 세상 전체를 똑같이 신비스러운 운명을 갖고 있는 수억의 유사한 존재들로 새롭게 만들도록 강제하는 존재의 권력으로부터 해방되었음을 기뻐한다.

그처럼 힘든 시절에, 그들이 수확의 계절이라고 부르는 축제 때 나는 잔뜩 겁을 먹고 나만의 은신처에서 기어 다닐 것이다. 나는 눈을 감고 절대로 뜨지 않을 것이다. 이것은 나와 유사한, 무수히 많은 타인들 속에서 나 자신만의 정체성을 확보하려는 노력이다. 따라서, 이와 같은 단속적이지만 왜곡된 방식으로 나는 내 삶의 얼레를 회복할 수 있을 것이다. 하지만 과거 행복했던 순간들을 회복할 수는 없었다. 그래서 나는 낙담했고 나의 의지는 약해졌다. 그 결과 나는 생각하기를 그만두었다.

나에게는 일어난 모든 것이 모두 역사이다. 내가 현재를 살았다는 일은 존재하지 않는다. 이것은 수천 번의 순환 속에서 반복되었고 이 순환을 중단시키려는 무모한 행동과 역사의 냄새를 바꾸려는 쿠데타는 단 한 번도 일어나지 않았다.

거듭남의 매 순환마다 우리의 여왕께서는 일어나셔서 영원토록 반복되는 곡조를 울리는 나팔을 불어 나를 계속되는 깊은 잠에서 깨우셨다. 나팔 소리는 말한다. "너에게 위험한 임무가 부여되었다. 너희들 젊은 여왕들, 너희들 위대한 엄마들은 잘 알 것이다. 생식능력이 있는 자아에게는 단지 한 가지 욕망만이 있는데…… 그것은 다름 아닌 완벽하게 사라지고픈, 아름답고 창조적으로 사라지고픈 욕망이다. 이런 식으로 사라지게 되면 엄마는 그녀의 껍질 내부에 세계를 저장하고 그녀의 암펙스 녹음기 속에 삶의 비밀을 보존할 것이다…… 그것은 완성이 소멸하는 것이다…… 그것은 우리 종족이 유지되고 승리하도록 하기 위해 자연이 너에게 사라지는 역할과 우리의 완벽한 모상을 재생산하는 역할을 조심스럽게 부여했음을 알게 되는 최종 단계인 것이다.”

내 속의 “나”는 외친다.

“나에게는 이 세상을 완벽하게 할 책임이 없어요……”

그러나 이 소리는 우리 모두가 대지에 묻힐 때 소멸되었다.

나는 젖은 대지를 뒹굴면서 그런 위험한 생각들을 내 속에서 없애려고 노력한다…… 하지만 우리의 여왕은 부활의 나팔을 부셨다. 그러자 생명력이 갑자기 내 몸속을 순환하기 시작했다…… 그리고 나는 이것이 멈추길 얼마나 소망했던가. 내 속에서 없애려고 했던 그 위험한 생각 역시 함께 소생하여 더 강한 악취를 내뿜었다…… 나는 내가 내 종족을 소멸시킬까 겁이 났다. 그래서 나는 혐오스러운 쥐가 나를 갉아먹어 산산조각이 되길 소망하기 시작했다.

2

후투티 새의 말은 이랬다.

아침에 주님께서는 손등에 키스를 하시면서 당신의 생각을 말씀하십니다…… 그리고 우리는 우리의 이름을 말합니다.

주님께는 왕국이 있고 저녁 때 발을 씻을 물이 있습니다.

그리고 우리에게는 물 단지를 운반하는 자가 있고…… 젖은 머리카락이 있습니다.

주님께서 방주 위에서 주님을 찬미하는 자들에게 구명대를 던져 주셨던 그날…… (홍수가 나기 전)…… 저는 거만한 뱃사람이었습니다.

주님께서 순종적인 목동에게 낙인이 찍힌 얼룩빼기 양 떼를 선물하셨던 그날…… (역병이 돌기 전)……, 저는 기적도 행하지 못하는, 동굴 속의 성자였고…… 예언록도 하나 없는 예언자였습니다.

주님께서 친절한 상속인에게 쇠말뚝과 순교자로 표시를 한 넓은 땅을 주셨을 때…… (가뭄 이전)……, 저는 총명한 농부가 아니었습니다.

주님께서 일 년을 여러 계절, 즉, 밀의 계절, 딸기의 계절, 보석의 계절, 돈의 계절로 나누었을 때, ……(일식 이전에)……, 저는 이미 잊혀졌습니다.

주님께서는 감사 기도로 그들을 이끄셨습니다. 주님께서 가슴에 십자가를 그으시고 돌아보신 후…… 내가 도착했습니다……

주님께서는 자신의 법과 명령에 화를 내셨습니다. 제 콧수염 하나를 자르셨습니다. 당신의 이슬과 같은 손에 키스를 하는 축복을 제게 허락지 않으셨고 제 종족이 그들을 따뜻하게 해주는 불을 사용하지 못하게 하셨습니다…… 그래서 불은 꺼졌습니다.

저는 꽃을 올려놓으려고 제 깃털을 펼쳤습니다. 저는 가시와 꽃잎 위에 다 벗은 채 누웠습니다. 저는 '소멸의 향수, 어둠의 잉크, 존재하지 않는 사람들을 위한 기도'와 같은 향수, 잉크, 기도의 지나치게 사용하는 것에 관해 잡담을 했습니다.

3

제철에는 모든 것이 제맛이 난다.

만일…… 지금……. 완성의 즙이 내 혈관 속에 부어지는 그 특별한 순간에, 삶의 바퀴가 계속 굴러가도록 운명이 정해 놓았다면 누가 삶의 바퀴를 멈출 수 있겠는가? 유아기 시절의 초록빛 밀 이삭 껍질이 완성이라는 황금빛 옷과 어우러지는 순간, 나는 내 목소리와 똑같은 신비스러운 목소리가 나를 부르는 소리의 울림을 듣게 되었다.

"나에게는 이 세상을 완벽하게 할 책임이 없어요"……

목소리는 분명했다. 처음으로 나는 시도했다…… 힘이 들었다…… 하지만 밀 이삭 껍질 밖으로 머리를 내밀 수 있었다. 나는 내 유모 쪽으로 등을 돌리고 하늘을 올려다보았다…… 아침 첫 햇살이 내 몸에 닿았을 때 나는 무척 기뻤다…… 더 이상 아이가 엄마 뒤에 있는 것만 보기를 원치 않는다는 것과 자신에게 과거를 펼쳐 보이는 삶의 현장에서 물러서고 싶어 하게 된 것을…… 두려워하지 않았다…… 단지 당황했을 뿐 이었었다…… 이제 그는 자기 앞에 있는 나에게 관심을 가졌다.

그가 내 앞에 있다……

완성의 즙 첫 방울들이 그의 혈관 속으로 부어졌을 때 그의 표정은 밝아졌다.

(내 세계에서는 남성과 여성의 의미가 없다고 앞에서 이미 말하지 않았던가?)

나는 그를 지금 막 보았다.

그는 나를 지금 막 보았다.

그는 나를 정면으로 보았다. 나는 부끄러워하지 않았다. 나는 미소를 지었다.

그 새가 말했다.

"당신은 찬란한 초록빛…… 당신은 젊은 여인이네요."

내가 말했다.

"당신은 멋진 새입니다. 이름이 어떻게 되세요?"

그가 대답했다.

"저는 후투티입니다, 당신의 이름은요?"

내가 대답했다.

"쪄서 말린 후 빻아 밀가루가 될 겁니다."

그가 말했다.

"쪄서 말린 후 빻아 밀가루가 될거라고요?"

내가 설명했다.

"차라리 거의 다 여문 밀 이삭이라고 하는 게 낫겠네요."

새가 웃었다.

"그럼 제가 당신을 편안하게 있도록 해 드리겠습니다."

내가 물었다.

"어디로 날아가시렵니까?"

그가 대답했다.

"바람이 저를 데리고 가는 곳으로요."

내가 물었다.

"저도 데리고 가세요."

그가 대답했다.

"어디로요?"

내가 말했다.

"모르겠어요. 그냥 저를 데리고 가 주세요. 바람이 저를 데리고 갔으면 합니다. 저는 대지의 냄새에 질렸어요."

그가 머리를 내 가까이 대고 속삭였다.

"제가 당신을 입에 물고 모시고 가겠습니다."

부드러운 바람 냄새를 맡고 습기 많은 불빛을 보니 내 기분이 나아졌다. 내 영혼에 불이 붙었다. 나는 그에게 열정적으로 말했다.

"그렇게 해주세요. 당신의 냄새는 저를 취하게 하는군요. 저를 당신의 세계로 데리고 가 주세요."

후투티 새가 말했다.

"당신에게는 따뜻하게 데운 젖…… 불, 어린 시절과 같은 맛있는 것들의 냄새가 나는군요……"

내 안에 있는 거짓 감정의 소리가 들을 수 있을 만큼 큰 목소리로 내가 말했다.

"당신을 사랑합니다."

나는 그의 목소리에 홀렸고 바람과 태양의 냄새에 넋을 빼앗겼다. 나는 취했고 내 집이 협소하다고 느껴지자 마음이 불안해 졌다. 예상했던 대로 초록빛 옷과 황금빛 옷이 서로 스쳐서 주위에서 휙 소리가 났다.

후투티 새가 말했다.

"멋진 음악이네요!"

내가 속삭였다.

"정말로 용감한 표정입니다."

엄마의 젖가슴인 꽃자루에서 떨어져 나오면 나는 갈기갈기 찢어진 것과 다름없게 된다. 나의 심장박동은 거칠어졌다. 내 감정의 정수를 맛보게 된 나는 자신 있는 목소리로 말했다.

"당신을 사랑해요."

내가 이 말을 했을 때 후투티 새는 춤을 췄다. 나도 그를 따라 춤을 췄다. 대기가 춤을 췄다. 꽃자루도 춤을 췄다. 해가 우리에게 윙크를 했을 때 나는 내가 신성화 되어 금방 사라지고 마는 순간이 되었음을 깨달았다.

내 이웃인 사과가 말했다.

"왜 너는 죽음의 길로 서둘러 가는 거니?"

맏언니가 말했다.

"서두를 것 없어, 초록아. 우리 집은 촉촉하고 아름답잖니. 여길 떠나지 마."

나는 뒤를 돌아보았다. 내 집은 따뜻했고 부드러웠다. 내 집은 계속 머무르라고 나를 유혹하고 있었다. 그런 후 나는 태양, 사랑, 바람의 냄새를 향해 돌진했다. 나의 연인은 깜짝 놀라 숨이 멎을 지경이었다.

나의 용기를 시샘하는 성숙한 여인네들이 소리쳤다.

"그것은 죽음이야."

나의 연인은 미소를 지은 후 그들에게 말했다.

"당신들은 불멸과 반복되는 계절을 떠날 수 없습니다."

나는 주저하지 않고 말했다.

"저는 금방 사라져 버리는 순간을 선택했어요. 저는 짜증나게 하는 두꺼비의 역사를 위해서가 아니라 제 비밀을 위해 죽을 거예요."

나는 밀 이삭 껍질을 박차고 공중으로 나왔다. 나는 영원한 젊음과 부주의함의 순간과 끝없는 초록빛을 노래했다.

4

저는 후투티 새입니다. 엉금엉금 기어오는 시간과 성스럽고도 일상적인 삶의 의식에 반항하는 것, 그리고 제가 아닌 모든 것들에 반항하는 것은 제 영혼이 가진 권리입니다. 피곤해질 때까지 의기양양한 바람과 함께 목적도 없이 지칠 때까지 달리는 풋내기와 제가 다를 게 무엇인가요? 그것은 맛볼 수 없는 젖을 찾아 지평선의 구름을 타고 다니다가, 돌아오는 길에 푸른빛 하늘에 젖을 남겨놓은 후 젖이 없어도 불가능을 성취한 것인가요? 그것은 소금을 찾으려고 메마른 대지를 파기 위해 몸을 구부리고 무지개빛 카네이션이 만개하는 것을 기다리나요?

어느 천사가 저로 하여금 그에게 그 맛볼 수없는 젖을 주도록 제게 광채를 제게 되돌려 줄 수 있을까요? 맛볼 수없는 젖의 그림은 이슬을 향한 새의 갈망입니다.

어느 주님께서 제가 주님을 위해 저의 날개로 마루를 문지르고 소금으로 무지개 색깔의 카네이션 꽃을 만들 수 있도록 저의 겸손함과, 노래, 지성, 기도를 되돌려 주실 수 있을까요?

5

나의 연인은 불씨를 훔쳐 와 나를 불붙였습니다.

주님께서 불씨를 거두어 가셨고 끈적끈적한 당신의 발을 닦는 축복을 그녀에게 허락하지 않으셨습니다.

주님께서는 그녀가 제일 잘 추는 춤을 추지 못하게 하셨습니다.

주님께서는 내가 발바닥으로 대지를 딛는 것을 못하게 하셨습니다. 왜냐하면 대지에는 내 몫이 없기 때문입니다.

나의 연인은 자신의 머리카락을 마치 깔개처럼 흙 위에 펼쳤고 나는 발가락 끝으로 서서 그녀를 쫓아다니며 춤을 추었습니다. 그녀는 거의 황홀경에 빠져들었습니다.

그녀는 바다 깊은 곳으로 몸을 던졌습니다.

나는 그녀를 쫓아갔습니다.

바람이 나를 어지럽게 했습니다. 그래서 이동하는 새들이 나에게 경의를 표했고 구름은 나에게 복종했습니다.

나는 버터처럼 부드러운 그녀의 팔을 베개 삼아 뱄습니다.

나는 일종의 주님이 되었습니다.

6

나에게 이 세상을 완벽하게 할 책임이 없다면 이 아름다움과 작별하게 해주오. 나는 쪄서 말린 후 밀가루로 빻아질 밀 이삭이다. 나는 데운 젖이다. 나는 나의 연인을 위해 존재하고 나의 연인은 나를 위해 존재한다. 나는 밝게 빛나는 밀 알곡이다. 나에겐 사랑 하는 것이 아니라 항상 사랑받는 것이 필요하다. 그것이면 족하다.

나는 늘 그럴듯한 이유를 대며 주어진 기회를 낭비했다.

이제 나는 바람과 태양을 위해 존재한다. 바람과 태양은 나를 위해 존재한다. 후투티 새는 내 것이고…… 사라지는 순간이다. 나는 그 새를 위해 존재하고 그 새는 나를 위해 존재한다.

마찬가지로 엄청난 이유로……

나의 연인은 기다리지 않았다. 그는 그의 갈망의 부리로 나를 잡아 물어뜯었다. 그는 나를 사랑으로 부드럽게 애무했다. 나는 그의 혀를 만졌고 기분이 좋아졌다.

나는 향기에 취했다. 나는 이것이 내 연인의 냄새인지, 자유의 냄새인지, 아니면 내 몸의 냄새인지 알지 못했다.

여기 우리는 쓰디쓴, 그러나 달콤한 짙은 연기 속을 함께 날아가고 있다.

그의 입 안의 침의 습기가 나를 바람과 태양으로 부터 밀쳐낸다. 나는 버틴다.

흔치 않은 순간의 풍미 – 쓰고 짙은 연기, 젖, 피. 후투티 새는 숨이 막힌다. 열풍과 비명소리들. 아, 그것은 나를 위한 것이다. 아, 그것은 그를 위한 것이다. 그는 앞쪽으로 급강하해 바람에 몸을 맡긴다. 나는 그와 함께 있다. 우리와 함께 있는 하늘은 행복에 겨워 춤을 추고 있다.

7

나는 나의 연인을 황홀의 바다에서 들어 올립니다. 나는 그녀 옷의 목 쪽을 잡고 그녀를 높이 들어 올립니다. 그런 후 다시 떨어뜨립니다.

하늘은 내 영혼을 거부하고 대지에는 내 몸을 덮을 나의 몫이 없습니다.

나는 그 상태로 있었습니다.

무와 열정의 손님처럼 그녀의 별이 빛날 때까지 그 상태로……

나는 하강했습니다. 그녀는 즙이 많은 딸기 같은 입으로 나에게 키스했습니다. 흘러가는 은하수가 나를 포옹했습니다. 다 타버린 태양이 나에게 존경을 표했습니다…… 그래서 나는 체념했습니다.

나는 체념했습니다. 나의 사랑과 맛볼 수없는 것, 배 멀미와 주님으로부터 흘러나오는 은하수에서 벗어나 잠시 휴식을 갖기 위해 나는 소금 꽃과 춤을 추었습니다.

8

우리는 춤을 췄다.

후투티 새와 나, 바람과 태양이 흙에서 뒹굴면서, 쓰디쓰면서 달콤한 – 아아, 그를 위해, 아아, 우리를 위해…… 후투티 새, 나, 바람과 태양.

우리는 모두가 함께 있던 그곳에서 천천히 물러서며 작은 소리를 냈다. 그러나 불행히도 그것만으로는 이 대지의 단조로움을 깨뜨릴 수도, 대지의 완벽함을 훼손할 할 수도 없었다.

거기에서 우리 모두는 천천히 뒤로 물러서고 있다.

우리는 말없이 뒤로 물러서고 있다. 영원한 불멸의 약속으로 둘레를 친, 그리고 죽음의 냄새만 나는 이 대지의 얼굴에 색색의 자국을 남겨놓으면서.

■ 강문순 역

이자트 아민 이스칸다르

Izzat Amin Iskandar

알라와 알 아스와니

Alaa Al Aswany

Anthology of the Arabic Short Stories

이자트 아민 이스칸다르

이자트 아민 이스칸다르는 첫 예비학교 시절 같은 반 친구였다. 그 아이는 키가 좀 작은 편이었고 몸은 다부지고 넓적했으며, 머리는 크고 머리카락은 검고 부드러웠다. 안경을 꼈었고 순한 미소를 살짝 짓곤 했는데 꼭 뭔가를 애원하는 듯한 느낌이 들었고, 콥트 교인과 같은 표정(때론 회의와 두려움으로 가득 찬, 또 때론 심오하면서도 굴종적이고 죄와 고통의 짐을 진 듯한)을 지었다. 한쪽에 의족을 하고 있었고 목발을 짚었다. 목발 끝에는 작은 고무가 달려있었는데 그 고무는 소리와 미끄러짐 방지용이었다. 의족은 교복바지와 양말과 구두에 가려져서 정상 다리처럼 보였다.

매일 아침 이자트는 목발에 의지한 채 절룩거리며 교실에 들어와 의족을 질질 끌고 몸을 양옆으로 흔들면서 의자 끄트머리에 가서 앉았다. 창문 옆 구석진 자기 자리에 앉아서 목발을 바닥에 뉘어놓고는 목발엔 신경도 쓰지 않았다. 그는 완전히 수업에 몰입해 선생님이 하는 말은 무엇이든지 주의 깊게 다 필기하고 신경 써 귀 기울여 들었다. 미간을 찌푸리면서 집중했고 질문을 하느라 손을 들었다. 그렇게 수업에 몰입하면 자신이 반 아이들 안으로 밀려들어와 우리 가운데 묻힐 수 있는 것처럼. 그래서 단 몇 시간이라도 절름발이나 목발로 낙인이 찍히지 않은 채 다른 학생들 사이에 섞일 수 있는 것처럼.

수업 종이 울려 쉬는 시간이 되면, 그 찬란한 종소리가 울리는 바로 그 순간 학생들은 모두 기뻐서 환호를 하며 손에 쥐고 있던 것이 무엇이든 간에 그것을 내팽개치고 서로 밀며 때로 부딪치면서 교실 문으로 뛰쳐나가 운동장으로 내려간다. 이자트 아민 이스칸다르만이 마치 그 종소리가 오래 기다려온 예언의 성취인 것처럼 받아들였다. 그는 연습 책을 덮고 조용히 몸을 구부려 샌드위치와 만화책을 가방에서 꺼내 자기 자리에서 책을 읽고 점심을 먹으면서 그 시간을 보냈다. 어쩌다 다른 학생이 그를 바라보며 호기심이나 동정이라도 보일라 치면, 이자트는 책을 읽는 것이 충분히 즐겁다는 것을 분명히 알려주기 위해 활짝 웃어주었다. 마치 혼자 책을 읽기 위해서 운동장에 내려가지 않는 거라고 말하는 것 같았다.

***

내가 학교에 자전거를 가져 간 것은 그때가 처음이었다. 목요일 오후였고 한쪽 구석에서 축구를 하는 몇몇 아이들 말고는 운동장은 텅 비어있었다. 나는 내 자전거를 타기 시작했다. 운동장을 앞뒤로 왔다 갔다 하면서 나무들을 뱅뱅 돌면서 원을 그리고는 내가 자전거 경주에 나가서 "신사 숙녀 여러분, 세계 자전거 선수권 대회가 열립니다"라고 목청껏 소리치는 모습을 상상했다. 내 마음의 눈으로 유명인들과 군중과 함께 경주를 하는 선수들을 보았고, 함성과 팬들의 휘파람 소리를 들을 수 있었다. 나는 항상 다른 사람들 보다 먼저 결승선을 통과해서 일등으로 들어와 꽃다발과 축하의 키스를 받았다.

이렇게 얼마동안을 놀고 있는데 누군가가 나를 지켜보고 있는 것 같은 느낌이 들었다. 고개를 돌려보니 이자트 아민 이스칸다르가 실험실 계단에 앉아 있었다. 그 아이는 처음부터 나를 보고 있었다. 나와 눈이 마주치자 그 아이는 미소를 지으며 손을 흔들었다. 그래서 나는 그 아이 쪽으로 갔고 그 아이는 일어서는 절차를 시작했다. 한 손으로는 계단 벽을 잡아 몸을 기대고 다른 손으로는 겨드랑이 밑에서 몸을 받쳐주는 목발을 쥐었다. 그리고 똑바로 설 때 까지 몸을 천천히 일으키고는 한 발씩 계단을 내려왔다. 내게로 와서 자전거를 꼼꼼히 살펴봤다. 손잡이를 쥐어보고 몇 번 벨을 울려보고 나서는 몸을 구푸려 앞바퀴 살을 손가락으로 만지면서 낮은 소리로 중얼거렸다.

"자전거 멋있다."

나는 자랑스럽게 재빨리 말했다.

"랄레이 24야, 경주용 바퀴에다가 3단 기어도 있어."

그 아이는 내 말이 사실인지 확인하려는 듯이 자전거를 한 번 더 훑어보더니 이렇게 물었다.

"너 손 놓고 자전거 탈 줄 알아?"

고개를 끄덕이고 나서 난 자전거를 타기 시작했다. 자전거 타는 데는 전문가였기 때문에 그 아이 앞에서 자랑할 수 있다는 게 좋았다. 최고 속도가 날 때 까지 페달을 세게 밟으니 자전거가 내 몸 아래서 흔들리는 게 느껴졌다. 그러고 나서 조심스럽게 손잡이를 놓고 팔을 어깨 높이까지 들어 올렸다. 잠시 그 상태로 있다가 운동장 가운데 쪽으로 몇 발자국 더 나온 그 아이 쪽으로 되돌아갔다. 그 아이 앞에서 자전거를 멈춰 내리면서 나는 이렇게 말했다.

"이제 됐냐?"

그는 내 말엔 대답도 하지 않은 채 고개를 숙여서 뭔가 신비하고 놀라운 물건을 마음 속으로 가늠해 보는 것처럼 자전거를 바라봤다. 목발을 바닥에 던지고는 자전거에 닿게끔 한 발자국 앞으로 나왔다. 그러더니 손잡이를 손으로 잡고 내게 몸을 기울이면서 작은 소리로 말했다.

"나 한 번만 타게 해 줘."

그리고는 집요하게 계속 졸라댔다.

"응? 제발."

나는 그가 무슨 말을 하는 지 알아 듣지 못해서 그를 멍하니 쳐다봤다. 그때 그의 모습은 자신도 멈출 수 없고 되돌아 갈 수도 없는 그런 열망에 사로잡힌 사람의 모습이었다. 내가 대답을 하지 않자 그 아이는 자전거 손잡이를 심하게 흔들어대면서 이제는 화를 내면서 소리를 질렀다.

"한 번 타게 해 달라고 했잖아!"

그러고는 뛰어 올라 타려고 하는 바람에 우리 둘 다 모두 중심을 잃고서 넘어질 뻔 했다.

내가 그때 어떤 생각을 했었는지 지금은 생각이 나지 않지만 뭔가가 나를 그 아이 쪽으로 나가게 했고 어느 샌가 나는 그 아이를 도와서 자전거에 태우고 있었다. 자기 무게를 내 어깨와 목발에 기댄 채 여러 번 힘겨운 시도를 한 끝에 그 아이는 자기 몸을 높이 들 수가 있었다. 그러고 나서는 성한 다리를 자전거 반대편으로 넘겨서 앉을 수가 있었다. 그는 의족은 페달을 피해서 앞으로 쭉 뻗고 성한 다리로는 반대편 페달을 열심히 밟을 생각이었다. 그건 정말로 어려운 일이었다. 그러나 결국 할 수 있는 일이기는 했다. 이자트는 몸을 자전거 위에 앉혔고 나는 손으로 조심스럽고 부드럽게 그의 등을 밀어 출발을 도와줬다. 자전거가 움직이기 시작하자 그 아이는 페달을 밟기 시작했고, 나는 붙들고 있던 손을 놓았다. 그 아이는 중심을 잃고 심하게 비틀거렸지만 재빠르게 중심을 회복하고 똑바로 앉아서 자전거를 다루기 시작했다. 중심을 잡으면서 한 발로 페달을 밟는 건 엄청나게 힘들었지만 시간이 조금 지나자 자전거는 천천히 앞으로 나갔고, 이자트는 처음엔 큰 나무를 지나더니 매점까지 갔다. 나도 모르게 손뼉을 치며 소리를 질렀다.

"이자트, 잘 했어."

그 아이는 계속 직선으로 가다가 운동장 끝까지 가게 됐는데 거기서는 자전거를 회전시켜야 했다. 나는 두려워 졌다. 그런데 그 아이는 조심스럽고도 능숙하게 자전거를 회전시켰고, 되돌아 올 때는 확실하고 완벽하게 자전거를 다루고 있는 것처럼 보였다. 그러자 그 아이는 기어를 변속시켜 마침내 달려드는 바람에 머리카락이 휘날릴 정도까지 속도를 높였다.

자전거는 엄청난 속력으로 질주해 이자트가 나무들 사이로 뻗어 있는 길을 지날 때는 그의 모습이 서로 얽혀있는 나뭇잎들 사이로 나타났다 사라졌다를 거듭했다. 그 아이는 해냈다. 나는 그 아이가 자전거 타는 모습을 지켜봤다. 그가 몸을 뒤로 제치고 고개를 들어서 운동장 전체를 울리는 기괴하고도 목이 갈라지는 듯한 엄청난 고함을 길게 내지르는 그 모습은 활이 날아가는 것 같았다. 그 소리는 오랜 세월 그의 가슴에 갇혀 있었던 것 같이 들렸다. 그는 소리치고 있었다.

"봤지! 봐아아아아았지!"

***

잠시 후, 내가 그에게 달려갔을 때 자전거는 옆으로 쓰러져 있었고 앞바퀴는 윙 소리를 내면서 여전히 돌고 있었다. 양말과 구두가 달린 채 안쪽은 어둡게 텅 비어있는 탁한 색의 의족은 몸과 분리된 채로 멀리 떨어져 있었다. 그 모습이 마치 지금 막 다리가 잘려져 나간 것 같았다. 아니면 독립적인 내면의 삶을 갖고 있는 또 다른 생물 같았다고나 할까. 이자트는 엎어져 있고 그의 손은 의족이 떨어져 나간 자리를 쥐고 있었는데 그곳에서 피가 흐르기 시작해 구겨진 바지로 얼룩져 내렸다. 내가 이름을 불렀더니 그 아이가 천천히 머리를 들었다. 이마와 입술이 찢어져 있었고 안경을 끼지 않은 그 아이의 얼굴이 내게는 낯설어 보였다. 그 아이는 무슨 일인지 파악하려는 것처럼 나를 잠시 동안 응시하더니 희미한 미소를 지으면서 힘없는 소리로 말했다.

"너, 내가 자전거 타는 거 봤지?"

■ 유정화 역

길을 건너 간 남자

The Man Who Crossed the Street

바스마 엘-느소우르

Basma el-Nsour

Anthology of the Arabic Short Stories

길을 건너 간 남자

어느 가을날 저녁때였거나 아침이었을 것이다. 그 일이 언제 일어났는가를 정확하게 아는 것은 중요치 않다.

그들은 친한 친구사이였으므로 그 젊은 작가가 원할 때면 언제든 자신의 친구인 나이가 좀 있는 작가의 아파트로 달려갈 수 있을 것이라고 추정할 수 있다.

나이가 좀 든 작가는 그날 저녁 시간을 온전히 조용하게 쉬면서 보낼 생각이었다. 그는 전화선을 뽑아 놓고, 커튼을 쳤다. 녹음기를 틀어 부드러운 음악을 듣고 있었다. 소파 위에 길게 누워 휴식이 주는 안락함을 음미하고 있었다. 기분 좋은 나른함이 몰려와 잠에 막 빠져들려고 할 참에 방문을 두드리는 소리가 크게 났다. 그는 나른한 발걸음을 천천히 문 쪽으로 옮겼다. 입에서 욕이 튀어 나왔다.

안으로 급히 들어온 사람은 젊은 작가였다. 그는 몹시 흥분해 있었다. 의자를 보자마자 앉더니 발을 탁자 위에 올려놓고 큰소리로 말했다.

"전화선 뽑아 놓지 말라고 내가 몇 번이나 말했어요? 정말 짜증 나요."

이 말을 마치자 그 젊은 작가는 자리에서 일어나 서재로 가서 서가에 꽂혀 있는 책들을 자세히 살펴보았다. 얼굴에는 짜증이 가득했다. 책 한 권을 꺼내 페이지를 대충 넘겨보다가 탁자에 던져 놓고는 중얼거렸다.

"다 헛소리야! 모두 쓰레기야! 우리는 겨우 이런 쓰레기나 쓰려고 평생을 바치고 있는 거예요!"

그는 나이 든 작가를 쳐다보면서 물었다.

"제발 대답 좀 해봐요. 세상에는 자신들의 손가락으로 대담하게 있는 그대로의 진실을 직접 만지면서 진정한 삶을 경험하는 사람들이 있는 반면, 평생 자신과 관계없는 사건들을 구경만 하면서 살아온, 오래 전에 과부가 된 나이 든 여자들도 있지요. 우리가 이들 과부와 다른 게 도대체 무엇일까요? 우리는 물에 젖는 것이 두려워 바다에 가까이 가는 것을 주저주저하고 있지만 이들은 바다로 직접 뛰어들어 뼛속까지 물에 흠뻑 젖지요. 우리의 삶은 가망 없이 순결하기만 할 뿐이에요. 우리는 사람들이 사는 모습을 그저 구경만하고 이를 바보처럼 종이 위에 적기만 하죠. 우리는 우리가 쓴 글과 함께 지옥에나 갈 거예요!"

그는 부엌으로 가서 주전자를 꽝 내려치면서 설탕이 어디 있냐고 소리를 질렀다. 나이 든 작가는 조금 화가 난 목소리로 대답했다.

"며칠 전에 다 떨어졌네."

젊은 작가는 방으로 다시 와서는 창 쪽으로 가 커튼을 걷고 창문을 열었다. 나이가 든 작가는 체념한 듯 그의 곁으로 가서는 그의 어깨를 두드리며 마치 아버지 같은 목소리로 물었다.

"뭐 좀 들겠나?"

그의 목소리는 괄괄했다.

"아무것도 먹고 싶지 않아요."

두 남자는 창틀에 기대어 서서 말없이 거리를 내려다보았다. 젊은 작가가 먼저 말을 꺼냈다.

"저기 길을 건너려는 남자의 생김새를 자세히 보세요. 아무 생각이 없는 사람처럼 보이죠? 장담컨대 저 남자는 체홉이라는 작가의 이름도 들어본 적이 없을 테지만 잘 살고 있어요. 또한 자기 아내에게 주려고 무언가를 샀을 거예요. 바로 이 순간, 저 남자의 아내는 집에서 무릎 상처가 다 드러나는 반바지를 입은, 살이 통통하게 오른 아이를 안고 저 남자를 기다리고 있겠지요. 아이는 아빠가 왜 안 오느냐고 엄마에게 계속 묻고 있을 것이고요."

나이 든 작가의 얼굴에 미소가 번졌다. 그는 어깨를 한번 들썩하더니 무심하게 물었다.

"저 사람이 무엇 하는 사람처럼 보이는가?"

"공무원이요."

라고 젊은 작가가 대답했다.

"규율이 몸에 밴 사람 같아요. 저 사람은 비밀보고서 같은 것이 필요 없는 사람인 것 같은데요. 또한 시간관념이 철저한 사람 같기도 하고요."

나이 든 작가가 젊은 작가의 말을 중간에서 끊었다. 화가 좀 난 듯했다.

"틀렸네! 저 남자의 얼굴을 보게나. 무표정이지 않은가? 저 얼굴은 살인자의 얼굴일세. 나는 저 사람이 조금 전에 끔찍한 범죄를 저질렀다고 생각하네. 자신의 아내를 살해했을 걸세. 그 여자는 미인이고, 머리가 엄청나게 좋고, 인품이 무척 훌륭한 사람이었네. 저 남자가 평소보다 집에 일찍 들어갔는데 집안 곳곳에서 다른 남자의 향수 냄새가 나고 있었고, 담배꽁초가 여러 개 재떨이에 있는 것을 보았네. 그는 곧장 부엌으로 갔지. 부엌에서는 음식이 한창 끓고 있었네. 그는 부엌에서 큰 칼을 들고 나와 아내의 가슴을 찔렀네. '배신자'라고 외치면서 말이야."

젊은 작가는 웃음이 나오는 걸 멈출 수가 없었다. 너무 심하게 웃어대서 눈에 눈물이 다 맺힐 지경이었지만 평정심을 유지하려고 했다. 그가 말했다.

"그 이야기는 여태껏 제가 들어 본 이야기 중에서 최악인데요.

너무 고리타분하네요."

그 사이 길을 건너려던 남자는 길을 다 건너 인도에서 누군가를 기다리는 듯 서 있었다. 두 작가는 그 남자를 매우 흥미롭게 지켜봤다. 그 남자는 움직이지 않고 그 자리에 선 채로 주위를 살피면서 안절부절못했다. 나이 든 작가가 속삭이듯 조심스럽게 말했다.

"저 남자는 지금 생각이란 걸 할 수가 없을 걸세. 무엇을 해야 할지 모르고 있거든. 상충되는 감정으로 괴로워하고 있는 걸세. 분별력을 완전히 상실 했네……"

젊은 작가가 나이 든 작가의 말을 끊고 불쑥 이야기를 꺼냈다.

"아니에요. 만나기로 한 친구가 아직 오지 않아서 초조해 하고 있을 뿐이에요. 저곳에서 그를 만나 직장 상사 문병을 같이 가기로 했거든요. 직장 상사는 일전에 수술을 받은 적이 있는데 얼마 전 옆구리에 극심한 통증이 있어서 직장에서 구급차에 실려 갔었거든요. 이 두 친구는 직장 상사의 통증의 원인에 관해서 다르게 생각하고 있어요. 응급실에 같이 갔던 그 두 사람의 직장 동료가 사무실로 돌아와서 원인은 맹장염이었다고 말해 주었지요."

택시 한 대가 가까이 오자 그 남자는 택시를 불렀다. 택시가 서자 그 남자는 몸을 굽혀 차창을 통해 택시 기사에게 몇 마디 하는 듯했다. 택시 기사는 잘 알겠다는 듯 고개를 끄덕였다. 그 남자는 차 문을 열고 택시에 타더니 택시 기사 옆에 앉았다. 택시는 먼지바람을 남긴 채 그곳을 떠났다.

두 작가가 느낀 실망감은 몹시 컸다. 이 두 작가의 얼굴에는 길을 건넌 그 남자를 향한 깊은 분노가 드러나 있었다. 그들은 슬픈 표정을 지으며 한동안 그 자리에 그대로 서 있었다. 두 작가가 알지 못하는 목적지를 향해 급하게 발걸음을 옮기는 많은 사람들로 가득한 거리를 불만족스럽게 응시한 채.

■ 강문순 역

할리우드로 가는 길

The Road to Hollywood

샤뮤엘 시몽

Samuel Shimon

Anthology of the Arabic Short Stories

할리우드로 가는 길

프랑스 난민국 제출 보고서

1979년 1월 어느 날 아침, 나는 잠에서 깨자마자 홀에 걸려 있는 시계를 보고 6시가 거의 다 됐다는 것을 알았다. 괜찮았다. 바그다드에서 다마스쿠스로 날 태우고 갈 버스는 9시 반이나 되어야 떠날 거니까. 어젯밤 잠자리에 들기 전에 작은 옷가방은 챙겨 놓았다. 식구들을 보니, 낮에는 거실, 밤에는 침실로 쓰는 큰 방의 축축한 시멘트 바닥에 실밥이 너덜너덜한 매트리스를 깔고 낮에 입은 옷 그대로 자고 있었다. 어머니는 방 한가운데 누웠고 그 옆에는 여동생 나흐라인과 마리가 자고 있다. 방 저쪽에는 로빈과 존이 나란히 누웠고, 아버지는 뒤쪽 구석에 쌓여 있는 낡은 옷가지 위에서 자고 있었다. 테디와 삼손은 홀에 있는 긴 나무의자 위에 누웠다. 나는 어머니 옆으로 가 누워 이마에 입을 맞추며 귀에 대고 조용히 말했다.

"어머니, 어머니, 어머니. 일어나세요, 어머니! 이맘때면 일어나시잖아요. 왜 오늘은 아직도 주무세요? 제발, 일어나세요! 저, 간단 말이에요. 곧 간다고요, 다신 날 보지 못할지도 몰라요."

"너 미쳤니?"

어머니가 작은 소리로 대꾸했다.

"어딜 간다는 거야?"

"할리우드로요."

내가 대답했다.

"제 꿈을 다 잊으셨어요, 어머니?"

"얘가 할리우드로 간데요!"

어머니는 놀리듯이 조용히 말하고는 도로 눈을 감았다.

"그래요, 어머니, 할리우드로 간다니까요."

나는 큰소리로 말했다.

"왜 내 말을 안 믿는 거예요?"

어머니는 대꾸하지 않았다. 마리에게 다가가서 입을 맞추고는 귀에 대고 속삭였다.

"잘 잤니, 마리…… 안녕!"

그래도 마리는 움직이지 않았다.

"어! 나 학교 가야 돼."

나흐라인의 목소리가 들렸다. 나는 부리나케 나흐라인에게로 가서 그 아이의 얼굴과 목에 입을 맞췄다.

"나흐라인, 오빠는 이제 미국으로 간다."

예쁜 나흐라인은 웃으면서 말했다.

"놔 줘, 세수하게."

나는 그 아이의 얼굴이 물보다도 더 깨끗하다고 말하고는 다시 뺨에 입을 맞췄다. 그리고 잠자고 있는 마리의 얼굴을 다시 들여다보았다. 이 아이는 정말 사랑스러웠다.

"내가 이다음에 영화 제작자가 되면 널 여주인공으로 출연 시켜줄게."라고 말하곤 했다.

"오빠 언제 미국으로 가?"

나흐라인이 물었다.

"한 달 후, 아니면 두 달 후."

내가 말했다. 그 말에 어머니가 "이 바보야, 사흘도 안 되어서 다시 돌아올 걸."이라고 말씀했다. 나는 어머니에게 달려들어 자꾸 입을 맞췄다.

"절대 안 그래요, 절대 안 그래요, 어머니. 무슨 일이 있어도 다시 안 돌아 올 거예요. 정말이에요. 어머니, 떠나기 전에 입을 맞춰 줘요. 내가 바라는 건 그것 뿐 이예요."

눈을 뜬 어머니가

"머리를 좀 더 가까이 대 봐, 이 멍청아."라고 한 다음 입을 맞췄다. 그러고 나서 나는 아버지한테로 몸을 돌려 입을 맞췄다. 아버지는 눈을 뜨고 웃었다. 나는 숨을 입에서 뱉어내면서 손으로 공기를 가르는 손짓을 했다. 오른손 검지로 가슴을 가리키고 그 다음에 바닥을 가리켰다. 아버지는 내가 비행기로 떠난다는 말을 알아들었다. 아버지는 웃으며 침대에서 일어나 화장실로 가더니 잠시 후에 깨끗이 세수를 하고 머리를 뒤로 넘긴 깔끔한 모습으로 돌아와 작별 인사를 했다. 나는 아버지를 꼭 껴안아 주었다. 아버지는 다시 침대에가 앉아 미소를 띤 얼굴로 나를 한참이나 바라보았다. 마침내, 작은 옷가방을 어깨에 둘러매고 아버지한테 입맞춤을 한 후 집을 떠났다. 버스가 바그다드를 떠나기 전, 운수회사 직원 한 명이 내 창가로 와서 머리를 들이밀며 내 앞에 앉아있는 여자 셋을 가리키며 말했다.

"정말 운이 좋은 양반이셔! 여우 세 마리랑 함께 여행을 하시다니."

나는 그들이 뿌린 달콤한 향수 냄새가 내 코털을 쓸고 지나갔다. 그 여자들을 쳐다보고서 순진하게 내 옆에 앉은 케피예를 입고 있는 남자에게 조용히 물었다.

"신의 축복이 함께 하시길, 선생님. 여우가 무슨 뜻입니까?"

"창녀라는 뜻이라네, 젊은이."

그가 재빨리 대답해줬다. 그러더니, 마치 그 여자들이 듣기를 바란다는 듯이 큰소리로 덧붙였다.

"예술가라고도 부르지."

버스가 팔루자를 통과할 때, 어린 시절 구리 빨래줄을 훔쳐서 팔기 위해 친구들과 함께 팔루자에 오곤 했던 게 생각났다. 버스는 15분 후쯤 알하비누야를 내려다보며 산과 언덕들이 줄줄이 늘어선 길을 따라 달리고 있었다. 내가 태어난 곳을 보려고 창밖으로 고개를 내밀었다. 해는 밝게 빛났고 알하비누야 강물에 햇살이 강하게 반사되고 있었다. 나는 그 강이 정말로 싫었다. 알렉시가 그 강에 빠져 죽었다는 소식에 온 알하비누야가 슬픔에 젖었던 그날을 평생 잊지 못할 것이다. 그의 친구들이 말했었다.

"오랫동안 기다렸는데 걔가 안 나오는 거예요."

그 아이들은 자기 부모한테 호되게 야단을 맞았다. 알렉시는 16살이었고, 나는 어머니가 "가엾은 것, 신부가 되고 싶어 했는데!"라고 말하는 것을 들었다. 그 도시의 다른 여자들은 알렉시가 '잘생기고, 점잖고, 올바른 아이'라서 신이 데려갔다는 말에 동의했다. 곰이란 별명을 가진 잘릴은 여자들이 하는 소리를 듣고서는 돌을 들어 바타 구둣가게의 창문을 박살내면서 "나는 나쁜 아이야, 나는 나쁜 아이야!"라고 고래고래 고함을 질렀다. 귀를 잡힌 채 경찰서로 끌려가서도 그 아이는 경찰서장에게 계속 "나는 착한 아이도 올바른 아이도 아니야. 신이 나를 데려가지 않았으면 좋겠어!"라고 말했다. 경찰서장은 웃으면서 그 아이를 놓아 주었다. 버스는 내가 예전에 몇 년간 살았던 알라마디를 지났고 그 사이에 나는 잠이 들었다. 이라크-시리아 국경 초소에 멈춰 서자 승객들이 떠들썩해서 나는 그

소리에 잠이 깼다. 버스 운전사는 짐을 검사하고 여권에 도장을 찍을 거니까 모두 버스에서 내리라고 했다. 일이 끝나자 모두들 버스에 올랐지만 세 여자는 오지 않았다. 우리는 모두 두 시간 이상이나 그 여자들을 기다렸다. 승객들이 항의를 하기 시작했고, 내 옆에 앉은 남자는 "여우 세 마리가 이상해. 국경에서도 손님을 받나!" 했다.

"당신이 생각하는 그런 게 아닙니다, 선생님"이라고 버스 운전사가 쏘아댔다. 돌아온 여자들은 옷매무새가 흐트러져 있었고 시리아 영토로 들어갈 때까지 가만히 앉아 있었다. 그러고 나서 자신들은 원하지 않았는데 갇혀서 이라크 경찰들에게 욕을 봤다고 말했다. 그 경찰들은 뇌물을 주거나 몸을 주는 것 중 하나를 고르라고 했단다.

"달러를 충분히 쥐어 줬어요. 그런데도 우리를 덮쳤어요."라고 그들이 말했다. 그 중 한 명이 레바논 방언으로 "경찰이 아니라 강도예요."라고 했다. "더러운 살인자들의 땅인 이곳에 다시는 돌아오지 않을 거예요."라고 이집트 방언을 하는 여자가 말했다. 내 옆에 앉은 남자가 분개해서 받아쳤다.

"말 좀 가려서 합시다."

"어떤 말을 가려하라는 거예요?"

레바논 여자가 물었다.

"그 사람들이 얼마나 거칠게 여행객을 대하는지 몰라서 그러세요? 우리를 변호해 줘야 하는 거 아니에요?"

"내가? 당신들을 변호해? 여우를 변호한다고?"

그 남자는 신경에 거슬린다는 듯이 물었다. 세 여자는 웃으며 의아해했다.

"여우들! 남자들이 말하는 여우가 무슨 뜻이지?"

그 남자는 나를 바라보면서

"젊은이, 자네가 말해주게나. 무슨 뜻인지 말해주게."

나는 그들을 바라보며 부끄럽게 말했다.

"창녀라는 뜻입니다."

세 여자는 웃으면서 한 목소리로 말했다.

"그게 훨씬 낫군!"

무사히 다마스쿠스에 도착해서 이틀 동안 관광을 한 후 나는 일자리를 구했다. 한 건물 문에서 '5층에 있는 자동차 보험회사에서 아랍어 타이피스트 구함'이라고 적힌 광고를 보고 엘리베이터로 폴짝 들어가면서 웃었다. 그 '회사'라는 데는 60대 중반의 지배인만 달랑 한 명 있었다. 그 사람은 약간 짜증을 내며 자기 비서가 애를 낳기 위해서 출산 휴가 중이라고 말했다. 그는 내게 간단한 테스트를 했고 나는 무사히 그 테스트를 통과했다. 다마스쿠스에 온지 일주일 되던 날, 시리아 경찰관 두 명이 내 호텔 방으로 와서 동행을 요구했다. 몇 시간 동안 차갑고 축축한 방에 감금당한 후 경찰관 두 명의 심문을 받았다. 한 사람이 물었다.

"당신, 여기 다마스쿠스에서 뭐하려는 거야?"

"일하러 왔습니다. 그러고 나면 이라크 기독교인들이 미국으로 이민 가는 것을 도와주는 교회들이 많이 있는 동베이루트로 갈 겁니다. 미국으로 건너가 영화 일을 하려고 합니다."

"왜 부자 나라에서 가난한 나라로 일하러 왔지?"라고 다른 사람이 물었다.

"시리아인들은 당신네 나라로 일하러 가는데 말이야. 당신 다른 목적으로 여기 온 거 아니야?"

"제가 몇 년 동안이나 이 여행을 고대했는지 몰라요."라고 내가 설명했다.

"군 복무를 끝내고 나서는, 돈은 많지 않지만 그래도 어디든 가야겠다고 마음먹었죠. 미국으로 가는 일, 그런 일도 일어날 수 있으리라는 느낌이 들었어요."

경찰관 하나가 내 목덜미를 후려갈기면서 비웃었다.

"일어날 수도 있을 거라, 어?"

"네, 저는 진실만을 말하고 있습니다. 제게 원하는 게 뭡니까?" 나는 애원했다. 다른 경찰관이 나를 때리면서 말했다.

"감히 우리한테 질문을 해, 이 개자식이?"

다른 사람이 하는 말이 들렸다.

"내버려 둬. 압델 아딤이 올 테니까. 버릇 좀 가르쳐 놓겠지."

잠시 후 단단한 체구의 남자가 방으로 들어왔다. 나무 막대기를 들고 있는데, 그 나무 막대기 끝에는 작은 유리 조각들이 삐죽삐죽 나와 있었다. 그는 막대기를 바닥에 내려놓은 후에 말했다.

"지난주에 어떤 멍청한 녀석이 이 유리가 박힌 막대기의 반쪽이 나 등에 가 박힐 때까지 자백을 안 하더라고. 그런 바보짓은 안하는 게 좋을 거야."

그가 무슨 말을 하는지 몰라서 내가 물었다.

"왜 이러시는 겁니까? 제 말 좀 믿어 주세요, 선생님, 저는 누구에게도 해를 끼치지 않았어요. 신께 맹세합니다. 곧 이 나라를 떠날 겁니다."

"좋아, 좋아."

그 남자는 놀랍게도 허리띠를 풀더니 마구 채찍질을 시작했다. 허리띠로 발로 차는 바람에 나는 바닥에 쓰러졌다.

"당신들한테 잘못한 게 없는데 왜 때려요?"

내가 소리쳤다. 그가 계속 고문하는 동안 나는 "이 구역질나는 더러운 개새끼들아. 우리나라 영사관에 다 보고할 거야."라며 욕을 해 댔다. 그 남자가 때리는 데 지칠 때 까지 나는 될 수 있는 한 깊게 내 머리를 다리 사이에 파묻었다. 그 남자가 내게 침을 뱉고는 떠나는 소리가 들렸다. 그 자세로 있다가 눈을 떴을 때는 햇살이 비치고 있었다. 아마도 그 다음날인 것 같았다. 경찰이 들어 와 내게 의자에 앉으라고 했고 나는 시키는 대로 했다. 지위가 높은 장교가 들어와서 나를 보더니 "일어나!"라고 했다. 일어났더니, 바지를 벗으라고 했다. 그래서 바지를 벗었다. 속옷을 벗으라고 했다. 시키는 대로 했다. 장교가 검사관을 보더니 "이라크 유대인이 아니잖아."라고 말했다. 그들은 내가 '유대인 스파이'가 아니라는 것을 확인한 후 풀어줬다. 그 장교는 내 어깨를 두드리며 "미국 제국주의와 시오니즘의 음모와 시리아를 파괴하려고 그 지역에서 활동하는 요원들"에 대해 말해줬다. 내 이름을 바꾸는 것이 좋겠다는 제안도 했다. 나는 50시간 이상 물도 음식도 먹지 못한 채 그 건물을 나왔다. 곧장 호텔로 가서 접수원에게 그날 그 나라를 뜰 거라고 말했다.

"하지만 이제 무사히 감옥에서 나왔잖아요. 이곳에 있으면서 일자리를 구할 수 있어요. 다들 그렇게 하는데요. 시험을 통과한 거라고요."

그가 농담조로 말했다. 나는 샤워를 한 후에 며칠간 일했던 보험 '회사'로 가서 지배인에게 내게 일어난 일을 이야기했다. 그는 부들부들 떨면서 내 손을 잡더니 나를 끌어 사무실 밖으로 밀어내며 소리쳤다.

"다시는 보고 싶지 않아."

그러나 나는 임금을 받기 전에는 떠나지 않으려 했다. 곧장 합승택시 승강장으로 가서 동베이루트로 가는 택시를 잡아탔다. 그곳은 다마스쿠스에서 한 시간 조금 넘는 거리에 있었다. 도착했을 때 그 차의 승객은 나 혼자였다. 운전사가 물었다.

"어디로 갈까요?"

"나도 모르겠소."

"모르신다면, 이곳은 동베이루트의 아쉬라플레 지역이오. 여기가 끝입니다."

라고 했다. 나는 잠시 그 주변을 헤매다가 근처의 알렉산더 호텔로 들어갔다. 호텔 직원은 여권과 55레바논 파운드를 요구했다. 자지도 못할 객실료를 지불하고 나서 산책을 나왔다. 성모 마리아 교회를 지나니 문구점이 있어서 그곳에서 공책과 볼펜을 하나 샀다. 1시간쯤 산책을 하다 보니 바다로 나 있는 좁은 길로 들어서 있었다. 갑자기 로켓이 폭발하는 소리가 들렸다. 멀리 있는 도시를 바라보았을 때 로켓이 건물을 파괴하는 모습이 보였다. 호텔로 돌아가기로 했다. 돌아오는 길에 군용 지프가 내게로 다가왔고 이어 내 얼굴로 주먹이 날아왔다. 다시 의식을 찾았을 때, 나는 어두운 방에 누워 있었고 선박 안에 있는 것처럼 파도 소리가 크게 들렸다. 배가 너무 고파서 손으로 배를 만졌다. 잠시 후 나는 팔랑헤 당원에게 붙잡힌 거라고 말하면서 스스로를 진정시키려고 했다. 그들은 기독교 군대다. 나는 내가 아시리아 인이고 기독교 구조 단체를 통해 미국으로 이민을 가기 위해 동베이루트로 왔다고 말할 것이다. 그러면 날 석방해 주겠지. 몇 시간 후 머리가 벗겨진 남자가 와서 짜증을 내며 물었다.

"팔레스타인과 시리아 로켓 봤나? 목표물을 정확하게 맞췄지. 왜인지 알아? 정보를 물어다주는 스파이가 있어서야."

"나쁜 사람들이네요."

라고 내가 말했다. 그는 웃으면서 나를 보고

"누가 나쁜 사람이라는 거야?"
라고 물었다.
"그 스파이들이요"
라고 대답했다. 그 남자는 나를 후려치면서
"개새끼"
라고 말했다.
"스파이가 나쁜 놈들이면, 왜 그 놈들을 위해 일해?"
그러더니 나를 패기 시작했다.
"잘 못 아셨습니다. 난 아시리아 인이고 미국에 가려고 합니다."
라고 여러 번 말했지만 계속 구타했다. 그는 발작적으로 광분해서 나를 치고, 차고, 욕했다. 그러는 동안에도 난생 처음 듣는 레바논 방언이 이상하고 웃긴다는 생각이 들었다.
"너희들이야 갖가지 이유로 여기에 오지."
라고 그 남자가 말했다. 잠시 후 다른 사람이 들어오더니 물었다.
"피에르, 도와줄까?"
그러고 나서 이 남자는 무거운 곤봉으로 나를 치기 시작했다. 끔찍하게 아팠다. 나는 울기 시작했다. 그리고 내가 아는 욕 중 가장 더러운 욕을 해댔다. 이번에는 세 번째 사람이 왔다. 그는 잘 생기고, 옷도 잘 입은, 이라크 TV에서 봤던 시리아 드라마에 나오는 남자 주인공들처럼 생겼다. 그는 내가 다마스쿠스에 머문 것에 대해 물어보기 시작했다. 그래서 거기서도 고문을 당했다고 말했다. 그는 웃으면서 말했다.

"당신은 고문을 당하게 되어 있나보군…… 아니면 이것도 훈련인가?"

그러고 나서 그가 담뱃불을 붙였는데 그 냄새가 고약했다. 나중에 알고 보니 지탄이었다. 나는 미국에 가기 위해 동베이루트에 왔다고 이야기했다. 그는

"당신이 도와줄 거라고 생각하는 그 기독교 단체들은 내전이 일어난 다음 해인 1976년에 문을 닫았소."

그는 내게 진실을 말하라고 했다. 안 그러면 내게 어떤 일이 생길지 장담을 못한다고 했다. 그러자 한 14살쯤 된 남자 아이가 물과 샌드위치를 가져다주었다. 배는 고팠지만 상처 때문에 어렵게 먹었다. 나중에 알게 되었는데 그 샌드위치는 레바논인들과 팔레스타인들이 흔히 먹는 샌드위치인 자타르 마나퀴쉬라는 거였다. 동베이루트에서 나는 내가 얼마나 무지했나를 곧 깨닫게 되었다. 왜냐하면 나를 친절히 대해 줄 거라 생각했던 기독교 팔랑헤 민병대원들이 그들에 비하면 다마스쿠스에서 잡혔던 것은 코미디에 불과한 것처럼 느끼게 해 주었기 때문이다. 팔랑헤 단원들은 그들의 적인 시리아인과 팔레스타인에 대한 증오를 내게 쏟아 부었다. 셋째 날, 한 청년이 내게 와서 조용히 말했다.

"일어나, 개새끼야. 따라와."

그는 25살쯤 돼 보였고 나하고 똑같이 청바지에 흰 셔츠를 입고

있었다. 우리는 좁은 통로를 따라 걸었다. 머리가 벗겨진 남자가 우리 옆을 지나 군용 차량에 서둘러 올라타면서 말했다.

"토니, 그 자식한테 시간 많이 쓰지 마."

"쓸 시간이라도 있나요?"

젊은이가 대답했다. 그러더니 내게로 돌아서서 빈정댔다.

"형씨, 들으셨소? 그게 무슨 말인지나 아쇼? 내 선밴데 형씨를 바다에 쳐 넣으라는 말이라고."

그래서 나는 다시 애원하면서 내 이야기를 그에게 했다.

"신의 축복이 있기를, 토니. 절 믿어줘요. 전 결백하고 전쟁이나 레바논에 대해서는 아무것도 몰라요."

그는 발로 내 등을 차며 명령했다.

"내 앞으로 걸어 와, 이 구역질나는 새끼야. 네 놈들이 우리나라를 다 망쳐놨어."

좁은 통로 끝, 바다 옆에 있는 넓은 콘크리트 벽 앞에 섰다. 바다를 바라보며 총을 손으로 만지작거리면서 토니는 말했다.

"마지막 기회를 주겠어. 이곳에 온 목적을 말하면 풀어주지. 잘 생각해. 5분 주겠어."

그는 바닷가 벽에 앉아서 푸른 갑의 지탄을 꺼내 담배를 피기 시작했다. 그리고 덧붙였다.

"내가 이 담배를 다 피우기 전까지 말해야 돼."

상황이 몹시 시급하다는 것을 이해하고 나는 조용히 말했다.

"내 말 좀 잘 들어봐요, 토니. 나는 가난한 아시리아 가정 출신이요. 늘 미국으로 가서 영화 일을 하고 싶다는 꿈이 있었소. 내 말을 믿어줘요, 토니. 나는 정치적 단체고 비정치적 단체고 간에 단체라고는 가입한 적이 없어요. 사실이에요, 토니.'

그는 바다에 담배를 던지고 내 관자머리에 총을 갖다 댔다.

"날 죽이면, 토니. 많은 사람들이 슬퍼할 거예요."

나는 순진하게 말했다.

"전문 스파이 짓을 하는 더러운 자식을 위해 슬퍼할 사람은 아무도 없어."

"나는 영화를 만들고 싶소. 나는 스파이가 아니에요!"

"이 테러리스트 새끼! '영화'가 뭔지나 알아? 교회나 아이들 학교에 폭탄 설치하러 온 게 아니라고? 니가 '영화'에 대해 뭘 알아, 이 개새끼야?"

"영화에 대해서는 모조리 다 알아요. 사람을 죽이고 지탄이나 피어대는 당신이나 당신 친구들하고 나는 다르다고요."

그의 총이 내 관자머리에 닿는 것이 느껴졌다. 눈을 감고 심장이 뛰는 소리를 들었다. 잠시 침묵이 흐르더니 토니가 말했다.

"고다르를 알아? 장 뤽 고다르를 아냐고?"

모른다고 고개를 젓고 싶었지만 혹시라도 그가 총을 쏘아 내 머리에 총알이 박힐까봐 그러질 못했다. 그래서 조용히 모른다고 했다. 그가 다시 물었다.

"누벨 바그라는 말은 들어 봤나?"

"아니오"

라고 내가 답했다.

"개새끼"

라며 그가 소리쳤다.

"장 뤽 고다르도 모르고 누벨 바그도 들어본 적 없으면서 어떻게 니가 영화 일을 할 꿈을 꿨다는 말을 믿으라는 거야? 어? 기회를 한 번 더 줬는데도 너는 그걸 또 놓쳤어."

그때, 나는 소리를 질렀다.

"나는 존 포드에 대해 모든 걸 다 알아요. 존 웨인이나, 헨리 폰다나, 제임스 스튜어트, 개리 쿠퍼, 모린 오하라에 대해서도 모든 걸 다 알고요. 캐서린 햅번, 카우보이의 왕인 로이 로저스도 알아. 빅토 마뛰흐, 아바 가드너, 그레고리 펙, 알란 라드, 베라 미유, 랜돌프 스캇, 클락 케이블, D. W. 그리피스도 알아. 말론 브란도에 대해서도 다 알고, 마릴린 먼로도 알고 올리비아 드 하빌랑도 알고, 리처드 위드막, 제인 러셀, 로버트 미쳠, 오드리 헵번도 알아. 록 허드슨, 제임스 딘도 알고, 진 티어니도 알고 클린트 이스트우드, 폴 뉴먼도 알아요. 로드 테일러, 리 마빈, 험프리 보가트, 밥 호프, 에롤 플린, 조안 크로포드도 알고, 딘 마틴도 알아요. 노만 위스덤, 찰리 채플린의 모든 것, 몽고메리 클리프트의 모든 것을 알고 킹 콩도 알고 프랑켄슈타인도 안다고요."

내가 말을 마치자 토니의 웃음소리가 들렸다. 눈을 떠보니 그가 권총을 허리띠 아래로 집어넣었다.

"잘 들어, 카우보이!"

그가 말했다.

"할리우드 영화는 누벨 바그에 비하면 아무것도 아니라는 걸 알아 두라고."

지금 일어나고 있는 일이 믿기지 않지만 그의 말을 수긍했다.

"그럴 수 있겠네요."

그때 키리아코스 생각이 났다. 내가 어렸을 때부터 영화에 대해 알고 있는 이 모든 것을 가르쳐 준 사람이다. 한번은 내게 이렇게 물었었다.

"누군가가 '세상에서 영화대본을 가장 잘 쓰는 사람이 누구냐?' 고 물으면 뭐라고 대답할 거냐?"

"음, 조금 생각해 볼게요."

라고 나는 대답했다. 키리아코스는 웃으면서 말했다.

"생각해 볼 필요도 없단다. 신이시지. 그래, 신이 최고의 대본 작가셔. 그분이 우리가 나오는 이 영화를 만드셨거든."

동베이루트에서 다마스쿠스로 돌아오는 택시에서 나는 뒷자리에 앉아 하늘을 올려다보며 아름다운 풍경을 즐기면서 작은 소리로 이렇게 중얼거렸다.

"키리아코스는 신께서 할리우드식 해피 엔딩을 좋아한다는 말은 한 적이 없었어."

그날 이른 저녁에 다마스쿠스의 합승택시 정거장에 도착했고 나는 즉시 암만으로 떠날 결심을 했다. 요르단의 국경이 시리아와 맞닿아 있으면서 다마스쿠스에서도 멀지 않고 비자가 없어도 들어갈 수 있기 때문이었다. 10시쯤 암만에 도착했고 날씨가 추웠던 기억이 난다. 배가 고파서 시내로 들어가 샌드위치를 사서 킹화이잘 거리를 따라 걸었다. 돈이 얼마 없었지만, 가다가 만난 아스트라 호텔이라는 일급 호텔에 묵었다. 아침에 짐을 모두 싸서 접수대에 맡기고는 은행에 갔다 오겠다고 말했다. 거리를 몇 시간씩 배회하다가 한 건물의 입구에서 차를 팔고 있는 쾌활한 젊은이를 만났다. 그는 계단 옆에서 그 지역의 상점이나 회사 직원들에게 차를 만들어 팔았다. 나는 그에게 차를 한잔 마시고 싶은데 돈을 호텔비로 거의 다 써 버렸다고 말했다. 그는 웃으며 안됐다는 듯이 고개를 저었다. 나한테 차를 만들어 주고 나서 말보로 한 대를 권했고 배가 고프냐고 물었다.

"배가 고파 죽을 지경입니다."

라고 내가 말했더니

"앉으시오."

라고 했다.

"점잖은 집안 출신으로 보이는 군요."

자기를 도와주고 있는 동생을 보면서

“모하메드, 가서 이 친구가 먹게 다진 고기를 넣은 후무스 한 접시 내 오너라.”

고 했다. 팔레스타인인 토피크는 나중에 반 디나르를 주면서

“연락하세요.”

라고 했다. 나는 담배를 한 갑 샀고, 공책을 사고 싶은 마음이 들어 공책도 한 권 샀다. 그러고 나서 로만 극장으로 걸어가 저녁이 될 때까지 극장 계단에 누워있었다. 나는 내게 닥쳤던 불운한 일들에 대해 생각하려고 했다. 내게 일어났던 일들의 의미를 파악하는 일은 내겐 어려운 일이었고, 키리아코스가 말했듯이 내가 현실이 아니라 영화 속에서 살고 있는 것 같은 느낌이 종종 들었다. 그렇게 둘째 날은 하루 종일 거리에서 보내고 그 다음날 아침 다시 토피크에게 갔다.

“일자리는 구했어요?”

라고 그가 물었다.

“일자리는 찾아보지도 않았습니다, 토피크, 어제는 하루 종일 생각하며 보냈어요.”

그가 웃으며 말했다.

“괜찮죠. 생각도 때론 유용하니까요.”

동생을 보며 그는

“오늘은 우리 손님께 치즈 오믈렛을 대접해야겠다”

고 말했다. 우리 모두 웃었다. 정오에 토피크가 요르단 일간지를 건

네주면서

"구인 광고가 많이 있네"

라고 했다. 정말로 구인 광고가 많았고, 타이피스트를 구하는 한 광고회사에서 일자리를 찾았다. 나는 즉시 그 회사 사무실로 찾아 갔다. 꽤 친절해 보이는 남자가 나를 맞아 주었다. 구인 광고를 낸 것은 다른 회사를 대행한 것이었는데 그 회사에서는 이미 사람을 구했다고 했다. 그러고는 날 친절히 바라보더니 재정적으로 어렵냐고 물었다. 나는 '그렇다'고 말했고, 그는 자기 사무실에서도 타이피스트를 구하고는 있는데 월급이 시원치 않다고 했다. 그가 내 형편이 좋아질 때까지 사무실에서 자도 된다고 해서 나는 월급이 적어도 좋다고 하고 그 자리를 얼른 수락했다. 그가 가불을 좀 해 줘서 나는 짐을 찾으러 아틀라스 호텔로 갔다. 그 회사 사장인 와지 알나자는 변호사이고 요르단에서는 유명한 소설가였다. 그의 사무실 벽에는 그가 받았던 문학상들이 걸려있다. 그렇게 해서 나는 광고회사 일을 하게 되었다. 내 일과 중 90퍼센트는 판에 박힌 부음을 타이프로 치는 것이었다. 그 기사는 죽은 사람의 이름과 부음기사를 내는 개인이나 부족의 이름 외에는 변화가 없었다. 첫날부터 나는 내 일을 완벽하게 해냈고, 불과 몇 분도 되지 않아서 부음기사를 내가 직접 쓸 수 있게 되었다.

긍휼하시고 자비로우신 신의 이름으로 문안드립니다. 이러이러한 부족과 그 가

족과 친지들은 깊이 슬퍼하며 하지 모하마드 마무드 압둘라의 임종을 알립니다. 모월모일 금요일에 신의 자비로운 품으로 돌아가신 그 분을 신께서 용서해 주기 바랍니다. 문상은 합승택시 종점에 있는 우체국 건너편, 이슬람 은행 오른 쪽인 자발 알나디프에 있는 아들 아마드의 집에서 받습니다. 우리는 모두 신의 소유이며 그 분께로 돌아갑니다.

매일같이 나는 이런 공지를 100건 이상 타자로 쳤다. 요르단 사람들이 이런 속도로 죽어간다면 어느 순간 곧 국민들이 사라질 것이고 그러면 이스라엘 사람들이 또 이 '사람이 없는 땅'을 차지하게 될 것이라는 생각이 들었다. 와지 알나자는 매일 정오에 사무실에 들르곤 했다. 나는 그에게 점심으로 후무스와 야채 한 접시와 맥주 몇 병을 가져다주었다. 일에 관한 이야기를 좀 나누고 나서 그는 사무실을 떠났고 나는 다시 일을 시작했다. 시간이 좀 지난 후, 나는 소설을 쓰기 시작했다. 어느 날 '뒤늦은 깨달음'이라는 제목의 이야기를 일간지인 『알더스투어』의 문화 편집장에게 들고 갔다. 그는 그 자리에서 실어주겠다고 결정하고서는 이렇게 말했다.

"글을 꽤 쓰는데, 젊은이."

'뒤늦은 깨달음'은 영화계에서 일을 하고 싶어 하는 바람에 대해 쉬지 않고 말하는 한 남자의 이야기다. 어느 날 암만에 있는 로만 극장에 앉아 있을 때 그는 자기 나이가 50인데 아직도 영화 일을 해 본 적이 없다는 사실을 깨닫고 그 충격에 심장 마비로 죽는다. 와지 알나자가 그 이야기를 읽고서 물었다.

"자네에게 앞으로 일어날 일을 예언한 거 아니야?"

사무실에서 판에 박힌 일을 하는 것 외에도 가끔씩 신문과 잡지를 팔레스타인 지도자인 압델 자와 살라라는 사람에게 가져다주는 와지 알나자의 심부름을 했다. 나중에 알고 보니 그는 팔레스타인 지구 내 알비레의 시장이었고, 이스라엘에서 요르단으로 추방당했었고 팔레스타인 해방 기구 집행 위원회의 회원이었다. 두 달 후엔, 내 지위가 향상되어서 내 단편들을 신문에 싣게 되었다. '영국식민치하에 대한 향수'라는 제대로 된 길이의 영화대본을 쓸 생각도 했다. 어느 정오, 와지 알나자와 내가 점심식사를 하고 있는데 경찰관 네다섯 명이 사무실로 들이 닥쳐서 얼굴에 권총을 들이 댔다. 한 사람이 와지 알나자를 때리고 그를 질질 끌고서 문 밖으로 나갔고 나머지는 사무실을 뒤지기 시작했다. 내게 다가온 남자가 얼마나 세게 주먹을 날리는지 나는 바닥에 쓰러지고 말았다. 그러더니 내게 팔레스타인 사람이 아니냐고 묻길래 '나는 이라크인'이라고 했다. 나를 다시 마구 패더니 자기 동료 두 명에게 고개짓으로 나를 메르시데스 자가용으로 끌고 가라고 했다. 나는 나중에야 요르단 비밀경찰인 무카바라트 건물 안 독방에 내가 있다는 사실을 알게 되었다. 그곳에서 나는 말로 표현할 수도 없는 고문을 당했다. 단지 요르단인의 고문에 비하면 팔레스타인인의 고문은 아무것도 아니라는 말만 하겠다. 그들은 내가 어떤 팔레스타인 단체 소속이고 그 우두머리는 누군지 물었다. 질문을 할 때마다 사방에서 발로 차고 주먹

으로 치고 했다. 반쯤 의식이 없는 상태에서 나는

"맹세코, 아무도 모릅니다. 날 좀 믿어 주세요, 단체도 모르고 그룹을 이끄는 우두머리도 모릅니다. 거리를 걷고 있다가 신문에 난 구인광고를 보고 그 회사에 들어갔을 뿐입니다. 알라이 신문을 확인해 보시면 알겁니다."

라고 대답했다. 세 남자가 나를 계속 때렸고 어디서 주먹과 발길이 날아오는지 알 수 없는 지경이었다. 한 사람이 데일 정도로 뜨거운 물을 내게 들이부었고 다른 사람은

"이 범죄자들! 왕정을 뒤엎으려고 해!"

라고 해서 내가 소리쳐 말했다.

"맹세코, 난 왕정주의자고 우리 집안도 이라크의 화이잘 2세를 좋아합니다."

한 남자가 웃으면서 주먹으로 내 코를 때리며

"이 겁쟁이야, 주먹 한 대 맞고 나니 왕정주의자가 되는구나."

라고 했다. 그 다음에는, 누군가가 내 얼굴에 침을 뱉으면서 고함을 쳤다.

"이 개새끼야, 다 불기 전에는 못 나갈 줄 알아."

그 소리에 나는 그의 얼굴에 대고 맞고함을 쳤다.

"니 에미가 개년이다. 우리 어머닌 가장 훌륭하신 분이라고."

그가 발로 내 목을 밟아서 부러진 이빨 서너 개가 목구멍으로 넘어가는 것이 느껴졌다. 마침내 그들이 자리를 떴을 때, 몸 어디 하

나 성한 곳이 없었다. 바닥에 누운 채로 얼마인지 알 수 없지만 오래 잠을 잤다. 잠에서 깨어났을 때 먹을 것과 마실 것을 달라고 소리쳤지만 아무도 오지 않았다. 나는 다시 의식을 잃은 것 같았다. 다시 의식이 돌아 왔을 때는 커다란 홀로 옮겨져 있었다. 그 곳에서는 아주 예쁜 젊은 금발머리 여자 셋이 나를 둘러싸고 있었다. 그 여자들은 내 얼굴과 상처를 꿰매고 싸매 주었다. 그 중 한 여자가 담배를 피우고는 말보로 갑을 청바지 앞쪽 주머니에 넣었다. 나중에 알게 되었는데 그들은 체르케스 지역에서 온 여자들이었다. 그러고 나서 나를 고문했던 사람 중 하나가 와서 '운이 좋은 줄 알아, 이 개새끼야. 오늘은 널 풀어 준다.'고 했다. 그들이 나를 풀어 줬을 때, 원래는 그들이 나를 이라크 정부에 넘기기로 결정했었다는 것을 알게 되었다. 어쨌든, 마지막 순간에 웬일인지 그 결정이 취소되었다. 무카바라트는 나를 24시간 내에 쫓아내는 것에 만족했다. 와지 알나자는 요르단 정부에 저항하는 한 좌익 단체 지도자로 밝혀졌다. 나를 위해 그의 아내가 요르단 내무부 장관과 접촉했다. 그는 장관이 되기 전에는 와지 알나자의 친구였다. 내가 정말 운이 좋았던 것이다. 내 파일을 갖고 있던 요르단 비밀경찰의 감독인 가지 아라비야트가 걸프만에서 있었던 안전이사회에서 돌아오는 길인 오늘 아침 자동차 사고로 죽었기 때문이다. 내가 듣기에 그는 '진짜 백정'이라고 들었다. 그래서 내 파일은 안전이사회를 통해 내무부 장관에게 넘겨졌고 그가 날 이라크 정부에 이송하지 않는다고 결정했다. 석방된 후 와지 알나자의 아내를 만났다. 와지 알나자는 그 이전에도 여러 번 투옥된 적이 있어서 감옥에 오래 있을 것이라는 말을 들었다. 와지 알나자가 요르단 왕가가 쓰는 비용이 나라 전체 예산보다 더 많다는 기사를 일간지에 실은 적이 있는데 그 때문이라고 했다. 그러고 나서 그녀는 내게 80 요르단 디나르 짜리 수표를 주었고 나는 은행에 가서 그것을 현금으로 바꾸려 했다. 해질녘이어서 은행 업무가 끝났다는 말을 들었다. 나는 내가 이 나라에서 추방당할 거고, 무카바라트에게 고문을 당했다는 등등의 사실을 큰소리로 외쳤다. 은행 관리자가 나오더니

"알겠습니다, 알겠습니다! 수표를 현금으로 바꿔 드리지요. 알아들으셨죠? 조용히 좀 하세요!"

라고 했다. 나는 곧장 팔레스타인 지도자인 압델 자와드 쌀레에게로 갔고, 그는 PLO가 지배하는 서베이루트로 가라고 충고 한 뒤 아라비 아와드에게 특별히 나를 추천하는 추천서를 써 주었다. 마지막으로 친구인 토피크를 찾아가 작별인사를 했다. 합승택시를 타고 다마스쿠스로 가서 그곳에서 2시간도 머물지 않았는데 그 시간 동안 나는 새 신발과 그 당시 유행하던 검은 가죽재킷 한 벌을 샀다. 합승 택시를 타고 베이루트로 와서는 이번에는

"서베이루트로 갑시다."

라고 운전사에게 말했다.

"타시오."

라고 운전사가 말했다.

"팔레스타인인이 있는 서베이루트요."

라고 나는 거듭 말했다.

"타시라니까, 형제."

라고 그가 말했다. 두 시간도 채 못돼서 나는 팔레스타인이 지배하는 서베이루트에 도착했다. 그곳은 '파키하니 공화국'이라고 불리웠다. 아라비 아와드 동지라는 사람을 만나고 싶다고 하자 그들은 나를 아피프 티비 거리에 있는 그의 사무실로 보냈다. 요르단 공산당 지도자라는 말을 들은 적이 있는 그가 나를 반갑게 맞이하면서 자기 동지들에게 나를 잘 돌봐 주라고 부탁했다. 그들은 팔레스타인 라디오 방송국 아나운서인 어느 남자의 집을 임시거처로 쓰라고 했다. 그 아나운서는 이란 혁명이 터진 것과 샤의 통치의 종말과 망명에서 돌아온 호메이니가 이끄는 종교지도자들의 통치가 시작된 것을 보도하기 위해 테헤란으로 가고 없었다. 며칠 후 나는 팔레스타인 해방을 위한 민주당 전선의 안내 서비스센터에서 일하기 시작했다. 그 본부는 파키하니의 한가운데 있었고 내가 한 일은 이스라엘 라디오에서 아랍 뉴스를 듣고 그 방송의 주요 화제를 알려주는 것이었다. 그 일은 매우 지루했다. 그래서 아침 7시 반부터 오후 5시까지 방송되는 모든 뉴스를 카세트에 녹음한 후 중요 뉴스를 골라 타이핑했다. 그리고 '이스라엘 라디오 관측자 단신'이라는 이름을 붙여 저녁 단신을 내보냈다. 처음에는 25부만 복사해 내보냈는데 수요가 증가하면서 몇 달 뒤에는 내 단신이 팔레스타인 뉴스국 WAFA(팔레스타인 혁명의 주요 기관)의 뉴스보다 더 중요해졌다. WAFA에서 일하는 팔레스타인인, 시리아인, 이라크인, 이집트인, 수단인의 수가 천일야화의 쪽 수보다 더 많았다. 나는 단신 뿐 아니라 정보 서비스 센터의 행정업무 감독관이 되었고, 나중엔 그 일에 그 조직의 주요 출판물인 알허리야 잡지의 제작 책임자 일까지 맡게 되었다. 게다가 나는 꽤 예쁜 레바논 아가씨와 사랑에 빠져 서베이루트에서 즐거웠다. 그러나 내가 맡고 있는 일이 그렇게 있는데도 불구하고 나에겐 여전히 진짜로 집이라 할 만한 곳이 없었다. 중앙 정보 건물의 8층 발코니에서 잠을 잤다. 매일 밤 하이네켄을 여러 병 사서 발코니 바닥에 담요를 깔고 잠이 들 때까지 그 맥주를 마셨다. 여러 팔레스타인 단체들 사이에 무장 충돌이 벌어지기도 했다. 그럴 때는 잠자리를 발코니에서 방 안으로 옮겼다. 종종 이쪽 방향으로 날아드는 산탄이 무서웠기 때문이다. 그 시기에 나는 프랑스와를 알게 되었는데 그는 남자 간호사로 일하는 프랑스 청년이었다. 그는 매일 정오에 기록 보관소에 와서 우리가 정기적으로 받아보는 「르몽드지」와 「르누벨옵저버퇴르」를 읽었다. 어느 날, 나는 프랑스와와 함께 베이루트 아랍 대학 옆에 있는 캔들스 식당에 갔다. 우리는 야채와 팔라펠 두 접시를 시켰고 물론 하이네켄도 서너 병 같이 시켰다. 무장을 한 남자가 들어와서 기관총 총구를 내 관자머리에 대고 고함을 치기 시작했다.

"이 더럽고 사악하고 구역질나는 쓰레기같은 놈……"

사전에 나온 온갖 욕이란 욕은 다 해 가며 내 머리에 칼라쉬니코프의 총구를 갖다 댔다. 식당의 다른 손님들은 마치 영화의 한 장면인 것처럼 우리를 쳐다봤다. 나는 조용히 그에게 말했다.

"동무, 내가 당신에게 아무 짓도 하지 않았는데 왜 나를 공격하는 거요?"

"나는 니 동무가 아냐, 이 버러지같은 놈아."

이라며 그가 으르렁댔다.

"형제, 동지, 지금 나를 아프게 하고 있소. 무기를 내 머리에서 치우시고 얘기를 좀 합시다."

고 했다.

"이 겁쟁이 자식아 니가 고통의 의미를 안다면, 다른 사람들의 마음을 상하게 하거나, 소문을 내 다른 사람의 명예를 더럽히지 않았을 거야."

라고 그가 고함을 질렀다. 나는 구원을 요청하는 눈길로 프랑스와를 바라보았다.

"쌔미 동무는 좋은 동무요."

프랑스와가 아랍어로 말했다.

"나는 당신을 아오."

무장을 한 남자가 말했다.

"당신은 친절한 프랑스 의사잖소. 이 버러지 같은 놈의 편을 들지 마시오.”

“저 사람한테 무슨 짓을 한 거요?”

프랑스와가 영어로 내게 물었다.

“아무 일도 한 것 없어요, 날 믿어줘요.”

라고 내가 답했다. 그 남자는 기관총 부리를 다시 내 관자머리에 들이대고는 소리쳤다.

“내 여동생 겁탈한 사실을 부인할 참이야?”

그가 총을 쏠 준비를 하면서 동시에

“니 머리가 박살날 거다.”

라고 말하는 소리를 들었을 때 나는 바로 말을 가로챘다.

“당신이 박살 낼 머리가 남아 있는지 모르겠군요. 팔랑헤 당원들한테 붙잡혔을 때는 그들이 내 머리를 박살내고 싶어 하더니 지금 여기서 팔레스타인인한테서 똑같은 일을 당하네요. 왜 내게 이런 일들이 일어나는 거지요? 나는 친절한 젊은이로 남에게 도움을 주었을 뿐인데요.”

훨씬 누그러진 목소리로 무장을 한 남자가 말했다.

“진짜 팔랑헤 당원들에게 붙잡혔었단 말이오?”

“그래요.”

라고 내가 대답했다. 그 말에 그는 내 머리에 들이댔던 무기를 치우고서는

“내가 실수를 한 것 같소.”

라고 말했다. 그리고 그는 몇 번이고

"용서해 주시오, 동지"

라고 하면서 내 머리에 입을 맞추기 시작했다. 그는 같이 앉자고 하더니 음식과 음료를 주문했다. 그는 40세였고 하이네켄을 두 모금 들이킨 후엔 행복해보였다. 그 '친구'가 자동 기관총으로 무장한 술고래라는 사실을 깨닫자 우리는 먼저 음식 값을 낸 후 식당을 빠져나왔다. 그러고 나서 얼마 지나지 않아 나는 '민주당 전방 셰라톤'이라고 우리가 부르곤 하던 건물인 파키하니에 있는 작은 방을 세내서 살기 시작했다. 그 시기에 나는 영화를 생각하며 밤 시간을 보냈고 내 상상 속에선 가족들 사진이 떠 다녔다. 집을 떠나오고 난 후론 가족과 연락 두절 상태였다. 미국으로 가기로 한 나의 계획이 어디론가 미끄러져 빠져나갔고 이제는 거의 불가능했다. 이 사실을 인정하는 게 고통스러웠다. 어느 날 아침 나는 더 이상 베이루트에 머물지 않기로 결심했다. 그래서 이 문제를 정보 센터의 책임자인 무크타 박사에게 털어 놓으려고 갔다.

"동지, 저는 미국으로 가서 영화를 만들려는 의도를 가지고 이라크를 떠났습니다."

라는 말로 말문을 열었다. 그는 그 말을 듣자마자 비웃었다.

"미국! 왜 하필이면 그 더러운 제국주의 나라로 가려는 거요?"

그러더니 내게 제국주의와 식민주의 그리고 세계의 해방운동에 대한 지루한 연설을 풀어놓기 시작했다. 나는 다시 말했다.

"저는 정치하고는 무관합니다, 박사님. 우리나라에서 국방의 의무도 다 했고요, 박사님과 함께 이곳에서도 3년을 일했습니다. 제발 제가 갈 수 있게 도와주세요."

나는 이 요구를 거의 매일같이 계속했다. 그러나 무크타 박사는 늘 웃으며 '두고 보자.'라고만 답했다. 얼마나 운이 나쁜지! 도망치려고 했던 첫째 주에 파키하니 학살이 터졌다. 1981년 7월 17일 금요일 아침, 내가 문을 나서자마자 프랑스와가 길을 걸어 올라오면서 오늘 밤에 들르겠다고 했다.

"좋아, 음식과 마실 것을 준비해 놓을게요."

그는 15 레바논 파운드를 주머니에서 꺼내고는 웃으면서

"오늘 밤은 좀 취해보게 나폴레옹 꼬냑 한 병 사오세요."

라고 했다. 이스라엘 전투기가 베이루트의 상공을 나는 것은 우리에겐 이젠 익숙한 광경이 되어 있었다. 그래서 바로 그때 이스라엘 전투기가 우리 머리 위로 날아 갈 때도 우리는 신경을 쓰지 않았다. 그러나 프랑스와가 그의 아름다운 미소를 지으며 작별인사를 하고 불과 몇 발자국 떼기도 전에 이스라엘 전투기가 파키하니에 폭탄을 투하해서 주거 지역을 지옥으로 만들어 버렸다. 화창한 날이 깜깜한 암흑으로 곤두박질쳤다. 건물에서는 남자, 여자, 아이 할 것 없이 수백 명의 사망자가 나왔고 한 시간이 더 지나서야 폭발과 내폭의 연기와 건물 먼지가 바람에 날려갔다. 프랑스와는 맨 처음에 살해당한 사람 중에 끼어 있었다. 결국 그의 시신은 프랑스로 옮겨 매

장되었다. 나는 파키하니의 학살의 여파가 가실 때까지 내 여행을 미뤘다. 그 후, 여권을 찾아오는 것을 마침내 포기하고 키프로스로 가는 팔레스타인 난민들이 사용하는 레바논 여행 문서를 샀다. 그다지 비싸지는 않았다. 키프로스에 도착하자마자 나는 리비아의 후원을 받는 니코시아의 한 아랍 잡지사에서 일하기 시작했다. 처음에는 그곳의 기록보관실에서 일했다. 그러고 나서는 영화에 관한 기사들을 출판했다. 여러 차례 이집트에 갔고 갈 때마다 두세 달씩 머물면서 영화사들의 행사를 쫓아다니고 이집트의 남녀 배우들과 인터뷰했다. 여행 서류가 만료가 되면 튀니지로 가서 야세르 아라파트의 사무실에서 추천서를 받아 그것을 이용해서 당시 예멘 공화국의 수도였던 아덴으로 들어갔다. 민주적인 예멘인은 사담 후세인의 통치에 적대적인 팔레스타인인과 이라크인들에게 동조하는 마르크스주의당(공산당)에 의해서 쫓겨났다. 나는 어느 정치 조직에도 속해 있지 않았기 때문에 공항에서 아무도 만나지 않았고 첫날은 해변가에서 잤다. 아덴에서는 카메라와 카세트 리코더, 셔츠와 새로 산 바지를 팔았다. 나는 한 주 내내 매일같이 그 공화국의 대통령 집무실을 찾아 가 대통령 고문관에게 면담을 신청했다. 그는 나를 자기 차에 태워 관광호텔인 더샬렛으로 데려갔다. 그 당시 그곳에는 기술 전문가인 러시아인들이 꽤 많이 묵고 있었다. 3년 후에 이 고문관은 쿠데타 와중에 대통령 궁에서 총에 맞아 피살되었다. 우리가 만난 후 며칠 지나지 않아 예멘 여권을 받았고 니코시아로 돌아왔다. 그러나 잡지사는 핑계를 대면서 나를 받아주지 않았다. 그 때 예세르 아라파트와 시리아와 리비아 정권의 후원을 받고 있는 팔레스타인 반체제 인사들 사이에 전쟁이 일어났다. 거친 저항에 부딪쳐 한 번은 아라파트가 공격을 미룬 적도 있었다. 니코시아의 PLO 사무실에서 북부 레바논에 있는 트리폴리 병원의 부상당한 팔레스타인인들에게 기부된 혈장을 덴마크인가 노르웨이의 의사들이 가져왔다는 이야기를 들은 적이 있었다. 그 의사들과 동행해 줄 수 있느냐고 묻길래 그러겠다고 했다. 밤에는 키프로스인 친구인 니코스가 하는 코우치 술집에서 진토닉을 같이 마시면서 다시는 돌아올 수 없는 곳으로 갈 거라고 말했다. 니코스는 웃으며 말했다.

"북부 레바논으로 갈려고?"

"그래."

라고 대답했다. 그는 고개를 저으며 말했다.

"자네에겐 모든 게 영화 같군."

그날 밤 갑자기 가족들과 이야기를 나누고 싶어졌다. 우리 이웃인 하자 음 아마드의 전화번호를 갖고 있어서 식구들에게 전화를 걸어 어머니와 통화를 했다. 어머니는 베이루트에서 내게 무슨 나쁜 일이라도 생긴 줄 알았다고 말했다. 아버지와 통화하고 싶다고 하자 어머니는 웃으면서

"아직도 제 정신이 아니구나, 아들아."

라고 했다. 잠시 후 아버지의 목소리가 들렸다.

"아 아 아 아 호 호 아 아 아 호 호 하 하 하."

나는 아버지에게 웃으면서

"아버지, 무슨 말인지 알아요. 네, 저도 아버지 사랑해요. 절 믿으세요, 전 아무것도 잊어버린 게 없어요. 앞으로도 절대 안 잊을 거예요. 곧 제 꿈도 이루어 질 거예요."

라고 말했다.

"아 아 아 아 호 호 아 아 아 호 호 하 하 하."

라고 아버지가 대답했다. 그래서 나도 그의 언어로 대답했다.

"아 아 아 아 아 하 하 하 오 오 호 오 호 하 호 하 하 아 아 아."

니코스가 손을 뻗어 전화를 끊었다. 내 얼굴에는 눈물이 흘러내리고 있었다. 라나카를 떠나 트리폴리와 레바논으로 가는 길에 우리가 탄 작은 배는 큰 파도에 이리 저리 흔들렸다. 의사 한 사람이 날 보더니

"선원처럼 보여요."

라고 했다. 이 말에 기분이 좋아졌다. 언젠가 배우가 될 수도 있으리라고 느껴서였다. 여전히 바다 가운데 있을 때 선장이 다가와서 위험은 끝났다고 했다. 우리가 이스라엘 사람들에 의해 납치될 위험을 피했다는 뜻이었다. 그 당시에는 배가 몇 척 납치된 상황이었다. 트리폴리 항에 도착하기 전에 멀리 아라파트를 지지하는 팔레스타인 난민 캠프에 로켓이 떨어지는 것이 보였다. 곧 팔레스타인과 레바논의 병원으로 스칸디나비아에서 온 혈정이 보내졌다. 친구

인 카릴 살만을 찾아 갔다. 아라파트와 아부 지하드의 비서였던 카릴 살만은 자히리야 지구의 아름다운 아파트에 살게 해주었다. 저녁에는 아부 지하드의 비서 중 한 사람이 내게 왔다. 그의 이름은 이스마일로 잘 생긴 젊은이인데다 아주 친절했다.

"난 여기 살지는 않지만 열쇠를 가지고 있어요."

라고 그가 말했다. 그러고 나서 미소를 지으며

"제가 여기 있는 게 좋으실 거예요. 전 **람 비-아진** 파이를 많이 가지고 있거든요."

라고 했다. 나중에 나는 이스마일이 안전 때문에 여러 아파트들을 전전하며 잔다는 것을 알았다(그는 2년도 안되어 아테네에서 암살되었다). 아침에 일어나서 속옷만 입고 거실로 나갔다가 아라파트와 아부 지하드가 진행 중인 전투에 대해 격렬하게 논쟁하는 모습을 목격했다. 나는 그들에게 안녕하시냐고 했고 그들도 인사를 건넸지만 나는 어찌할 바를 몰랐다. 부엌으로 가자 네 명의 경호원이 시끄럽게 떠들며 차를 마시며 담배를 피우고 있었다. 야세르 아라파트와 아부 지하드와 경호원들이 떠난 후 나는 카펫에 유리조각이 떨어져 있는 것을 보았다. 탁자 유리가 산산 조각나 있었고 핏자국도 몇 군데 있었다. 다음 날 손에 붕대를 감은 아라파트의 사진을 신문에서 보았다. 아라파트가 탁자 유리를 주먹으로 쳤나보다 했다. 격렬한 전투를 여러 날 벌인 후, 시리아와 리비아의 지원을 받은 팔레스타인 저항군의 전력이 꾸준히 증가하고 있었다. 프랑스가 개입해서 아라파트와 그의 병력을 레바논의 트리폴리 시에서 철수시켜 튀니지의 튜니스로 이동시키려 한다고 보도되었다. 아라파트는 레바논의 은행에서 모든 재원을 출금시키라는 명령을 내렸고 카릴 살만은 엄청난 액수의 레바논 파운드를 자신을 지지하는 아랍 및 레바논 기자 여럿에게 뿌렸다. 내가 카릴 살만에게 키프로스의 수도인 니코시아로 돌아가고 싶다고 하자 바논 파운드로 꽉 찬 작은 가죽 숄더백을 주었다. 나는 다른 여행자 두 명과 함께 작은 배를 한 척 빌려서 니코시아로 돌아갔다. 키프로스 인민 은행에서 레바논 파운드를 5만 키프로스 파운드 이상으로 바꾸었다. 나는 코치 술집에서 저녁을 보냈으며 밤마다 갤럭시나 스코피온 같은 디스코텍에 갔다. 그곳에서 지금 이름은 잊었지만 젊은 네덜란드 여자를 만났고 그녀는 멋진 아침식사를 파는 식당을 안다고 했다.

"그 식당의 아침식사가 얼마나 맛있는지 믿을 수 없을 거예요." 라고 그녀가 덧붙였다. 그래서 새벽 5시에 그녀와 함께 그곳으로 갔다. 그녀가 말한 아침 식사가 **파차**라는 것을 알고 나서 나는 웃으면서 말했다.

"이건 이라크에서 군인이나 노동자들이 흔히 새벽에 먹는 음식이에요. 사실 파차는 원래 터키 음식이고 키프로스 음식은 아니에요."

그러자 그녀는 아이야 나파라는 작은 시골 마을에서 함께 며칠을 지내자고 제안했다. 그러고 나서 나는 튜니스로 떠났다. 그곳에서 바다가 내려다보이는 시시 부 사이드 근처에 집을 하나 빌렸다.

식당과 바를 전전하는 생활을 했고 젊은 튜니스 여자에게 반해버렸다. 돈을 탕진 한 후 친구인 칼릴 살만을 찾아갔다. 그는 자신이 키프로스 편집장으로 있는 잡지인 알-빌라드의 특파원을 하라고 했다. 그 즈음 시인인 내 친구 무스타파 알-하다드는 내게 그 나라를 떠나라고 권했고 나는 영국 대사관에 비자를 신청했으나 거절당했다. 파리에 가기 위해 프랑스 대사관에 비자를 신청했을 때 내무 장관의 승인을 받으려면 시간이 많이 걸린다고 했다. 오래 기다릴 셈치고 어쨌든 비자 신청을 했다. 날짜가 계속 지나자, 길을 잃은 느낌이 들기 시작했다. 밤이면 영화제작의 꿈이 되살아났고 더 이상 잠을 잘 수 없었다. 술을 더 마시기 시작했고 아침에도 거리낌 없이 과실 브랜디인 부카를 들이켰다. 친구인 자라와의 관계도 끝이 났다. 그녀의 오빠가 '그런 이라크 배교자 놈을 계속 만나면' 죽여 버리겠다고 협박해서였다. 이 오빠라는 작자는 원래 스웨덴에서 담배 무역상을 했는데 아주 종교적인 사람이 되어 튀니지로 돌아왔다. 크리스마스 시즌의 어느 날 수도의 재래시장을 걷다가 이발소 창문 앞에서 어린 소년에게 할례를 시술 중인 남자 그림을 보았다. 나는 잠시 멈추었다. 도대체 살면서 얼마나 여러 번 할례에 관한 질문을 받았는지 생각했다. 길에서, 학교에서, 군복무 중에, 나중에 방문한 여러 아랍 도시에서, 그들은 할례를 했는지 묻고 또 물었다. 내가 아니라고 대답하면 날 비웃으면서 할례가 얼마나 중요하고 얼마나 유익한지 설명하곤 했다. 그들이 이 주제를 아주 열심히 열광적으로 설명하는 바람에 아랍세계의 많은 문제들이 내 성기와 연관이 있다는 생각까지 들었다.

나는 이발소로 들어가 이발사에게 말했다.

"시디 부 사이드에 나와 함께 사는 열두 살 난 소년이 있는데, 같이 가서 그 아이에게 할례를 해줄 수 있습니까? 비용은 물론이고 택시비까지 드리겠습니다."

이발사는 도구 가방을 들더니 나와 함께 나섰다. 우리 집에 도착했을 때 나는 그에게 말했다.

"선생님, 실은 열두 살 된 아이는 없습니다. 내가 바로 말씀드린 젊은이입니다. 전 스물여덟인데 할례를 하고 싶습니다."

그 이발사는 잠시 아무 말도 안 하더니 있더니 호주머니에서 담배를 한 개비 꺼낸 후 말했다.

"그러겠습니다. 서른 살 된 프랑스인에게 할례를 한 적도 있는데요. 그 다음에는 소식이 끊겼지만요."

그는 마취제도 쓰지 않고 수술을 시작했고 내가 수술을 도왔다. 그 수술이 아주 고통스럽기는 했지만 마치 그가 나의 일부가 아니라 다른 사람의 일부를 도려내는 것인 양 수술 과정을 지켜보았다. 가끔씩 내가 심리적으로도 파멸되는 것인가? 하는 의문이 떠올랐다. 일을 마치자 이발사는 웃으면서 말했다.

"이제 신이 당신 마음속으로 믿음이 들어가는 것을 허락하셨습니다."

담배에 불을 붙이며 그가 덧붙였다.

"내 손으로 당신을 이슬람교도로 만들어 기쁘군요."

나는 잠시 그를 바라보다가 나도 모르게 앞뒤 생각 없이 이렇게 말했다.

"왜 내가 유대인이 되었다고 하지 않습니까? 다 알다시피 유대인도 할례를 하지 않습니까?"

내 말에 불쾌해진 그 이발사가 거칠게 말했다.

"수술비 주시죠."

나는 문에 걸려 있는 내 청바지의 호주머니를 가리켰다. 그는 내게 그 청바지를 가지고 왔고 나는 그가 요구하는 비용을 지불했다. 그는 침울하게 떠났다. 그 다음 이틀 동안 나는 고통과 허기에 시달리며 마룻바닥에 누워 있었다. 아버지 생각이 났다. 아버지는 오른손 검지로 왼손을 때린 다음 코를 푸는 것처럼 킁킁거렸는데, 할례를 한 사람들이 더럽다는 뜻이었다. 나의 할례 사실을 아시게 되면 아버지는 뭐라고 하실까? '수술' 후 사흘이 지난 날 정오에 누군가가 내 방문을 두드리는 소리가 났다.

"들어오세요. 문 열려 있어요."

라고 나는 고함을 질렀다. 알제리인인 내 친구 하난이 들어왔다. 그는 막 내게 프랑스어를 가르치기 시작한 참이었다. 무슨 일이 일어났는지 말해주자 하난은 마구 몸을 흔들며 웃었다. 그녀는 나가더니 곧 구운 닭과 포도주를 사들고 돌아왔다. 여전히 웃고 있었다.

그녀에 이어, 친구인 카미스와 알-아유니가 날 찾아왔다. 그들 역시 들더니 마구 웃어댔다. 알-아유니가 내게

"넌 미쳤어. 모두를 비웃느라고 이런 짓을 했지!"

이틀 후에 집 근처 알-나드후르 식당의 웨이터가 집으로 와 프랑스 대사관에서 전화가 왔다고 알려주었다. 내 비자가 나왔고 언제든 와서 찾아가면 된다고 했다. 그날 밤 나는 걸어서 시디 부 사이드 중앙에 있는 약국에 가 신경안정제를 샀다. 다음 날 친구인 칼릴 살만을 찾아가 3000달러를 얻었다. 그래서 파리로 오게 되었다. 나는 발레리라는 젊은 프랑스 여인을 만나 사귀었다. 그녀와 극장도 가고 내 어린 시절 일이나 영화에 대한 사랑을 이야기했다. 영화가 끝나면 그녀를 아파트까지 바래다주고 나는 호텔로 돌아왔다. 어느 날 그녀가 '여기 있어도 돼요.'라고 했다. 내가 가겠다고 하자 이상하다는 듯이 날 바라보았다. 그 다음 날에도 또 그 다음 날에도 같은 일이 반복되었다. 발레리는 내가 자신과 육체적 접촉을 피하는 걸 눈치챘다. 수술한지 얼마 안 되어 아직도 그곳이 아프다고 말할 생각이었으나 그때 마다 용기가 안 났다. 나는 며칠간 그녀를 보지 않는 게 낫겠다는 어리석은 결론에 이르렀다. 몸이 회복되자 나는 꽃다발을 사들고 그녀의 아파트로 갔다. 문을 두드리자 젊은 아프리카 남자가 문을 열었다. 발레리를 찾는다고 하자 샤워중이라고 대답했다. 내가 옛 친구라고 하자, 자신은 새 친구며, 코트디부아르 출신이라고 했다. 그에게 꽃다발을 건네면서 오늘은 그만 가고 다

음에 다시 만나러 오겠다고 했다. 그 젊은 남자는 웃으면서 문을 닫았다.

***

난민국 직원이 내 서류를 손에 쥔 채 의자에서 일어섰다.

"그 사람이 코트디브아르 출신이란 거 확실해요?"

"누구요?"

"당신 여자 친구를 낚아 챈 젊은이 말이오."

"그런 거 같은데요. 제가 수용소 신청하는 데 그게 중요한가요?"

"아니, 아니오."

웃으면서 그 남자가 말했다.

"그냥 알고 싶어서."

■ 유정화 역

공기의 수호여신

Guardians of the Air

로사 야씬 하싼

Fosa Yassin Hassan

Anthology of the Arabic Short Stories

공기의 수호여신

대사관의 긴 복도가 소란스러웠다.

그녀가 신은 동양풍 소가죽 신발은 바닥이 부드러웠다. 윤이 나게 닦은 마룻바닥을 디디지도 않는 듯이 걸으면 뒤에 하나로 묶은 머리가 찰랑거렸다. 발목 부분에서 모아지는 미끈하게 처진 얇고 가벼운 천의 자주빛 서월 바지를 입고 궁중 복도를 경쾌하게 걷는 그녀는 의로운 칼리프의 첩과 많이 닮았다. 2000년대가 시작되는 마당에 다마스쿠스 같은 도시에서 도대체 저런 옷들을 어디서 구할 수 있는지 나로서는 알 길이 없다!

복도 끝에서 겨우 그녀를 따라 잡았을 때, 숨이 차 가슴이 터질 지경이었다.

"*마담! 마담 소피!*"

그녀는 몸을 돌리더니, 마치 아무 것도 일도 없었던 양 놀라더니 인사 대신 웃었다.

대사관 홍보이사인 마담 소피의 뒷 모습만 보고는 아무도 그녀를 성인 여자라고 생각하지 않을 것이다. 그녀는 한 열다섯이나 열여섯 정도로 보였다. 그러나 그녀의 얼굴은 잔주름이 자글자글 해 엉망이었다.

"*제발, 마담 소피, 부탁드릴 일이 있습니다.*"

"*네?*" 그녀는 영어로 물었다.

자기 사무실로 들어오라는 말은 하지 않았다. 그리곤 늘 그렇듯이 서둘러서! 팔짱을 낀 채 서서 내 말을 기다리고 있었다. 곧장 표준 아랍어로 말을 꺼냈다.

"*제발, 마담 소피, '나리'라는 말의 번역을 바꿔야 해요. 나리라고 하면 가난하고 불쌍한 사람들이 덜덜 떨고 얼굴이 창백해져요. 아랍인들은 나리라고 하면 민간인이리라고 상상도 못해요.*"

"*어……*" 마담 소피는 몹시 화나고 짜증난다는 표정을 지었다.

"*역사가 긴 말이랍니다. 쉽게 설명이 안 되게 아랍인들의 머리 속 깊이 각인된 말이에요.*"

"*그래요, 알고 있어요!*"

"번역에서 제일 중요한 게 정확성이잖아요. 그런데 이 말만 쓰면 사람들이 가슴을 벌렁이는 데 그 소리가 멀리서도 들려요. 꼭 사냥꾼의 손아귀에 있는 새 가슴처럼 말이에요. 이해하시겠어요, 마담?"

마담 소피는 깜짝 놀라는 표정을 지었다. 놀라움이 얼굴에 퍼졌다. 아마 내가 설명을 제대로 못해서일 수도 있다. 한 단어라도 번역을 바꾸려면, 대사관 사무실에 서류를 제출하든가 아니면 좀 더 확실 방법으로 그녀를 설득해야 했다. 마담 소피는 내가 상상 속의 새를 움켜쥐고 그녀의 얼굴 앞에 갖다 댄 것처럼 한동안 심각하게 내 주먹을 바라보았다. 얼굴 표정만 보면 내 말을 듣고 있는 게 분명한데, 여느 때와 달리 단호하고 심각해 보였다. 언뜻 그녀가 나를 스쳐 지나서 복도를 따라 걸어가 버릴지도 모른다는 생각이 들었다. 그러나 내가 꽉 주먹 쥔 손을 풀자마자 바로 내 앞으로 다가왔다. 그녀는 천천히 미소를 짓더니 손을 뻗어 내 어깨를 토닥였다.

"브라보, 아낫, 브라보, 당신 굉장해요!"

그녀는 자연스럽지 못한 아랍어로 계속 말했다.

"나로서는, 번역의 정확성보다 당신 가슴 속의 이 사랑, 이 자그마한 체구 안에 들어 있는 이 연민이 더 중요해요."

아마도 내 작은 체구를 말하나 보다.

말을 마치자 그녀는 반짝이는 이를 모두 드러내고 함박웃음을 지었다. 하얀 웃음, 그 웃는 하얀 얼굴처럼 하얀, 아랍인의 특징은 하나도 없는 그 하얀 웃음을.

"당신이 최선이다 싶은 것은 뭐든 다 하세요."

그녀의 뒤를 쫓아 나온 나의 어깨를 툭 치더니 나를 긴 복도에 남겨두고, 찰랑찰랑 머리를 흔들면서 사라져버렸다. 그녀의 뒤에 대고 큰소리로 물었다.

"*마담, '대장'은 어떨까요? 그게 더 낫지 않을까요?*"

그녀는 뒤도 돌아보지 않은 채 엄지 손가락을 치켜 올렸다. 그녀는 가던 길을 계속 갔고, 차가운 복도 벽 사이에서 그녀의 가볍고 빠른 발걸음 소리만 들렸다. 나는 잠시 신선한 느낌이 들었고 살아 있는 듯 했다. 양쪽에 나란히 방들이 도열해 있는 그 긴 복도 가운데 서 있는데 갑자기 기쁨이 몰려왔다.

마담 소피가 내 제안을 그렇게 간단히 수락하다니! 이렇게 냉담한 백인 캐나다인에게 그런 정신이 있다니! 그녀는 순수하고 진실한 마음을 갖고 있다. 아마도 레바논인인 그녀의 아버지가 물려준 유일한 유산일지도 모른다. 언젠가 그녀는 아버지가 평생 적십자사 구급차를 타고 전 세계를 누비고 다녔다고 한 적이 있다. 의사였던 그녀의 아버지는 국제분쟁이 있는 곳마다, 전쟁터마다 달려갔다. 그녀가 조금 과장했을 수는 있지만, 그녀의 아버지가 다르푸르, 보스니아-헤르체고비나 전쟁에 심지어 아프가니스탄 전쟁에도 갔었다고 했다.

"*그리고선, 돌아가셨어요. 아이러니컬하게도 아프리카에서 말라리아에 걸려 돌아가셨어요.*"

난 그때는 그게 왜 아이러니인지 이해하지 못했다. 그런 노인의 인생이 아이러니가 아니라 비극이 되려면 폭탄이나 미사일에 맞아서 죽어야 하나? 어쨌건, 마담 소피는 자기 아버지가 아프리카에 여기 저기 널려 있는 공동 묘지에 묻힌 걸로 믿었다.

중요한 것은 이 성공으로 아침부터 암울한 생각으로 가득했던 일진 사나운 날이 변하리라는 사실이다. 상상의 구름들은 다 흩어져 사라질 것이다. '대장'이라는 말을 쓸 수 있다는 것은, 사람들이 코미디극에 나온 이등병처럼 있는 힘을 다해 바닥에 발을 구르며 '나리'에게 인사를 할 때마다 그들 눈에 서려 있던 공포를 다시는 보지 않아도 된다는 뜻이다.

나는 면담에 늦었다. 말할 것 없이 캐나다인 나리 – 실례, 대장 – 는 나를 기다리느라 화가 나 있을 것이다. 점점 더 커지는 불안을 느끼며, 방 밖에서 복도를 서성대며 오르내리면서 피스타치오색 문이 열리고 면담이 시작되기를 기다리는, 오늘 면담을 치루는 사람들도 당연히 화가 나 있을 것이다.

***

그녀는 토하고 싶었다. 작은 언어의 승리로 밀려들던 즉각적인 기쁨은 이미 기억도 나지 않았다. 이 문지방을 넘어설 일을 상상하자 속이 메스꺼워졌다. 아마도 끈적거리는 후덥지근함 때문에 속이 더 안 좋아진 듯 했다. 국장이 자기 발 근처에 갖다 놓은 작은 전기 히터에서와 마찬가지로, 온풍기에서도 열기가 뿜어져 나오고 있었다. 히터 위의 구리 주전자에서는 커피 향이 뿜어져 나왔다.

국장은 캐나다 시민권 및 출입국 관리소 직원으로 난민 고등 위원회로부터 캐나다 거주 난민의 삶 전반을 조사할 권한을 위임받은 사람이었다. 지난 2년 반 동안 매일 아침 그러했듯이, 자기 앞 책상 위에 쌓인 다양한 색깔의 서류와 사진 더미를 검토하고 있었다. 주먹만한 크기의 컵에서 아랍 커피를 홀짝거리며 마시는 모습이 오늘 아침 따라 유달리 억눌리고 비참해 보였다. 커피는, 그의 표현에 따르자면, 콜을 바른 다마스쿠스 여인들의 검은 눈을 제외하고, 이곳에서 조나단 그린이 유일하게 좋아하는 것이었다. 아낫은 그에게 인사를 했다.

"*안녕, 존, 오늘 어때요?*"

대답이 없었다. 책상에서 머리를 들더니 슬픈 미소를 지었고 그 미소는 곧 냉소로 변했다. 그리고 다시 산더미처럼 쌓인 서류 속으로 얼굴을 묻었다. 그는 곧 인터뷰를 할 새로운 난민 신청자의 의료기록을 읽고 있었던 게 틀림없다. 아낫 이스마일은 곧 그 난민 신청자의 말을 번역하게 될 것이다. 그녀가 그에게 가까이 다가가 그녀의 철제 의자가 책상 아래서 거의 그의 의자에 닿을 지경이었다. 깔끔하게 쌓여있는 서류들 사이에서 서명이 된 서류 한 장을 힐끗 보았다. 그 옆에는 검게 탄 몸의 사진이 있었다.

"*아, 아기는 어때?*"

그는 다시 서류 더미 속에 그 사진을 집어넣으면서 특유의 늘어지는 말투로 말했다. 그는 그녀의 배를 살짝 토닥이며 웃었다. 아마도 앞에 있던 사진을 보고 그녀가 얼마나 충격을 받았는지 혹은 자신의 표정이 얼마나 그녀를 혼란시켰는지 감지한 듯 했다. 그녀에게는 이 방에서 고름과 응어리진 핏덩어리가 섞인 혼합물 냄새가 나는 것처럼 보였다.

"*좋아요*"

그녀는 억지로 미소를 지으며 자신의 배를 만졌다. 뱃속의 아기는 3개월째 접어들고 있었다. 난민 고등 위원회에서 온 새 보고서들이 책상 위에 쌓여 있었다. 그 보고서는 수많은 사람들이 난민 고등 위원회의 주목과 조치를 받을 자격이 있음을 알리는 것이었다. 아마 아낫은 그를 위해 이 보고서를 번역하면서, 자신의 좁은 세계, 즉 그녀의 영혼을 누르는 세계의 한계를 벗어나 더 큰 세상으로 나아갈 수 있기를 원했으리라.

아시아에서 온 난민의 숫자가 제일 많았고 괄목할 정도였다. 그 다음으로 많은 게 유럽에서 온 난민이었다. 보스니아-헤르체고비나나 예전의 공산주의 국가 등에서 온 사람들이었다. 날짜를 알려주는 지표는 없었으나 긴 시간에 걸쳐 망명 온 사람들은 아니었다. 그들은 하녀가 휴지통에 버릴 때까지 굴러다니는 쓸모없는 종이처럼 이리저리 굴러다니게 될 것이다. 그러나 다른 나라로 갔다면 분명히 이렇게 무관심하고 부정적인 대접을 받지는 않았을 것이다.

조는 이런 저런 생각을 멈추고 그녀에게 그날의 첫 번째 난민 신청자에 대해서 자세히 알려주었다. 그녀는 보고서 내용을 해석해

주었다. 그의 이름은 살바 쿠아지로 남부에서 온 젊은 수단 기독교인이었다. 그는 과거에 '존 가랑 운동'이라고 알려져 있던, '수단 인민 해방운동'의 조직원이었다. 그 후 수단 인민 해방군에 합류했고 북-남 내전에서 로켓을 발사하는 일을 했다. 이 전쟁은 20년 이상 끌고 있었다. 그는 바시르의 군대에 붙잡혀 수년 동안 포로로 있다가 포로교환 협상으로 석방되었다. 살바는 미혼으로 혼자 살고 있었고 전쟁 중에 그의 가족은 거의 다 사망했다.

***

조나단은 이런 새로운 이야기를 들을 때면 늘 그렇듯이 집중해서 열심히 들었다. 그동안 내 머리 속에는 토하고 싶다는 생각만 맴돌았다. 깨질듯이 머리가 아팠고 억지로 검은 가죽의자에서 비틀거리며 일어났다. 내 얼굴은 시체처럼 창백해졌고 그는 걱정이 되어 나를 돌아본 후 내 손을 잡고 더욱 더 늘어지는 말투로 말했다.

"*아냐, 피곤하면, 오늘 인터뷰는 나중에 해도 돼.*"

"*걱정 마세요. 괜찮을 거예요.*"

조나단 그린은 가끔 지나치게 냉정한 점이 거슬리기는 했지만 지난 3년 동안 거의 매일 만나는 동료이자 친구였다. 그가 떠나면 아마도 슬플 것이다. 대사관에서 맡은 임시 프로젝트가 끝나가고 있어 그는 곧 떠날 예정이었다. 처음 보았을 때 그는 거인 같았다. 은회색 머리카락 사이로 듬성듬성 검은 머리카락이 보였고 푸른빛 눈에는 흰자가 많았다. 그가 쳐다보면 마치 먹이를 덮치려는 사냥꾼 같았다. 요즘은 머리카락이 완전히 백발이 되어 은회색은 찾아볼 길이 없었다. 우리가 처음 만난 다음 날 그는 나를 저녁식사에 초대했고 데킬라까지 곁들었다. 멕시코인 식으로 마시게 만들겠다며 날 유혹하려고 했다. 그의 어머니는 멕시코 만의 작은 마을출신인 라틴 아메리카 사람이었고 그의 유전자는 북미 사람이라기보다는 남미 사람에 가까웠다.

그의 이야기에 넘어간 건 아니었지만 나는 그 초대를 받아들였다. 식당 안에는 줄리오 이글리시아의 '당신이 필요 할 때'가 울려 퍼지고 있었다. 나는 전에 없이 당황했다. 우리는 양파, 고추, 버섯을 곁들인 닭요리를 주문했다. 물론 멕시코 스타일이었다. 나는 존 옆에 앉아서 그가 하는 그대로 데킬라를 한 번에 마시고 유리잔에 뚜껑처럼 꽂혀있는 소금에 절인 레몬을 한 조각을 베어 문 다음 그 쓰디쓴 레몬을 씹었다. 그 데킬라가 배 속에 들어가 불타오르자 그때부터 끈적거리는 툭 튀어나온 눈을 한 거인 조나단 그린이 친구로 보였다.

이제 그의 시선을 피하기 위해서 나는 다시 몸 매무새를 추스렸다. 수단인과 인터뷰 준비를 하고 억지로 미소를 지으며 책상에 기대어 똑바로 서려고 애썼다. 죄책감에 압도되고 싶지 않았다. 밖에서 기다리는 저 사람들, 나를 필요로 하는 저 사람들에 대해 죄책감을 느끼고 싶지 않았다. 발로 히터를 책상에서부터 멀리 민 후 존의 컵에서 차가운 커피를 한 모금 마셨다.

살바 쿠아지가 건방진 표정의 젊은이일 것이라고 상상했는데 막상 문이 열리자 문틈으로 작은 검은 머리가 보였다. 이 동그란 머리에서 눈에 띄는 것이라고는 겸손하지만 매력적으로 빛나는 눈뿐이었다. 그의 눈은 별처럼 촉촉하게 빛났다. 살바는 공포와 의심에 차 방을 둘러보고 우리 두 사람과 방안의 가구를 찬찬히 뜯어보았다. 마치 처형장에 들어온 사람 같았다. 우리는 이 젊은이가 자세히 둘러보는 동안 잠시 기다렸다. 그러고 나서 그는 쭈빗대며 들어와 조용히 우리 앞에 섰다. 그는 여전히 불안해하며 주위를 둘러보았다. 몇 초가 지났다. 그러자 그의 표정이 생기를 띠는 것처럼 보였다. 방 한가운데에 골을 넣으려는 축구선수처럼 다리를 벌리고 손바닥을 허리춤에 대고 서 있었다.

"*그래요. 이름이 살바 쿠아지씨죠*"

존이 격려하려는 듯이 웃으며 말했다.

그 젊은이는 그렇다는 뜻으로 고개를 끄덕였다. 그의 얼굴에서는 가장 도드라져 보이는 뺨은 통통했고, 깨끗이 면도를 하고 있었다. 퓨사어로 대장 조나단은 캐나다인이고 그의 난민 지위를 결정해 줄 사람이라고 설명한 후 책상 근처에 있는 자주색 가죽 철제 의자에 앉으라고 했다. 그의 얼굴의 긴장이 풀리더니 의자에 앉았다. 그러고 나서 갑자기 조금 전에 내가 발로 밀어놓은 책상 옆의 작은 전기 히터를 보았다. 갑자기 충격을 받아 벌떡 일어나 공포에 질린 얼굴로 히터를 손가락으로 가리켰다. 이상한 말을 중얼거리면서 그는 미친 사람처럼 방에서 뛰쳐나갔다. 그가 날 급습한 것이었다. 정말이지 나는 정신이 하나도 없었다. 존은 태연해 보였다. 그는 기분이 상한듯이 고개를 뒤로 젖히고 하녀에게 밖에 있는 살바에게 마실 것을 가져다주라고 말했다. 아마 그걸 마시면 좀 진정이 될 것이라고 했다. 그리고는 우스꽝스러운 아랍어로 말했다.

"*일리 바 아두우.*"

그는 내게 머리를 가져다 대고 속삭였다.

"*이것과 유사한 전기 히터로 고문을 했소. 보시오!*"

그는 검게 빛나는 살바의 윗몸 사진을 보여주었다. 그의 몸통 위에는 비스듬한 검붉은 원 모양의 탄 자국이 있었고 그것이 그의 앙상한 배와 그 아래 부분을 나누고 있었다. 그 줄의 모양이 너무나 정확해서 마치 그린 것처럼 보였다. 이 방에 처음 들어왔을 때 슬쩍 본 화상 사진이었다.

나는 점점 더 토하고 싶어졌다. 그 방이 점점 더 작아지더니 무덤보다 좁아져 내 가슴을 짓눌렀다. 그곳이 고문실로 변했다. 지금이 상황이 더 나쁘기는 하지만 아침 내내 죽음을 생각했던 것도 당연했다. 내가 원하는 것은 아름다움뿐 이었는데도 나는 타락과 죽음에 둘러 싸여 있었다.

육체적인 증상은 난민 신청자의 의료기록에 늘 기재되어 있었다. 그들이 겪은 구체적인 육체적 증상은 말할 것도 없고 확실하게 심리적 상처를 입은 확실한 사람들의 경우 정신적인 결과까지 명확하게 기록되어 있다. 그러나 난민 신청자들 중 다수는 정신적 학대로 내면이 갈갈이 찢겼는데도 아무런 육체적인 증거없이 영혼이 썩어 들어가고 있었다. 그리고 그런 사람들은 난민으로 받아들여질 승산이 거의 없었다. 그들의 말은 영원히 의심을 받았다.

■ 조애리 역

아마도 아랍은 문화적 측면에서 한국에서 가장 멀고 낯선 공간들 중 하나가 아닐까 생각한다. 모스크 사원, 차도르를 입은 여성, 아라비안 천일야화 등의 정형화된 시각으로 현실을 치환하는 가장 대표적인 예가 아랍일 것이다. 그러나 아랍의 현실을 직시하는 것은 필요한 일일 뿐 아니라 중요한 일이기도 하다. 이슬람교는 세계적으로 가장 신도 수가 많은 종교일뿐 아니라 2011년 초 일명 '재스민 혁명'이라 불리는 아랍의 민주화 운동이 아랍권을 휩쓸면서 전 세계에 적지 않은 충격을 주었다. 억압이 있는 곳에는 늘 저항이 있기 마련이다. 아랍은 하나의 관념의 덩어리가 아니고 시시각각 변화하는 역동적인 실체인데 그동안 우리는 아랍에 대해 무관심하고 또 무지했다. 이 책은 아랍(인)의 미시적 일상사와 정치적 · 경제적 · 문화적 현실, 나아가 내면심리를 이해하는 데 징검다리 구실을 해줄 것이다. 소설은 비공식적 역사인 동시에, 부조리한 현실을 초월해 대안을 구축하는 공간이다.

이 책의 표지사진은 모스크 사원과 검은 차도르를 걸친 여성이지만, 일단 책장을 펼치고 작품의 세계로 들어가면 독자는 복합적인 층위의 풍요로운 아랍을 만나게 된다. 이 책에 담긴 이야기들은 아랍권의 정치적 현실, 실생활, 공포와 희망의 뒤섞임 등 다양한 지층과 속살을 드러낸다. 이 책을 통해 알라딘의 요술램프, 매직카펫, 동방의 매혹, 전제 정치의 온상이라는 상투적인 아랍상이 깨지고 새로운 시각이 독자에게 다가오길 기대한다. 비서구권 문학작품을 번역하여 소개하는 것은, 탈 서구중심주의 노력의 일환이며 서구의 인식론적 폭력에 맞서는 것이고 전 지구적 불평등 해소 노력의 일환이기도 하다.

『아랍 단편소설선』에 실린 작품은 총 20편으로 작가군은 나라별로 다양하다. 이집트 6편, 예멘 3편, 튀니지 3편, 알제리 2편, 요르단 2편, 이라크, 시리아, 바레인, 리비아 각각 1편씩이다. 이란이 포함되지 않은 것은 유감이다. 총 20편을 주제별로 묶는 것은 결코 쉬운 일도 바람직한 일도 아니지만, 편의상 억압적 · 정치적 현실, 민중의 일상생활, 내면 심리묘사로 나누어 설명하는 방식을 취하고자 한다.

1

우선 아랍권의 민주혁명을 예견케 하는 정치적인 메시지를 담은 작품들이 눈에 띈다. 그 형식은 정치적 억압을 직접 다룬 작품부터 정치적 우화 형식의 작품까지 다양하다. 정치적 저항의 축을 가장 명확하게 보여주는 작품은 알제리의 단편인 「저항의 냄새」이다. 이 글은 현 정부의 정치적 우매함과 독재를 조롱하는 풍자만화가와 그를 살인하라는 지시를 받는 경찰관의 만남을 그리고 있다. 경찰관은 풍자만화가를 체포하려 하지만 우매한 대통령을 그린 풍자만화를 보고 오히려 언론의 자유가 허용되어야 한다는 처음과 정반대 결론에 이르게 된다.

「동료」는 좀 더 직접적으로 1954년 11월 알제리 민족해방전선(FLN)이 프랑스에 대항하여 무장봉기를 한지 얼마 안 되어 일어난 사건을 다루고 있다. 아무런 혐의도 없이 무고한 양민들을 무차별적으로 구타하고 검거하는 알제리 식민당국의 횡포와 아무런 이유 없이 알제리인들을 폭행하여 죽음에 이르게 하는 프랑스인의 만행을 폭로한다.

바레인의 단편소설 「바리케이드」는 자본가, 지주, 권력자의 횡포에 맞서는 민중의 전면적 저항을 그리고 있다. 평생을 농장과 공장에서 노동자로 일을 해온 아버지가 어느 날 부당하게 해고를 당하자 온 가족이 나서서 해고에 온 몸으로 저항한다. 하지만 이들의 저항은 폭력적 권력 앞에선 무력할 수밖에 없다. 이들의 저항은 바리케이드 안에 갇히게 되며, 그 너머에 있는 대중과의 연대에는 도달하지 못한다. 그러나 이런 한계에도 불구하고 권력이 설치한 바리케이드가 붕괴되는 그날 까지 저항은 계속되어야한다는 메시지를 전달하는 작품이다. 이러한 억압적 권력의 밑바탕에는 이슬람교라는 토대가 자리한다. 1986년에 있었던 서구 언어, 특히 영어와 프랑스어 서적을 태운 분서 사건을 다루고 있는 리비아의 단편 「물웅덩이와 피아노」는 획일적인 정치의 토대인 이슬람교의 억압성을 잘 보여준다. 1969년 카다피의 쿠데타 이후, 차츰 민족주의에 편승하여 외국인에 대해 배타적인 태도를 취하는 리비아의 사회상황을 풍자하는 작품으로 이러한 배타주의는 외국 악기라는 이유로 피아노를 태우는 장면에서 절정에 달한다.

이러한 정치적 억압에 대해 직접적인 저항과 투쟁의 모습 외의 다른 모습이 제시되기도 한다. 예멘의 단편 「마타임 가의 범죄」는 한 실내 장식가가 살인을 저지르면서 인간성이 철저히 파괴되는 결말을 보여준다. 표면상으로는 은행장이 자신의 개인적 도덕 이론을 실험하기 위해 한 사례로 실내장식가가 연인을 살인하도록 만드는 것으로 되어 있으나 심층적으로는 약간의 체제 비판만으로도 정신적인 자기 파멸에 이르게 될 수 있는 공포스러운 정치적 상황의 알레고리로 볼 수 있다. 은행장은 체제비판자의 인간성을 파괴하는 억압적인 힘을 상징한다. 또 다른 예멘의 단편 「끝장 싸움」은 증오의 무익함을 형상화하며 평화의 필요성을 강조하는 일종의 정치적 알레고리다. 지주, 그의 애견, 이들을 위협하는 호랑이가 등장한다. 아부 지디라는 마을 지주는 온화한 성품을 지녔으며 약자들의 옹호자이다. 호랑이가 나타나 마을공동체의 안전을 위협하자 지주는 총으로 호랑이에 해를 입힌다. 이에 맞서 호랑이는 복수심을 품고 마을을 맴돈다. 팽팽한 긴장감이 작품을 지배한다. 그러던 어느 날 호랑이의 접근을 알아챈 애견이 밤낮으로 짖어대자 지주는 총으로 그 애견을 쏘아 죽인다. 이어 지주 자신도 죽고 적도 친구도 없어진 호랑이 마저 죽고 만다. 개, 지주, 호랑이의 연속적 죽음을 통해 작가는 사랑과 용서와 화평의 정신이 깃들길 소망하며 이런 가치가 부재하거나 실종된 현실을 비판한다.

2.

이러한 정치적 상황의 근간을 이루는 아랍 민중의 실생활을 미시적으로 살펴보면 가장 두드러진 특징이 가난과 가부장제이다. 가난은 구체적인 여러 계기들을 통하여 생생하게 묘사된다. 여성의 경우는 가난

뿐 아니라 가부장제의 억압까지 더해져 이중의 고통을 겪으며 이러한 이중의 굴레를 벗어나려는 시도가 단편들의 중요 주제이기도 하다. 이 집트의 단편 「나일강」은 나일강을 매개로 두 모녀지간에 벌어지는 짧은 상황을 다룬다. 나일강이 내려다보이는 고층아파트에서 파출부로 일하는 엄마를 따라다니는 여섯 살 난 딸은 나일강의 모습에 매료된다. 하지만 엄마는 딸에게 나일강을 보지 못하게 한다. 작가는 힘차게 꿈틀대는 나일강의 모습을 보기 원하는 어린 딸의 모습에서 새로운 세계로 나아가려는 변화의 열망을 발견한다. 튀니지의 단편 「벼랑 끝의 삶」에서도 "멀리가지 말거라"라고 말하는 어머니의 경고와 "세상의 끝"까지 가보고 싶은 딸 사이에 긴장이 작품의 중심에 있다. 하지만 딸은 가부장이 지배하는 집으로 다시 돌아 올 수밖에 없다. 작가는 열 살의 '내'가 겪는 고통스러운 벼랑 끝의 삶을 생생하게 제시한다. 아버지는 화자와 아들들, 그리고 만삭의 어머니까지 위협하고 때린다. 하지만 아버지의 폭력은 출산의 희망으로 상쇄된다. 어머니가 누구의 도움도 받지 못하고 낳은 동생은 "천사 같고" 어머니의 모습은 "축복받은" 것으로 그려져 새로운 희망의 싹이 있음을 보여준다.

「응접실 그림」은 튀니지의 일상생활 속에서 경험하는 현기증 나는 변화를 잘 포착한 작품이다. 응접실은 대가족 구성원의 공동의 기억창고일 것이다. 거기에는 대개 몇 점의 고가구들도 있고 그림도 걸려있다. 특히 벽 중앙에 걸린 그림은 왕처럼 공간을 지배하고 모든 사람들의 시선을 받기 마련이다. 더욱이 그림이 푸른 바다를 담아낸 경우라면 구성원들에게 해방감을 전해준다. 그런데 가족 구성원들이 결혼과 출산과 양육이라는 일상의 통과의례를 거치면서 응접실 그림은 새로 태어난 아기의 사진으로 대체된다. 이러한 변화는 작게는 가족의 변화를 크게는 사회의 변화를 암시한다.

튀니지의 또 다른 단편 「거북이」가 가난하고 폭력적이고 억압적인 현실 속에서도 성장하는 소년의 모습을 보여줌으로써 강력하게 희망을 역설하는 것이라면, 이집트의 단편 「강둑을 싫어하는 보트」는 희망이 사라져간 것으로 보이는 70세 노인의 꿈의 이야기이다. 회상 형식으로 서술되는 「거북이」에서 어린 시절의 주인공 '나'는 가난할 뿐 아니라 가족 안에서 부적합한 존재이며 일종의 재앙이다. 이런 암울한 현실 속에도 주인공에게는 책을 통한 모험과 거북이를 통한 모험이 있다. 거북이를 잡아 시장에 파는데는 실패했지만 책을 통한 모험을 통해 '나'는 재능을 발휘하여 외지로 나가 공부를 하게 되고 결국 아버지의 임종 직전 아버지의 인정을 받고 코란을 읊으며 그의 임종을 지키게 된다. 이 소년과 대조적으로 「강둑을 싫어하는 보트」 주인공 암 사만은 부족장을 모시는 늙은 하인이다. 작중 화자인 부족장의 손자의 눈에는 암 사만은 돈도 없고 좀 덜떨어진 70세의 노총각일 뿐이다. 그러나 암 사만은 "긴 검은 머리에 검은 눈을 한 자그마한 올리브색 피부의 소녀"와 결혼하여 그녀를 보트에 태우고 떠나려는 꿈을 갖고 있다. 그는 보트를 타고 강둑에 닿지도 않은 채 영원히 강을 따라 내려가고 싶어 한다. 현실이 절망적일수록 꿈은 더욱 강해지는 법이다. 그리고 그 꿈이 삶을 지탱시켜주는 추동력이기도 하다.

가부장제의 억압 속에서도 여성의 몸과 주체에 대한 각성을 보여주는 작품도 있다. 이집트의 단편 「아메바」는 결혼 생활에서 단조롭고 무의미한 삶을 살던 여주인공이 어느 날 자신의 몸의 아름다움에 눈을 뜨게 되는 이야기다. 그녀의 몸은 남성의 응시의 대상이 아니라, 자신의 아름다움과 가치를 확인시켜주는 구체적인 실체이다.

3.

이 단편소설선에서 아랍인들은 단지 정치적인 억압의 대상이나 가난과 가부장제에 시달리는 인물로만 그려져 있는 것은 아니다. 아랍인들의 내면 역시 아랍 작가들이 열정적으로 탐구하는 주제이다. 이들의 내면은 외부적 억압에 대한 직접적인 반응이 재현된 것은 아니지만 오히려 더 극단적인 형태로 이들이 느끼는 공포와 환희를 보여준다. 아랍작가들이 그려내는 공포와 광기는 때로는 애드가 알렌 포우 작품처럼 때로는 프란츠 카프카의 작품처럼 인물들의 존재 자체를 뒤흔들어 놓고 그들의 정체성을 근본적으로 회의하게 만든다. 이집트의 단편 「광기로 가는 길」은 꿈과 현실, 과거와 현재, 자아와 타자의 경계가 불분명한 지점에 위치한 자아의 모습을 그린다. 화자는 자신과 유사한 30대 초반의 주부와 자신을 혼동하고 또 이 주부와 다른 30대 여자를 구분하지 못한다. 예멘의 단편 「검은 고양이」는 늘 자기를 감시하고 있는 시선이 있다고 생각할 때 느끼는 공포를 섬세하게 포착한다. 검은 고양이는 푸코의 원형감옥(파놉티콘)을 연상시킨다. 감시의 주체가 누구인지 알 수 없기 때문에 그는 더욱 공포에 사로잡힌다. 화자를 더욱 혼란에 빠트리는 것은 그에게 접근한 한 낯선 사람이다. 화자는 이 낯선 사람이 고양이라는 확신에 그를 죽이려고 거리로 뛰쳐나가다 트력에 치여 죽는다. 일상 현실에 내재되어 있는 공포를 형상화한 작품이다.

아랍 단편소설들이 보여주는 공포와 광기는 아랍이라는 특수한 상황에서 생겨난 것인 동시에 현대인의 불안과도 맞닿아 있다는 점에서 나름 호소력을 지닌다. 이와는 대조적으로 일상의 사소한 계기를 통해 희망이 자연스럽게 싹트는 것을 보여주며, 더 나아가 상상하는 존재로서의 인간을 새롭게 정의함으로써 억압이나 절망에 굴하지 않는 존재의 환희를 보여주는 작품도 있다. 「이자트 아민 이스칸다르」는 화자의 어릴 적 친구인 이자트에 대한 이야기다. 의족에 목발을 짚는 이자트는 자전거를 통해 짧은 순간이지만 지금껏 알지 못했던 운신의 자유를 경험하고 환호성을 터트린다. 「대추야자나무를 보았네」는 대추야자나무에 집착하는 공무원 파지아의 이야기이다. 그녀에게 나무를 키우는 행위는 세대로 이어지는 그 무언가를 지탱하려는 열정이다. 그녀는 꿈속에서 대추야자나무 사이에 서있는 가족을 발견하고 새로운 희망을 갖게 될 뿐 아니라 그날 처음 발코니에 놓인 화분이 아름답다고 하면서 자기를 찾아오는 한 여인을 맞이한다. 소소한 일상 속에서 경험하는 삶의 환희를 포착한 작품이다.

요르단의 단편 「길을 건너 간 남자」는 길을 건너는 한 남자를 보고 젊은 작가와 나이 든 두 작가의 상상력이 상이하게 발휘되는 것을 묘사함으로써 상상의 힘과 작가의 역할을 다룬다. 또 다른 요르단의 단편 「사랑의 끝」은 상상력을 통해 만물에 스며있는 사랑의 힘을 보여준다. 밀 이삭과 후투티 새의 사랑을 그린 이 작품은 사랑의 원리가 전 우주적으로 작용하고 있으며 사랑을 통해 현실이 승화되는 것을 보여준다.

아직도 우리에게 미지의 세계인 아랍의 문을 여는 시도로서 『아랍 단편소설선』을 번역하게 되었다. 독자가 아랍 문화권을 가깝게 그리고 심층적으로 이해할 수 있는 계기가 되었으면 한다. 모쪼록 독자가 아랍(인)에 대한 고정관념을 깨고, 그들의 실생활의 미시사와 생생한 정치적 현실 및 내면의 속살을 들춰볼 기회가 되길 기대해본다. 아랍의 문이여 열려라 참깨!

역자 일동

작가 소개(작품순)

압둘 아지즈 가르몰(Abdel Aziz Gharmoul)

1952년 알제리에서 태어났다. 그는 저널리스트로 일하면서 창작을 하고 있다. 신문 〈Al-Khabr〉를 창립하였다. 1992년 이후 여러 편의 장편소설과 단편소설을 발표하였다.

아민 살리흐(Amin Salih)

1950년 바레인의 마나마에서 태어났다. 중등학교만 나왔으나 다양한 독서를 통하여 문학적 양식에 대한 소양을 키웠다. 아랍 반도에서 가장 모더니스트인 그는 메시지뿐만 아니라 실험적 문학 형식의 즐거움을 안겨주고 있다. 1972년 첫 창작집을 낸 후 여러 권의 단편집과 장편소설을 발간하였다.

모하메드 딥(Mohammed Dib)

1920년에 알제리에서 태어나 2003년에 작고하였다. 1940년대부터 영어와 불어 번역가로 일하면서 창작을 하였다. 독립을 향한 전투적인 작가였던 그는 프랑스 식민지 정부에 의해 1959년 알제리에서 추방당한다. 1964년 이후 프랑스에 정착하여 창작한 그는 프랑스어로 작가활동을 하는 대표적인 알제리 작가이다. 1952년부터 1955년까지 쓰여진 알제리 삼부작은 그의 명성을 널리 알린 작품이다.

나지와 빈샤트완(Najwa Binshatwan)

1970년 리비아에서 태어났다. 그녀는 가르 유니스대학에서 교육학 석사를 받고난 후 동 대학에서 가르쳤다. 2002년에 첫 시집을 낸 후 소설을 창작하였다. 2004년에 단편소설집, *Qisas Laysat Lil-Rijalfm*를, 2006년에 단편소설집 *Tifi Al-Waw*를 출판하였다. 2007년에 장편소설 *Madmun Burtuqali*를 출판하기도 하였다

와지디 알 아달(Wajdi al-Ahdal)

1973년 예멘의 하디다에서 태어났다. 한때 예멘 정부로부터 작품 창작이 금지되어 예멘을 떠나기도 하였다. 예멘의 여러 상을 수상하였으며 소설 이외에도 연극과 시나리오 등을 창작하고 있다.

바쌈 샴셀딘(Bassam Shamseldin)

1978년 예멘의 이브 지역에서 태어났다. 그는 세 권의 단편집과 세 권의 장편소설을 출판하였다. 소설가로 일하면서 동시에 이야기 포럼의 회장직을 맡고 있다.

살와 바크르(Salwa Bakr)

1949년 이집트 카이로에서 태어났다. 이집트의 민주화운동 과정에서 투옥될 정도로 사회문제에 관심이 많았다. 페미니즘 작가로서 확고한 지위를 차지하고 있는 그녀는 한국에도 번역된 바 있는 『황금마차는 하늘로 오르지 않는다』를 1991년에 발표하였다. 그녀의 작품은 세계 여러 나라의 언어로 번역되었다.

핫수나 모스바히(Hassouna Mosbahi)

1953년 튀니지에서 태어났다. 그는 파리에서 사회과학을, 베를린에서 철학을 공부하였다. 1980년대에 학교 교사를 하다가 이후 베를린에 거주하면서 아랍어로 작품을 창작하고 있다. 그는 니이체의 책을 아랍어로 번역하기도 하였다.

라치다 엘-차르니(Rachida El-Charni)

튀니지에서 태어나서 1990년대 이후 아랍 잡지와 신문에 작품을 발표하였다. 1997년에는 첫 창작집을 낸 바 있다. 2000년에 나온 그녀의 두 번째 작품집은 아랍 여성문학상을 받을 정도로 주목을 받았다.

모하마드 살라 알 아잡(Mohammad Salah al Azab)

1981년 이집트에서 태어났다. 그는 1999년 Suad Al-Sabah상을 수상한 후 여러 상을 받은 바 있다. 2003년에 첫 장편소설을 창작하였고 같은 해에 단편집을 출판하기도 하였다. 2007년과 2008년에 두 번째와 세 번째 장편소설을 발표하는 등 활발한 작가활동을 하고 있다.

하싼 나스르(Hassan Nasr)

1947년 튀니지에서 태어나서 1968년 이후 줄곧 창작활동을 했다. 고등학교 선생으로 일하면서 소설을 쓴 그는 현재 튀니지의 가장 대표적인 소설가이다. 일상의 삶을 강하게 묘사하는 그는 자전적 소설 *Dar Al-Basha*로 명성을 크게 얻었다.

사파아 에네가르(Safaa Ennagar)

1973년 이집트에서 태어났다. 그녀는 카이로 대학에서 신문방송학을 전공하였다. 2004년 첫 창작집을 발간하였다. 2005년에는 『사자왕의 은퇴』라는 장편소설을 출판하는 등 저널리즘과 창작을 겸하면서 왕성한 활동을 하고 있다.

야쎄르 압델 바키(Yasir Abdel Baqi)

1972년 예멘의 아덴에서 태어났다. 대학에서 역사학을 전공한 후 창작에 전념하였다. 그는 예멘 작가협회 아덴지부에서 발간하는 문학잡지 〈Al-Manara〉의 주간으로 일하고 있다.

만쵸라 에즈 엘딘(Mansoura Ez Eldin)

1976년 이집트에서 태어났다. 1998년 카이로 대학에서 신문방송학으로 학위를 받았다. 그녀의 창작집 『흔들리는 불빛』은 2001년 카이로에서 출판되었다. 2004년 첫 장편소설 *Matabat Maryam*을 출판하였는데 이것은 2007년에 영어판으로 번역되었다.

라드와 아슈르(Radwa Ashour)

1946년 이집트에서 태어났다. 현재 카이로의 아인 샴스 대학에서 영문학을 가르치고 있다. 2003년에 발표된 그녀의 장편소설 『그라나다』는 스페인 기독교의 침략 앞에 무너져가고 있던 그라나다 지역의 무슬림 가족의 삶을 다룬 것으로 영어로 번역된 바 있다. 살와 바크르와 함께 이집트의 유명한 페미니즘 작가이다.

하솀 가라이베흐(Hashem Gharaibeh)

요르단 암만에 거주하면서 창작을 하고 있다. 여러 권의 단편집과 장편소설을 발간하였다.

알라와 알 아스와니(Alaa Al Aswany)

1957년 이집트에서 태어났다. 치과의사로 일하면서 작품을 창작하고 있다. 2002년에 발표된 그의 두 번째 장편소설 『야쿠비안 빌딩』은 이집트 사회에 대한 솔직하고 대담한 묘사로 화제를 모았다. 이 작품은 현재 한국어로 번역 중이다.

바스마 엘-느소우르(Basma El-Nsour)

요르단에서 태어났다. 그녀는 변호사로 일하면서 창작을 하고 있다. 여성문학 잡지인 〈Tayki〉의 편집장이다. 1991년 첫 창작집을 낸 후 여러 권의 작품집을 낸 바 있다.

사뮤엘 시몽(Samuel Shimon)

1956년 이라크에서 태어났다. 1979년 고국을 떠나 아랍 여러 곳에서 활동하다 1996년 이후 런던에서 거주하고 있다. 아랍문학을 영어권에 소개하는 잡지 〈Banipal〉을 운영하면서 소설을 창작한다. 2005년에 자전적 장편소설 『파리의 이라크인』을 발간하였다.

로사 야씬 하싼(Rosa Yassin Hassan)

1974년 시리아 다마스커스에서 태어났다. 그녀는 1998년에 건축학으로 대학을 졸업했다. 2000년에 첫 창작집을 발간하였다. 그녀의 두 번째 장편소설 『부정』은 시리아 감옥에 있는 여성 죄수들을 다루었다.

역자 소개

조애리

서울대학교 영문과 및 동대학원 졸업. 샬롯 브론테 연구로 박사 학위를 받음.

현재 카이스트 인문사회과학부 교수.

저서로는 『페미니즘과 소설읽기』, 『성 역사 소설』, 『역사 속의 영미소설』, 『19세기 영미소설과 젠더』가 있고 역서로는 『민들레 와인』, 『왕자와 거지』, 『설득』, 『빌레뜨』, 『미국 인종차별사』(공역), 『나의 도제시절』(공역), 『문화코드 어떻게 읽을 것인가?』(공역)가 있다. 주요 관심사는 문화 이론 및 19세기 영미소설이다.

박종성

충남대학교 영문과와 서강대학교 대학원 영문과를 졸업하고 런던대학교(퀸메리 칼리지)에서 콘라드, 라우리, 나이폴의 소설 속 아웃사이더의 역할 연구로 박사학위를 받음.

현재 충남대학교 영문과 교수.

주요 논문으로는 「지배담론과 저항담론 사이의 틈새 읽기 - 나이폴의 정치소설 연구」, 「『남아있는 나날』에서 '대영제국의 죽음' 형상화」 등이 있고, 저서 및 공역서로는 『탈식민주의에 대한 성찰』, 『탈식민주의 길잡이』(공역)가 있으며, 주요 관심사는 탈식민주의 문학과 이론이다.

강문순

서강대학교 영문과를 졸업하고 미국 케이스 웨스턴 리저브 대학에서 18세기 영문학 연구로 박사 학위를 받음.

현재 한남대학교 영어교육과 교수.

주요 논문으로 「Madness, Satire, and Jonathan Swift's *Gulliver's Travels*」, 「Satire as 'that Art of Necessary Defence: A Study of Samuel Johnson's Ideas of Madness」가 있고, 저서 및 역서로 『문화코드 어떻게 읽을 것인가』(공역), 『경계선 넘기』(공역)가 있으며, 주요 관심사는 풍자 문학이다.

김진옥

이화여자대학교 영문과를 졸업하고 미국 뉴욕대학교 영문과에서 석사 및 샬럿 브론테 연구로 박사학위를 받음.

현재 한밭대학교 영어과 교수.

주요 논문으로는 「『워더링 하이츠』의 분신 — 언캐니와 오브제 아」, 「버지니아 울프의 『등대로』에 나타난 모성과 예술성」이 있고, 저서로 *Charlotte Brontë and Female Desire*, 『제인 에어: 여성의 열정, 목소리를 갖다』(공역)가 있으며, 역서로는 『탈식민주의 길잡이』, 『문화코드 어떻게 읽을 것인가?』(공역) 등이 있다. 주요 관심사는 19세기 영국소설 및 정신분석학 이론이다.

박은혜

한양대학교 문화인류학과 졸업.

현재 전문번역가.

역서로는 『공통적인 것』(근간)이 있다.

유정화

이화여자대학교 영문과와 동대학원을 졸업하고 로버트 로웰 연구로 박사학위를 받음.

현재 목원대학교 강의교수.

주요 논문으로 「미국적 이상주의: 그 계승과 배반의 역사」, 「『인생연구』: 죽음의 변주곡」이 있고, 저서 및 역서로 『문화코드 어떻게 읽을 것인가?』(공역), 『경계선 넘기』(공역)가 있으며, 주요 관심사는 현대 영미시이다.

윤교찬

서강대학교 영문과 졸업 후 노스캐롤라이나 대학에서 석사학위를, 서강대학교에서 존 바스의 포스트모더니즘 소설 연구로 박사 학위를 받음.

현재 한남대학교 영어교육과 교수.

주요 논문으로 「역사와 반복: 존 바스의 『연초장수』」, 「'되기'의 실패와 잠재성의 정치학: 멜빌의 『필경사 바틀비』」, 「『이상한 나라의 엘리스』와 여성의 몸」 등이 있다. 역서로는 『허클베리 핀의 모험』, 『문학비평의 전제』, 『탈식민주의 길잡이』(공역), 『미국 인종차별사』(공역), 『나의 도제시절』(공역), 『문화코드 어떻게 읽을 것인가?』(공역) 등이 있다. 주요 관심사는 20세기 미국소설, 탈식민주의 문학이론, 문화연구이다.

이봉지

서울대학교 사범대 불어교육과 졸업, 동대학원에서 석사. 미국 노스웨스턴 대학교 불문과에서 18세기 프랑스문학 연구로 박사학위를 받음.

현재 배재대학교 프랑스어문화학과 교수.

주요 논문으로 「왜 여성문학사가 필요한가?」, 「루소의 반페미니즘과 「신엘로이즈」: 데피네 부인의 몽브리양 부인 이야기」가 있고, 저서 및 역서로 『새로 태어난 여성』, 『페루여인의 편지』가 있으며, 주요 관심사는 18세기 프랑스 문학과 페미니즘이다.

최인환

서울대학교 영문과 졸업, 동대학원에서 석사를, 오리건대 영문과에서 박사학위를 받음.

현재 대전대학교 영문과 교수.

주요 논문으로 「Empire and Writing: A Study of Naipaul's *The Enigma of Arrival*」, 「래드클리프의 『숲속의 로맨스』에서의 자연경관묘사의 의미와 역할」 등이 있다. 역서로는 『탈식민주의 길잡이』(공역), 『문화코드 어떻게 읽을 것인가?』(공역) 등이 있다. 주요 관심사는 고딕소설과 탈식민주의 문학이론이다.